KB122203

초판 1쇄 인쇄 ｜ 2023년 3월 10일
초판 1쇄 발행 ｜ 2023년 3월 30일

지은이 ｜ 임윤정
펴낸이 ｜ 박명환
펴낸곳 ｜ 비즈토크북

주　소 ｜ 서울시 마포구 와우산로 3길 15 (상수동, 2층)
전　화 ｜ 02) 334-0940
팩　스 ｜ 02) 334-0941
홈페이지 ｜ www.vtbook.co.kr
출판등록 ｜ 2008년 4월 11일 제 313-2008-69호

편집장 ｜ 경은하
마케팅 ｜ 윤병인 010-2274-0511
디자인 ｜ 이미지공작소(이현주) 02)3474-8192
제　작 ｜ 삼덕정판사

ISBN 979-11-85702-32-2 03810

비즈토크북은 디자인뮤제오의 출판 브랜드입니다.

잠시,
다녀왔습니다

임윤정 지음

1330일 세계 여행 루트
(총 31개국, 138개 도시)

캐나다

영국

튀르키예 · 시리아
· 레바논
요르단
이집트 · · 이란 파키스탄 · 네팔 · 중국 · · 한국

수단 ·
에디오피아 · 인도 · 라오스 ·
태국 · · 베트남 · 필리핀
우간다 · 캄보디아
르완다 · 말레이시아 ·
부룬디 · · 케냐
잠비아 · 탄자니아 싱가포르 · · 인도네시아
짐바브웨 ·
· 모잠비크

남아공 ·

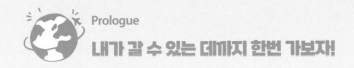

내가 갈 수 있는 데까지 한번 가보자!

그만하자! 눈을 뜨자마자 든 생각이었다. 햇살에 눈이 부셨던가? 구름 낀 찌뿌드드한 날씨였던가? 아무려면 어떤가. 몇 년째 토, 일요일은 물론 공휴일까지 출근해야 하는 사람에게 날씨란 그저 계절의 변화일 뿐이었다.

일요일 아침이었던 것 같다. 여느 때와 다름없이 출근해야 하는. 평소처럼 출근 준비를 마치고 차를 몰아 회사로 향했다. 익숙한 거리를 돌아 회사 주차장에 주차한 뒤 사무실로 올라가 컴퓨터를 켜고 담담하게 사직서를 써 내려갔다.

앞날에 대해 걱정했나? 적어도 당시에는 아니었던 것 같다. '설마 잡지는 않겠지?' 하는 소심한 우려는 했던 듯하다. 그것도 쓸데없는 기우였음이 곧 밝혀졌지만.

두 달 뒤 마지막으로 회사 정문을 걸어 나오며 귓가를 스치는 작은 바람에도 흥분되는 나를 느꼈다. 이젠 앞으로 나아가는 수밖에 없구나! 그리고 다시 한번 선택해야 하는 순간이 왔음을 알았다. 며칠 또는 몇 달을 쉬다 일자리를 찾아 이력서를 넣고, 면접을 보고, 연봉 협상을 하는 ….

생각만으로도 극심한 피로감이 몰려왔고 쉽지 않을 것 같은 예감도 들었다. 서른 중반의 미혼 여성으로 한국에서 살아간다는 자체가 자꾸만 버겁게 느껴지던 때였다. 무엇보다 어떤 변화를 요구하는 강렬한 욕망이 내 안에 크게 자리 잡고 있었다.

20대 초반, 중국으로 어학연수를 떠나면서 세상을 떠돌아다닐 결심을 했었다. 뜻하지 않게 중국에서 대학을 다니게 되면서 연수가 유학이 되고, 졸업을 하고, 자연스럽게 한국으로 돌아와 직장 생활을 하면서 정착하게 되었다.

그렇게 현실에 안주하면서 20대 때 잠시 꾸었던 떠돌이의 꿈은 차츰차츰 잊혀 갔다. 아니, 가슴속 깊이 담아 놓고 살았다는 말이 더 정확할 것 같다. 그랬던 꿈을 이제는 정말 실행할 때가 된 것이다.

처음부터 거창하게 '세계 여행'을 계획한 건 아니었다. '일단 떠나 보자!'라고 생각했다. 현실에서 도피하고자 하는 의지가 살짝 깃들어 있었을지도 모른다. 하지만 그때의 나에겐 그보다 더한 무언가 절실한 느낌이 있었다. 지금이 아니면 두 번 다시는 기회가 없을 것만 같은, 그래서 이번 기회를 놓치고 나면 두고두고 후회할 것만 같은.

요즘 세계관이 유행인데, 난 우리 모두에게 각자의 세계관이 있다고 생각한다. 저마다 자신이 주인공인 영화 한 편쯤 가슴속에 품고 살아가지 않나? 고이고이 간직해 두었던 내가 주인공인 로드 무비를 직접 찍어보기로 했다. 이 영화가 어디를 향해 갈진 모르겠지만 일단 떠나보기로 했다.

따스한 햇살도 차가운 바람이나 궂은 눈비도 오롯이 내 몫이 될 것이다. 그래, 가자! 가보자, 가는 데까지! 내가 갈 수 있는 데까지 한번 가보자!

그렇게 내게 주어진 길이 1,330일 동안의 세계 여행이었다!

여행에서 돌아오고 얼마 되지 않아 어머니와 동생이 아프면서 취직해야 하는 상황에 놓이게 되었다. 운 좋게도 처음으로 면접을 본 여행사에 취직이 되어 특수 지역 인솔자로 중남미, 아프리카, 코카서스를 다니며 바쁜 나날을 보냈다. 그렇게 10년이 그냥 흘러가 버렸고, 코로나가 등장했다.

회사 대표님이 내게 책을 쓰라고 권유했다. 사실 대표님은 입사 초기부터 책을 쓰라고 강권하다시피 하셨다. 코로나 이전에는 시간 내기가 힘들었는데 막상 코로나로 여유가 생기자 '내가 언제 세계 여행을 했나?' 하는 의심이 들 정도로 기억이 가물가물해서 선뜻 용기가 나지 않았다. 하지만 지금처럼 여유로울 때가 아니면 영영 쓸 수 없을 거라는 대표님 말씀에 마음이 움직였다.

　나를 작가의 세계로 인도해 준 여행을부탁해 조환성 대표님과 책이 나오기까지 포기하지 않고 끝까지 이끌어 준 윤병인 이사님, 경은하 편집장님, 이현주 실장님께 깊은 감사의 마음을 전한다. 그리고 사랑하는 부모님과 가족에게 이 글의 처음과 끝을 바친다.

　나의 여행 이야기가 누구에게 어떤 형태로 가닿을지 무척이나 두근거리면서도 두렵다. 설레고 기뻤던 날이 많았고, 서럽고 무서 웠던 순간도 있었다. 모든 날을 지면 관계상 『잠시, 다녀왔습니다』 에 다 담을 순 없어서 조금 아쉽기는 하다. 못다 한 이야기는 차후 에 전자책으로 증보해 발간할 예정이다.

　바라건대 이 책을 읽고 난 후 누구든 나랑 함께 세계 여행한 느낌 이라고 말해주는 이가 한 사람이라도 있었으면 좋겠다.

2023년 임윤정

PART 1. 배낭여행은 처음입니다만

PART 2. 꿈의 아프리카

**PART 3. 그곳이 한때는 이러했음을
나와 함께 기억해 주었으면**

부록. 알아두면 쓸모 있는 세계 여행 TIP

Part 1

배낭여행은 처음입니다만

※지면 사정상 다 싣지 못한 방문국은 흰색 글씨로 표기했고,
전자책 버전에 흥미로운 이야기들을 추가하여 출간할 예정이다.

필리핀 ➡ 인도네시아 ➡ 싱가포르 ➡ 말레이시아 ➡

⬅ 베트남 ⬅ 캄보디아 ⬅ 라오스 ⬅ 태국 ⬅

➡ 태국 ➡ 중국 ➡ 태국 ➡ 네팔 ➡ 인도 ➡

영국 ⬅ 튀르키예 ⬅ 이란 ⬅ 파키스탄 ⬅

막연하게 6개월 또는 8개월이면 충분하려니 생각했다. 혹은 돈이 떨어지거나.

그전에 여행이 지겨워질 수도 있지 않을까 하는 생각도 있었다. 그랬던 내가 무려

3년 넘게 세계 여행을 하게 되었다. 나는 어쩌다 1,330일 동안 한 번도

한국에 들어오지 않은 채 여행을 계속했을까?

그 이유를 이 책을 쓰면서 알게 되었다. 내게는 계획이 없었다. 누군가 내게

"넌 3년 동안 세계 여행을 하게 될 거야!"라고 말했다면 난 떠나지도 못했을

것이다. 경비 마련하기부터 어디에 가고, 무엇을 보고, 어떤 걸 먹을지까지 미리

걱정하면서 계획을 세우느라 지레 지쳐버렸을 테니까.

그렇다고 정말 아무 계획이 없었던 것은 아니다. 필리핀 일로일로가

첫 여행지였는데, 영어 공부를 하며 경험 삼아 주변에 다녀올 관광지가 많아서

엄선한 곳이었다. 영어 학원에 등록해서 한 달간 영어를 배우며 짬짬이

보라카이, 세부, 보홀, 팔라완 등을 다녀왔다. 그리고 바나우에에 갔다.

사실 필리핀을 선택한 진짜 이유는 바나우에였다. 세계 최대 규모라는

바나우에의 계단식 논 사진을 보는 순간, 저기에 꼭 가야겠다는 생각이 들었다.

그곳까지 가는 길은 험난했지만, 대단히 인상적이고 진귀한 풍광이었다.

그 다음으로는 바나우에에서 만난 사람이 추천한 정말 계획에 없던

사가다에 갔다. 관을 벽에 거는 특이한 장례 풍습이 있는 작고 예쁜 마을이었다.

나의 첫 룸메이트였던 시모나를 만난 곳이기도 했다.

내 서투른 영어에도 참을성 있게 응대해 주었던 그녀 덕분에 많은 얘기를 나눴다.

언어도, 나이대도 달랐던 우리는 단 하루 만에 헤어짐을 아쉬워하는

단짝 친구가 되어 있었다. 그렇게 필리핀에서는 좋은 인연만 이어질 줄 알았다.

마닐라 공항에서 벤치에 앉은 채로 눈을 뜨기 전까지는….

01. 위험한 동행

마닐라 Manila

S#*1 어둠에 잠긴 집 앞

어떤 장면은 10년이 지나도 아마 100년이 지나더라도 바로 어제 일처럼 생생하게 떠오르곤 한다. 이번 여행이 내가 주인공인 영화라고 한다면 첫 신은 이러했다.

아직은 봄보다 겨울에 가까운 3월의 새벽. 비마저 추적추적 내리고 있었다. 주인공인 나는 배낭을 멘 어깨를 다시 한번 추스르고 당차게 현관문을 열어젖혔다. 찬 공기가 훅하니 폐부를 찔러왔다.

인기척을 들은 동생 기남이가 전송하겠다고 나오는 걸 손사래로 물리치며 나는 빗속을 향해 뛰쳐나갔다. 여행을 떠난다는 설렘이나 아련한 이별 장면 하나 없이 범죄영화의 도망자 모습으로

* S#: 시나리오(영화나 드라마의 대본)에서 S#는 '신 넘버'라고 읽고, 장면 번호를 뜻한다.

장르도 출연진도 정해지지 않은 내 영화의 예고편은 이렇게 시작되고 말았다.

📷 S#2 일로일로 Iloilo

몇 시간 전까지 추위로 바들바들 떨었던 것이 어이없게 느껴지는 날씨가 맞이해 준 곳은 필리핀의 일로일로였다. 이곳이 나의 첫 여행지가 된 데는 이유가 있었다.

이번 여행의 콘셉트를 잠정적으로 여행+영어 공부로 정하면서 찾아낸 나름대로 최적의 장소였다. '여행하다 보면 자연스럽게 영어가 늘지 않을까?' 하는 막연한 기대를 한층 구체화할 필요가 있었다. 학비와 물가가 저렴했고, 근처에 관광할 곳이 많아서 첫 여행지로 이보다 좋은 조건을 찾을 수 없었다. 이제 내 배낭여행의 서막이 올랐다.

📷 S#3 마닐라 공항

눈을 뜨니 공항이었다. 벤치에 앉아서 배낭을 끌어안은 채로 잠들어 있다 깬 것이었다. 공항? 왜 아직도 내가 공항에 있지? 분명 비행기를 타고 지금쯤은 인도네시아 자카르타에 있어야 하는데? 아무리 생각해 봐도 내가 언제 어떻게 공항에 왔는지 기억나질 않았다. 배낭이 있는 것도 신기했다. 밤 비행기라 마닐라를 둘러볼 요량으로 호텔에 맡겨 뒀었는데. 호텔을 나선 다음 내가 어디로 갔더라?

필리핀의 역사는 식민지의 역사라고 할 수 있다. 스페인에 무려 330여 년간, 미국에 50년 가까이, 그리고 일본에도 잠시 지배를 받았었다. 인트라무로스는 스페인 통치 시절에 만들어진 곳으로 오직 스페인 상류층 사람들을 위해 건물을 스페인식으로 꾸며 놓고, 원주민(필리핀 사람)들이 들어올 수 없도록 성벽을 쌓아 올렸다고 한다. 그래서인지 중세 성안에 있는 느낌이 들었다.

잘 구획된 거리에 성당과 요새, 박물관 등 건물들이 요소요소에 적절히 배치되어 있어 걸으면서 구경하기 좋은 곳이었다. 건물에는 오래되고 낡은 상흔들이 있었지만, 유럽풍 건물에서 풍겨 나오는 중후한 멋이 가득했다.

산티아고 요새

거리를 걷고 있던 그때, 작고 통통한 여자아이가 나에게 말을 걸어왔다. 옆에 친구를 소개하며 자기들은 보라카이 대학에 다니는 학생이고, 마닐라에 처음 놀러 왔다고 했다. 중학생처럼 보였는데 대학생이라고 해서 놀랐다. 나도 마닐라는 처음이고, 한국에서 왔다고 말했다. 그들이 갑자기 한국 드라마와 연예인 이름을 줄줄이 꺼내며 같이 다니고 싶다고 해서 기꺼이 그러자고 했다. 밤까지 혼자 시간을 때워야 하는데 잘 됐다는 생각에서였다.

🧭 S#5 몰 오브 아시아 Mall of Asia

나는 필리핀의 독립운동가 호세 리잘이 처형되었다는 리잘 공원, 그들은 석양이 끝내준다는 몰 오브 아시아에 가고 싶어 했다. 내 취향은 스릴러인데 그들은 아무래도 로맨스 쪽인 듯했다. 몰 오브 아시아는 이제까지 내가 본 쇼핑몰 중에서도 규모가 가장 컸다. 그야말로 하나의 거대한 쇼핑 도시, 아니 왕국이었다.

두 사람이 앞장서서 간 곳은 마닐라 베이 앞으로 늘어선 식당가였다. 식당 앞에서는 각종 마임과 퍼포먼스가 한창이었고, 우린 식당을 하나 골라 들어갔다. 식당에는 한국 소주가 있었는데, 나랑 같이 마셔 보고 싶다고 해서 음식과 함께 주문했다. 하지만 나는 호텔에 가서 짐을 찾아 비행기를 타야 했기 때문에 마시지 않았다.

여기서부터 기억이 가물가물하다. 그들은 내일도 만나서 같이 놀자고 했고, 난 오늘 밤 비행기를 타기 때문에 안 된다고 답했다.

짐이 어디 있냐고 묻길래 호텔에 맡겨 놓았다고 하면서 호텔 이름을 말해주었던 것 같다. 중간에 식당 밖에서 석양을 배경으로 같이 사진도 찍었다. 싫다는 과자를 억지로 먹여서 짜증을 냈던 기억이 난다.

식당에서 나올 때 계산하려는데 작별 선물이라며 자기네가 했다고 말했다. 어린 친구들한테 얻어먹는 게 약간 찜찜했지만, 필리핀 마지막 날이라 페소도 얼마 없었고 공항에도 가야 해서 못 이기는 척 받아들였다. 같이 어깨동무를 하며 식당을 나온 것을 끝으로 그 뒤는 전혀 기억이 없다.

🚭 S#6 공항

정신을 차리고 배낭과 보조 가방을 살펴봤다. 보조 가방에 따로 두었던 달러와 유로 비상금이 없어졌다. 신용카드도 안 보였다. 체크카드와 은행 보안카드는 그대로 있는데 귀신같이 신용카드만 사라지고 없었다. 머리가 멍해서 생각을 할 수가 없었다.

공항 경비원이 다가와서 괜찮냐고 물었다. 신용카드를 도난당한 것 같은데 전화를 쓸 수 없겠냐고 했더니 의외로 흔쾌히 핸드폰을 쓰라고 빌려주었다. 카드사에 전화하니 이미 정지되어 있었다. 한도를 초과했는데 자꾸 승인 요청이 들어와서 집으로 알렸으니까 어서 가족들에게 연락해 보란다.

부랴부랴 집에 전화를 걸었더니 난리가 나 있었다. 가족들은 내가 끔찍한 일을 당한 줄 알고 거의 초상집 같은 분위기였다. 안심시키기 위해 그냥 지갑만 소매치기당했다고 별일 아닌 것처럼 얘기하고 전화를 끊었다.

공항 경비원에게 핸드폰을 돌려주면서 혹시 내가 어떻게 여기 왔는지 아느냐고 물었다. 술에 잔뜩 취해서 혼자 택시를 타고 왔단다. 술? 난 어제 술은 한 모금도 마시지 않았는데? 택시비를 안 줘서 택시 기사와 크게 실랑이를 벌였다고 한다. 많이 취한 것 같아서 공항 안으로 들어와 쉬라는 데도 막무가내로 소리를 지르고 난동을 부렸단다.

얘기를 들어도 전혀 기억이 나지 않았다. 난 술에 만취했을 때도 그런 행동을 해 본 적이 없다. 우선 생각나는 대로 자초지종을 설명했더니 이내 공항 관계자가 와서 비행기 티켓을 내일로 바꿔주었다.

🎬 S#7 호텔

내가 언제 어떻게 배낭을 찾아갔는지 묵었던 호텔에 가서 물어보니 엊저녁 친구들이 와서 대신 찾아갔다고 했다. 나는 그때 취해서 택시에 누워 있었단다. 내 얘기를 다 들은 호텔 직원이 내 음식에 그들이 약을 탄 것 같다고 했다. 순간 오싹해지며 구역질이 올라왔다. 내장까지 게워 낼 것처럼 한바탕 토악질을 하고 나서 호텔 소파에 잠시 누웠는데 그대로 잠들어 버렸다. 중간에 한 번도 깨지 않고 아주 푹 잤다. 그런데 다음 날 일어나 보니 몸이 전혀 개운하지 않았다. 전체적으로 기운이 없고, 머리가 띵했다.

⚙️ S#8 경찰서

그들을 잡고 싶다기보다 다음에 생길 피해를 막기 위해 경찰서에 가서 신고했다. 조서를 꾸밀 때 인상착의를 묻는 말에 같이 찍은 사진 생각이 나서 카메라를 살펴봤더니 지워지고 없었다. 생각보다 맹랑한 애들이었다. 여러 장의 카드 중에서 신용카드만 쏙 빼간 것도 그렇고. 조서 작성이 끝나자 여자 경찰이 나를 걱정하며 이것저것 챙겨 주었다. 호텔까지 데려다주고, 한국 대사관에도 연락을 취해주었다.

대사관에서는 유감이라며 돈이 없으면 한국에 연락해서 대사관으로 송금받아 귀국 비행기 티켓을 사라고 했다. 대사관 인력이 부족해 나를 데리러 올 수 없으니 도움을 줄 수 있는 다른 직원을 연결해 주겠단다.

연결음을 듣고 있다가 그냥 수화기를 내려놓았다. 큰 걸 바란 것이 아니었다. 정말 놀랐겠다, 몸은 괜찮으냐? 그래도 밥 잘 챙겨 먹고 힘내길 바란다. 이게 내가 바란 전부였다.

애초에 대사관으로 전화할 생각도 없었다. 그래도 연결이 되었을 때는 내심 누구에게든 한국말로 위로를 받으면 정말 힘이 날 것 같은 기대감이 있었다. 어쩌면 내가 욕심이 과했던 것도 같다. 누군가를 위로한다는 건 진심이 담겨야 가능한 일이니까.

02. 시간마저 쉬었다 가는 곳

길리 Gili

 파라다이스 섬, 길리 트라왕안 Gili Trawangan

발리로 가는 배 안에서 만난 쾌활하고 예쁜 엘리는 키 크고 예의 바른 스테판과 동행으로 독일에서 온 교환 학생이었다. 발리에 아직 숙소를 구하지 못했다는 내 말에 선뜻 자기 집에 묵으라고 권했다. 엘리와 함께 지낸 지 일주일째 되던 날, 어미 새가 새끼를 품듯이 챙겨주는 엘리와 헤어지는 것은 아쉬웠지만 발리를 떠날 때가 되었음을 직감했다. 떠나겠다고 말하는 내게 그녀가 특유의 환한 웃음을 지으며 말했다.

"나랑 같이 길리섬에 가자. 마지막으로!"

길리섬은 길리 에어, 길리 메노, 길리 트라왕안이라는 3개의 섬을 통칭하는데, 우리는 길리 트라왕안으로 향했다. 언뜻 보기에 특별할 것 없는 작은 섬이었다. 한 가지 특이한 점이라면, 섬 내에서는 모터가 달린 어떤 탈것도 금지되어 있다. 그래서 길리섬에는 버스, 택시 혹은 자동차, 오토바이 같은 소음과 매연을 내뿜는 교통수단이 없었다.

그 대신 3가지 이동 수단이 있었는데 마차, 자전거, 도보였다. 길 양옆으로 식당과 바가 즐비했고, 가게마다 흘러나오는 경쾌한 음악 덕분에 전체적으로 살짝 들떠 있는 분위기였다. 거리는 사람들로 북적였고, 대부분이 외국인 관광객들이었다. 모두 걱정이나 근심 하나 없이 편안하고 행복해 보였다.

길리섬

숙소로 잡은 방갈로에 바가 있었다. 술과 함께 음식 주문도 가능한 곳이었다. 그동안 내가 엘리의 친화력을 과소평가했음이 드러났다. 먼저 식사를 끝낸 엘리는 바를 돌아다니기 시작했고, 얼마

지나지 않아 방갈로 주인은 물론, 바텐더, 무대 위의 연주자들, 손님으로 온 현지인과 관광객들 모두와 친구가 되어 있었다.

그녀는 어느새 바 안에 들어가 있었다. 사람들은 바텐더를 제치고 엘리에게 주문했다. 그녀는 독일인이었지만 영어와 인도네시아어에 능통했고, 무엇보다 예뻤다. 급기야 방갈로 주인은 스카우트 제의를 했고, 나도 엘리를 따라 즐기며 다들 흥에 겨운 밤이 깊어 가고 있었다.

오래된 팝송부터 레게 음악까지 라이브로 이어지는 밴드 음악에 흠뻑 취해 있는데 갑자기 연주가 끝나고 인디언 복장을 한 남자가 무대에 올랐다. 쭉 뻗은 고음의 긴 탄성으로 시작된 그의 노래는 나직이 읊조리다 감정을 폭발시키듯 고음으로 이어졌다. 내용은 알 수 없었으나 가슴이 뭉클해왔다. 천천히 박자를 타던 그의 춤이 점점 격렬해졌다. 몸부림에 가까운 격한 몸짓이었지만 아름다웠다.

어디선가 홀연히 나타난 집시 차림의 여인이 그의 노래에 맞춰 훌라후프와 함께 춤을 추기 시작했다. 휘어질 듯 부드럽게 꺾이는 그녀의 몸 선과 하나인 듯 어우러지는 훌라후프. 어울릴 것 같지 않은 둘은 묘한 조화를 이루며 환상에 빠져드는 착각마저 일게 했다. 공연이 끝나자 몽롱해졌던 의식이 돌아왔다. 길리는 정말 치명적인 파라다이스였다.

🌀 S#2 검은 밤, 검은 바다

낮에는 일광욕, 밤에는 바에서 음악을 들으며 사람들과 어울리는 게 일상이 되었다. 언제나처럼 바텐더 놀이에 빠져 있던 엘리가 근처 호텔에 놀러 가자고 했다. 스테판이 친구들과 와 있는데 그중 한 명이 오늘 생일이라며 가서 축하도 해주고 놀다 오자는 얘기였다.

엘리는 주변에 있던 바텐더와 밴드 멤버들에게도 같이 가자고 졸랐다. 자신이 원하는 대로 사람들을 이끄는 묘한 재주가 있는 그녀를 따라 어느새 모두 일어서고 있었다. 어차피 나도 가려고 했었다.

한눈에도 고급 호텔이다 싶었는데 경비가 아주 철저했다. 신분이 확인된 사람만 출입할 수 있다고 해서 스테판에게 연락을 취한 뒤에야 겨우 정문을 통과할 수 있었다. 그런데 경비원이 같이 온 바텐더와 밴드 친구들 앞을 막아섰다. 안 그래도 까다로운 절차에 화가 나 있던 엘리가 폭발하고 말았다. 일행인데 왜 못 들어가게 하느냐고 따져 물었다. 돌아온 대답은 보안상의 이유로 현지인은 출입이 안 된다는 것이었다.

엘리가 신분을 보증하겠다고 항변했지만, 호텔 규칙이라 어쩔 수 없다고 했다. 옆에서 듣고 있던 현지인 친구들이 괜찮다며 그녀를 만류했다. 늘 웃음으로 가득했던 엘리의 얼굴이 돌아가는 친구들의 뒷모습을 바라보면서 울음을 참는 듯 잔뜩 일그러져 있었다. 독일 친구들을 만난 엘리는 왜 이렇게 좋은 호텔에 묵느냐고 화를 냈다. 생일 축하 인사만을 건네고 우리는 호텔을 빠져나왔다.

언제나처럼 그들은 바에 있었다. 서로 멋쩍은 웃음을 주고받은 뒤, 기타를 들고 밤바다로 갔다. 우리는 기타를 치고 큰 소리로 노래를 부르며 놀았다. 그렇게 나쁜 기억들은 모두 검은 밤바다에 던져 버리기로 했다. 그날 밤 바닷가에는 신나는 기타 연주와 노래, 웃음소리가 밤새 울려 퍼졌다.

🌀 S#3 아름다운 일상

욘과 마린이 자신들이 머무는 방갈로 앞 꽃밭에 물을 주고 있었다. 아침 인사를 주고받은 후, 잘 익은 파파야가 담긴 접시를 건네받았다. 언제부턴가 욘이 깎아주는 파파야로 아침을 시작하는 게 하나의 일과가 되어버렸다.

욘과 마린은 옆 방갈로에 묵고 있는 스웨덴 커플이었는데 지금까지 내가 본 가장 예쁜 커플이었다. 외모도 그렇고 서로를 아끼고 남을 세심히 배려하는 마음이 아름다운 사람들이었다.

둘은 길리섬에 와서 알게 된 한 소녀를 후원하고 있었다. 소녀의 아버지는 알코올중독자로 술만 먹으면 폭력을 행사했고, 견디지 못한 엄마는 집을 나가버렸다고 한다. 소녀는 아버지를 대신해 동생들의 끼니를 책임지기 위해 새벽 시장에 나가 품팔이를 했고, 장을 보던 욘이 사연을 듣고 마린과 상의하여 소녀를 후원하기로 한 것이었다. 아름다운 사람과 함께하는 아름다운 일상이 차곡차곡 쌓여갔다.

⚙ S#3 마지막 파티

마티는 방갈로에서 아침 식사를 담당하는 친구였다. 마티가 롬복섬에서 축구 시합을 한다고 해서 엘리, 욘, 마린과 함께 롬복까지 응원을 갔는데 그만 지고 말았다. 우린 마티를 위로하는 파티를 열기로 했다.

저녁이 되어 뒷마당에 모닥불을 피우고, 삼삼오오 모여 앉았다. '마티 위로 파티'라고 했지만 지나가는 모든 사람을 초대해서 먹고, 마시고, 즐겼다.

방갈로에는 60대 호주 아주머니와 20대 현지인 청년 커플이 있었는데 우리의 최대 가십거리였다. 아주머니가 아주 돈이 많아서 현지인 청년이 돈을 노리고 붙어 있다고 쑥덕이는 사람들이 많았다.

둘의 로맨스도 화제였지만 아주머니의 튀는 스타일 때문에도 얘깃거리가 끊이질 않았다. 진한 아이섀도에 빨간 립스틱을 바르고, 화려한 색감의 옷들뿐인데 치렁치렁한 장신구까지 하고 다녔다. 공무원이었는데 은퇴 후 여기 와서 맘껏 꾸미고 다닌다는 설과 암에 걸렸다가 나은 뒤 화려하게 제2의 인생을 사는 것이라는 두 가지 설이 가장 팽배했다.

파티에 두 사람도 합류했으나 끝내 우리의 호기심을 풀 만한 단서를 찾아낼 수는 없었다. 가까이에서 대화해 본 아주머니는 그저 유쾌한 사람이었고, 두 사람은 생각보다 제법 잘 어울렸다.

엘리는 술을 좋아하고 잘 마셨다. 취기가 오른 엘리가 밴드 음악에 맞춰 춤을 추기 시작했고, 사람들이 하나둘 박수로 환호하며 일어났다. 맨정신인 나도 흥이 올라 일어나지 않을 수 없었다. 저마다 국적 없는 춤에 빠져들었다. 모두가 어깨동무나 팔짱을 끼고 빙빙 돌면서 점점 흥분해 갔고, 밴드의 연주가 그 흥을 재차 고조시켰다.

밤은 길었고, 그 누구도 자리를 뜰 생각을 하지 않았다. 또 누구라도 자리를 뜨면 그만이었다. 무엇을 하든 자유롭고 이상하게 보지 않는, 길리는 그런 곳이었다.

지상에 낙원이 있다면 바로 길리섬이었다. 날씨는 매일 같이 좋았고, 해변은 아름다웠으며 내일에 대한 불안이나 걱정이 끼어들 여지가 없었다. 매일매일 음악과 파티에 취하고, 새로운 사람과의 만남은 항상 즐거웠다. 시간이 흘렀지만 흐르는 것조차 느끼지 못했다.

어느 날은 오늘이 며칠이냐고 물어봤다가 "Don't worry. Everyday holiday!"라는 말을 듣고는 크게 웃기도 했다. 길리는 시간마저도 휴가를 즐기듯 잠시 쉬었다 가는 곳이었다.

03. 유치뽕짝 예쁜 동네

말라카 Malacca

S#1 처음 만나는 국경

국경. 나라와 나라 사이의 경계. 싱가포르와 말레이시아는 국경을 맞대고 있었다. 싱가포르를 떠난 버스가 말레이시아의 말라카에 도착했다. 중간에 비자 때문에 두 번 버스에서 내렸다. 싱가포르 출국 스탬프를 받으러 한 번, 말레이시아 입국 비자를 받으러 또 한 번. 버스에서 내려야 했지만 다른 버스로 갈아타지 않았고, 수속을 마친 우리를 태운 버스가 그대로 국경을 통과했다.

우리나라가 유일하게 접하고 있는 국경은 같은 민족인 북한밖에 없다. 그나마도 철책과 무장한 군인들이 지키고 있어 왕래조차할 수 없다. 그런데 국경은 이렇게도 건널 수 있는 곳이었다. 신선한 충격과 함께 분단국가라는 말이 단어가 아닌 현실로 다가와 가슴을 때리듯이 아프고 슬펐다.

생각지도 못했는데 말라카에 한국 식당이 있었다. 그것도 매우 아리따운 한국분이 운영하는. 식당에 들어서자마자 너무 반갑게 맞아주셨다. 배낭여행을 하는 한국 여자를 본 것은 3년 전 눈이 아주 크고, 조그만 여자애가 혼자 여행한다며 다녀가고는 내가 두 번째라고 하셨다.

된장찌개를 시켜 먹었는데 한국과 맛이 똑같았다. 아니, 더 맛있었다. 타국에서 오랜만에 한국 음식을 먹으니까 그렇게 느꼈겠거니 하겠지만 정말 한 단계 위의 맛이었다. 밥도 찰지고, 찌개도 뚝배기에 나왔다. 말레이시아에도 뚝배기가 있냐고 물었더니 한국에서 공수해 왔다고. 뚝배기는 물론 반찬 그릇부터 수저, 물컵 하나까지 전부.

사장님이 집에는 자주 연락하느냐고 물어보셨다. 사실 마닐라 이후로 전화는커녕 메일 쓸 기회도 없었다. 집에서 걱정할 걸 알고 있어도 매번 사정이 여의치 않았다. 한국에 전화하라며 사장님이 불쑥 핸드폰을 건네주셨다. 마치 사정을 다 알고 계신 듯 집에서 얼마나 걱정이 많겠냐며 빨리 전화드리라는 말과 함께.

수화기 너머로 아빠 목소리가 들려왔다. 생각지도 못했는데 갑자기 설움이 복받치듯 왈칵 눈물이 쏟아지려고 했다. 애써 밝은 척 괜찮다고 말하며 황급히 전화를 끊었다. 사장님이 오랜만에 전화했을 텐데 왜 그렇게 짧게 통화하냐며 면박 아닌 면박을 주셨다.

아빠 목소리를 듣고, 내 목소리를 전한 것만으로도 감사하고 또 감사했다.

🧭 S#3 광장과 요새와 언덕

모형으로 만든 도시가 아닐까 하는 생각이 들 정도로 아기자기한 말라카는 왕궁과 요새, 쇼핑센터 등 볼거리 대부분이 네덜란드 광장을 중심으로 걸어서 5~10분 거리에 있었다. 정작 압도적인 볼거리는 형형색색의 꽃으로 장식된 트라이쇼(삼륜 인력거)였다. 광장에 늘어선 그 모습 자체가 하나의 관광 상품이었다. 나는 타기보다 보는 쪽을 택했다. 내가 타기에 트라이쇼는 너무 화려했다.

말라카에는 복병이 하나 있었는데 찌는 듯한 더위였다. 한낮으로 갈수록 점점 더 심해졌고, 급기야는 몸속 수분이 다 빠져나간 듯 사람을 굉장히 지치게 했다. 그나마 쇼핑센터가 있어서 잠시 에어컨 바람을 쐬고 나면 돌아다닐 기운을 차릴 수 있었다. 네덜란드 광장의 건물 색깔이 온통 붉었다. 마치 뜨거운 햇살이 건물을 통으로 익혀버린 것처럼.

무릇 요새란 방어 시설을 갖춘 튼튼한 성벽이 떠오르기 마련인데, 산티아고 요새는 그 말이 무색하게 허물어진 벽 하나만 덩그러니 놓여 있었다.

동서 교역의 최고 입지였던 말라카는 한때 4천여 명의 외국 상인이 머물며 90여 개의 언어가 통용되던 무역 왕국이었다고 한다.

말라카 왕국이 쇠퇴하면서 포르투갈, 네덜란드, 영국 그리고 일본의 식민지가 되었고, 산티아고 요새는 포르투갈과 네덜란드의 전쟁으로 무너진 것이라고. 처참했을 당시의 상황을 그 벽 하나가 남아서 고스란히 보여주고 있는 셈이었다.

세인트폴 언덕 위에는 폐허가 된 낡은 교회와 사제복을 입은 동상 하나가 있었다. 동상의 주인공은 유명한 성인으로 한때 그의 시신이 이곳에 있었다는 걸 기념하기 위해 세웠다고 한다. 언덕에서는 말라카 시내와 해협을 한눈에 내려다볼 수 있었다. 어딘지 모르게 유럽을 닮았다는 느낌이 들었다. 식민지의 잔재일까? 유럽 열강의 식민지였다는 사실이 본래의 모습도 그렇게 보이게 하는 걸까?

🏍 S#4 차이나타운

네덜란드 광장에서 다리 하나를 건너면 차이나타운이 나온다. 말라카의 차이나타운은 고대와 현대가 혼재된 느낌이었다. 옛 중국 거리를 걷고 있는 것 같다가도 어느새 예쁜 카페 골목이 나타났다. 가게에는 누군가에게 선물해 주고 싶은 특이하고 예쁜 기념품들이 많았다. 낙서 같은 벽화가 그려진 건물들마저 멋있어 보였다. 숙소들도 예쁘고 저렴해서 구경하다 말고 아예 숙소를 옮겨 버렸다.

차이나타운에서 꼭 봐야 할 곳은 바바뇨냐 헤리티지라고 했다. 말라카에 이주해 온 중국 남자 바바와 말레이 여자 뇨냐가 결혼하면서 생겨난 독특한 문화라고 한다. 중국 문화의 바탕 위에 말레이

문화가 가미된 것으로 현재 말라카 문화의 상징처럼 여겨지고 있다고 한다. 처음 갔을 때는 점심시간에 걸려 보지 못했고, 나중에는 다른 곳을 둘러보다 깜빡해서 결국 구경하지 못했다.

차이나타운에는 이슬람 사원도 있고, 중국 사원도 있었다. 중국 사원은 우선 색감부터가 금색과 검은색으로 시선을 확 잡아끌었다. 사당에는 위패가 모셔져 있었고, 본당에서는 많은 사람이 엄숙하게 기도를 올리고 있었다.

제단에 놓인 화려한 꽃과 향에서 피어오른 연기가 어우러져 신비로운 분위기가 연출되었다. 중국의 고전 영화 속에 들어온 듯한 착각이 들었다. 어쩌면 말라카의 중국 사람들은 여전히 이주 이전, 그 시대의 삶 속에 살고 있을지도 모를 일이었다.

아직 보지 못한 곳이 많은데 벌써 어둠이 깔리고, 휘황찬란한 불빛이 거리를 내달리고 있었다. 오색등을 단 트라이쇼였다. 아무래도 말라카의 최대 관광 상품은 저 유치뽕짝하게 치장한 트라이쇼인 것 같다.

반나절이면 족하다는 곳에 3일을 머물면서도 보지 못한 곳이 있었다. 여행이란 게 그런 것인가 보다. 같은 곳도 하루면 족하다는 사람이 있는가 하면, 누구는 한 달을 머물러도 다 보지 못했다고 느끼는 것. 그래서 같은 곳을 여행했다고 해서 그게 꼭 같은 곳일 수는 없는. 그렇게 같은 곳도 저마다의 인장이 새겨진 여행지로 기억하게 되는 듯하다.

04. 도둑과 위로

페낭 Penang

🧭 S#1 쿠알라룸푸르 Kuala Lumpur 게스트 하우스

킷은 태국 남자였고, 나에게 처음으로 같이 여행하자고 권해준 친구였다. 우리는 쿠알라룸푸르의 게스트 하우스에서 만났다. 한창 월드컵 시즌이라 숙소에 있는 여행자들은 함께 모여 맥주를 마시며 밤새 축구를 봤다. 나만 빼고. 나에겐 축구 말고 봐야 할 곳이 너무 많았다. 혼자 겉돌고 있다고 생각했는지 어느 날 킷이 말을 걸어왔다.

"넌 왜 사람들하고 같이 어울리지 않니?"

"난 술도 못하고 영어도 못 해."

"나도 술은 못해. 그런데 왜 영어를 잘해야만 다른 사람들과 어울릴 수 있다고 생각해? 영어가 네 모국어가 아닌데, 못하는 게 당연한 거 아냐?"

33

"바보 같아 보일까 봐…."

"그렇게 핑계만 대고 사람들과 어울리지 않으면 평생 영어를
할 수 없을 거야."

"……."

구구절절 맞는 말이었지만 왠지 얄미워서 한마디 해주고 싶은
데 할 수가 없었다. '그래, 네 팔뚝 굵다!'가 영어로 뭘까? 킷의 질
문이 이어졌다.

"근데 넌 왜 항상 화난 얼굴로 다녀?"

"내가? 언제?"

"널 본 첫날, 복도에서. 내가 'Hi~' 하면서 인사했더니 네가
인상 쓰면서 지나갔어. 그 뒤로도 넌 볼 때마다 항상 화가 난 표정
이었어. 좀 전에 내가 말을 걸 때도."

누군가 영어로 말을 걸어오면 긴장하곤 했는데, 그게 화난 것
처럼 보였나 보다.

"영어를 못하니까 긴장해서 그래."

"나처럼 영어를 잘해도 인상 쓰는 사람한테는 말을 걸기 쉽지
않아. 'Hi~'라고 하는 사람한테 웃어준다고 그 사람이 네가 영어
를 잘하겠거니 짐작해서 말을 걸진 않을 거야. 같이 축구 볼래?"

"아니, 오늘 말고 다음에."

이상하게도 자연스럽게 미소가 나왔다. 킷도 같이 씽긋 웃어주었다. 킷을 다시 만난 건 쿠칭에 다녀오고 나서였다. 그의 충고를 받아들여서라기보다 타지에서 아는 얼굴을 보니 동향 사람이 아니어도 너무 반가워서 절로 미소가 지어졌다. 이번에는 내가 먼저 "Hi~"하고 인사를 건넸다.

킷은 페낭에 갈 거라고 했다. 나도 페낭으로 갈 예정이라고 하자 대뜸 같이 가잔다. 영어도 가르쳐 주고, 여행 노하우도 알려주겠다며. 자기랑 같이 다니면 살도 빠질 거라고 했다. 이렇게 유쾌하고 유익한 동행을 마다할 이유가 없었다.

🎬 S#2 페낭행 버스

전날도 늦게까지 축구를 봤던 킷은 버스에 타자마자 잠들었다. 옆에 동행이 있다는 안도감 때문이었을까? 여행하는 동안 중간에 한 번도 버스에서 내린 적이 없던 내가 휴게소에서 내렸다. 화장실에 들른 후 비훈(국수)을 하나 먹고, 킷에게 주려고 나시레막(코코넛밀크를 넣고 찐 밥)을 하나 샀다.

버스가 있던 자리로 돌아와 보니 사라지고 없었다. 장소를 잘못 기억했나 싶어서 여기저기 둘러봤지만 다른 곳에서도 버스는 보이지 않았다. 출발해 버린 것이었다. 사람들한테 나를 두고 버스가 떠난 것 같은데 어떻게 해야 하냐고 물었다. 다음 버스가 곧 올

테니 기다리란다. 초조하고 불안했지만 기다리는 것 외에 달리 내가 할 수 있는 일이 없었다.

🧭 S#3 페낭 게스트 하우스

2시간이 지나서야 페낭으로 가는 버스가 왔고, 페낭에 도착해 버스 회사를 찾아가서 항의해 보았지만 미안하다는 말뿐이었다. 사실 이번 일은 내 불찰이 더 컸다. 여행자가 배낭을 두고 내렸다는 자체가 잘못이었다.

버스 회사 사장의 도움으로 숙소를 잡고 킷에게 메일을 보냈다. 연락을 받은 킷이 배낭을 들고 숙소로 찾아왔다. 나를 보자마자 여행자가 어떻게 배낭을 두고 버스에서 사라질 수가 있냐며 불같이 화를 냈다. 페낭에 도착해 눈을 떠보니 나는 안 보이고, 웬 중국 남자가 자신에게 배낭을 맡기고 내가 버스에서 내렸다고 했단다. 그 사람이 수상하기도 하고 여행자가 배낭을 타인에게 맡겼다는 말 자체를 믿을 수 없어서 말다툼 끝에 겨우 빼앗아 갖고 있었다고 했다. 휴게소에 내렸다가 밥을 먹느라 버스를 놓쳤다고 말했더니 킷이 어이없어하면서 어서 배낭부터 살펴보라고 했다.

없었다. 비상금이 든 복대와 핸드폰, 사진이 저장된 외장 하드를 넣어 둔 가방이 보이지 않았다. 카드 지갑이 나와 있는 걸 보니 가방을 뒤진 게 분명했다. 손이 떨리고 심장이 쿵쾅거렸다. 머릿속 뇌 기능이 정지한 것처럼 아무 생각도 할 수 없었다. 지금이 밤인지 낮인지 분간이 되질 않았다.

머릿속에서는 '왜?'라는 말만 메아리처럼 되풀이되고 있었다. 왜 내가 버스에서 내렸을까? 근데 왜 하필 나지? 외장 하드는 왜 들고 갔을까? 왜? 왜? 왜? 차라리 돈만 가져갔다면 마닐라 때처럼 손바닥 털듯 툭툭 털어 버렸을 텐데. 사진이 없어진 것은 어떻게 해도 털어지지 않았다. 사랑스러운 엘리, 세상에서 가장 예쁜 커플마린과 욘, 순수하고 아름다웠던 말랑 아이들, 쿠칭의 친할머니 같았던 안티… 함께한 추억이 모두 사라졌다고 생각하니 허무하고 공허했다. 어떻게 해야 할지 모르겠고, 어떻게 하고 싶다는 생각도 들지 않았다. 내가 있었지만 나는 거기에 없었다.

방이 답답해 야외 테이블에 멍하니 앉아 있는 시간이 늘었다. 무슨 일 있냐고 묻는 사람들에게 나쁜 사람이 내 여행을 훔쳐 가버렸다고 말했다. 많은 사람이 나를 위로해 주었다. 나쁜 기억은 잊고 힘내라고도 하고, 어서 기운 차려서 가족한테 돌아가라고도 했다. 돈이 없으면 빌려줄 테니 돌아가서 갚으라는 사람도 있었다. 그 어떤 말도 위로가 되지 않았다. 그때의 나는 중국어를 알아들을 수 있다는 게 저주처럼 느껴졌다.

테이블에는 누가 샀는지 모를 음식이 꾸준히 놓였다. 배가 고프지도 않았지만 아무리 잘근잘근 씹어도 목구멍으로 넘어가질 않았다. 그날도 누가 음식을 가져와서 내밀었다. 나는 미동도 하지 않았다. 그저 다른 사람들처럼 식상한 위로의 말을 던지고 빨리 떠나주기만 바라고 있었다. 그런데 왜 이러고 있냐며 나에게 호통을 쳤다. 잃어버린 것은 돌아오지 않는다며 추억을 잃어버렸으면 어서 빨리 가서 새로운 추억을 만들라고 했다. 그 말에 정신이 번쩍 들었다. 나는 이 말을 기다렸었구나. 괜찮다고, 아무 일도 아니어서 네 여행을 계속하라고 등 떠밀어 줄 누군가의 이 말 한마디를 내내 기다리고 있었다는 걸 깨달았다.

고개를 돌려보니 깊고 선한 눈매를 가진 백발의 할아버지가 보였다. 그제야 눈물이 났다. 할아버지가 내 등을 토닥이며 말했다. 그 사람이 가져간 건 내 사진이지 추억이 아니라고, 추억은 사람의 머리와 가슴속에 살기 때문에 누구도 훔쳐 갈 수 없다고. 할아버지 말씀에 안개가 걷히듯 정신이 맑아지고, 온몸 구석구석으로 새로운 기운이 뻗어나가는 것이 느껴졌다. 그렇게 서서히 내가 돌아오고 있었다.

🧭 S#4 새로운 숙소

다시 홀로 여행을 시작하기로 했다. 페낭 둘러보기를 포기하고, 숙소도 옮겼다. 나를 걱정해 주는 사람들의 시선과 호의가 고마우면서도 부담스러웠다. 그리고 킷과 통화했다. 여행을 다시 시작할 거라고, 조금 두렵지만 혼자 해보겠다고 했다. 사실 킷과 동행하고 싶은 마음이 굴뚝같았다. 하지만 지금 홀로 서지 않으면 앞으로 다시는 혼자 일어설 수 없을 것 같았다. 킷은 언제든 마음이 바뀌면 연락하라고 했다. 다시는 배낭을 두고 어디 가지 말라는 말과 함께.

05. 경계의 땅에 묶인 슬픈 여인들

골든트라이앵글 Golden Triangle

태국

S#1 골든트라이앵글

태국, 미얀마, 라오스의 세 국경이 만나는 곳을 골든트라이앵글이라고 한다. 과거엔 최대 아편 경작지로 악명을 떨쳤다고 하나, 내게는 그저 작은 국경 도시 같은 느낌이었다. 관광객 덕에 근근이 먹고사는. 태국과 라오스 사이를 유유히 흐르는 메콩강의 평화로운 모습도 한몫했으리라. 하지만 현실은 아직도 거대한 아편 조직이 골든트라이앵글을 중심으로 활동 중이라고 한다.

도시의 정확한 명칭은 매사이. 태국의 최북단 도시로 미얀마와 다리 하나를 경계로 두고 있었다. 매사이에서 12시간짜리 미얀마 비자를 받으면 다리를 건널 수 있었다. 다만 허용되는 방문 시간은 30분에서 1시간 남짓이었다. 방콕에서 미얀마 비자를 받으려고 여러 번 신청했는데 번번이 거절당했다. 대사관에 불이 나서, 미얀마 국경절이라서, 미얀마 내부 사정 등등의 이유로. 오기가 생겨서 어떻게든 여권에 미얀마 비자 도장을 찍을까 하다 그만두었다. 의미 없는 돈 낭비에 오기보다는 객기라는 생각이 들었다. 국경이라지만 수많은 사람이 자유롭게 다리를 건너고 있었다. 보고 있노라니 또다시 우리나라의 현실을 떠올리지 않을 수 없었다.

S#2 롱넥 빌리지 Long Neck Village

미얀마에서 태국 북부로 이주해 온 카렌족은 흰 카렌족과 붉은 카렌족으로 나뉘는데, 붉은 카렌족을 빠동족이라고 부른다. 빠동족 여인들은 어려서부터 목에 금색 링을 걸어서 목을 길게 늘이는 것으로 유명하다. 나는 초등학교 때 TV 다큐멘터리에서 처음으로 빠동족을 봤다. 그로부터 오랜 시일이 지났고, 워낙 유명한 부족이라 원시의 모습을 간직하고 있으리라곤 생각하지 않았다. 하지만 이렇게나 관광 상품화된 모습일 거라고도 생각하지 못했다.

어린 소녀부터 할머니까지 칸칸이 마련된 부스 같은 곳에 차례대로 앉아 있었다. 옆에는 관광객이 앉아서 사진을 찍을 수 있게 자리도 준비되어 있었다. 하나같이 무표정한 얼굴이었다. 무.표.정. 사람 얼굴에서 표정을 지우면 저런 모습이구나 싶었다. 사실 생글생글 웃고 있는 친구도 있었고, 새침하게 그냥 앉아 있는 친구도 있었다. 나의 편견일지 모르지만, 그런 모습에서도 아무런 감정이 느껴지지 않았다. 그들의 얼굴 하나하나에 그저 가슴이 아려왔다.

목이 길어서일까? 그들의 눈빛은 슬픈 사슴을 닮아 있었다. 그 중에서도 유독 눈길이 가는 아이가 있었다. 예쁘장한 얼굴에 무척이나 개구질 것 같은 인상이었다. 무료한지 턱을 괴고 발을 까딱거리고 있는데, 그 옆에 앉아서 같이 사진을 찍었다. 나는 일부러 환하게 웃었다. 사진을 보여주며 나처럼 웃어보라고 말했다. 처음에는 아무 반응이 없었다. 아랑곳하지 않고 두 번, 세 번 그 아이 옆에서 웃는 얼굴로 사진을 찍고 보여주었다. 그러면서 같이 웃자고 계속해서 졸랐다.

마침내 아이가 웃는 얼굴로 사진을 찍어주었다. 내가 원하는만큼 '활짝'은 아니었지만 만족했다. 사진을 보여주자 아이가 자기 얼굴을 한참이나 빤히 보고만 있었다. 무슨 생각을 하고 있을까 궁금했지만, 물어볼 필요는 없었다. 자신의 웃는 얼굴이 담긴 카메라 화면을 보는 아이의 얼굴에 미소가 피어오르고 있었으니까.

🧭 S#3 기념품점

커다란 구슬과 술 장식이 달린 모자를 쓴 아카족 여인이 기념품을 팔고 있었다. 스카프, 장신구, 가방 등 모두 아주머니가 직접 베틀로 짜서 만들었다고 이를 드러내고 활짝 웃으며 말했다. 그런데 이가 새까맸다. 너무 궁금해서 물어보니 잎담배를 많이 씹어서 그렇단다. 초록 잎으로 즉석에서 잎담배를 하나 만들더니 해보라며 건네주었다. 내가 거절하자 바로 자기 입에 넣더니 잘근잘근 씹어

41

댔다. 얼핏 보기엔 껌을 씹고 있는 것 같았다. 아카족 여인 중에는 껌깨나 씹는 사람들이 많았다.

이번에는 쌔근쌔근 잠자는 아기를 안고 있는 젊은 여인이 기념품을 팔고 있었다. 잠깐 흔들리는 내 눈빛을 읽은 여자가 기념품들을 내밀며 나를 붙잡았다. 하지만 살 순 없었다. 원래 짐을 늘리기 싫어서 무얼 잘 사지 않기도 하지만, 내일이면 라오스로 건너갈 예정이라 남아 있는 태국 돈이 얼마 없었다. 돈이 없어서 못 산다고 말했다.

아기 엄마가 내 팔목을 붙잡더니 팔찌 하나를 꺼내서 채워주었다. 하는 수 없다 싶어서 얼마냐고 물었더니 선물이란다. 나는 정말 깜짝 놀랐다. 비록 작은 팔찌 하나이긴 해도 이렇게나 관광지화된 곳에서 선물을 받으리라곤 전혀 예상하지 못했었다.

아기 엄마는 곡물의 씨앗으로 만든 팔찌인데 행운을 가져다줄 거라고 했다. 마치 오랜 지기가 나의 안녕과 무사를 바라는 말투였다. 고맙다는 말과 함께 10밧(한화 약 370원)을 억지로 쥐여주고 나왔다. 그녀 마음에 비하면 터무니없이 적은 액수였지만 당시에 내가 가진 돈 전부였다.

🌀 S#4 팔찌

여행하는 내내 팔찌를 차고 다녔는데, 한국에 돌아오고 얼마 되지 않아 샤워하는 도중에 풀려버렸다. 마치 자기 할 일을 마쳤다는 듯이. 여행 중 두어 번 더 팔찌를 선물 받았는데 차고 나서 얼마 되지 않아 끊어지거나 이상하게 거슬려서 내가 빼 버리거나 했었다. 그런데 이 팔찌는 안 그랬다.

투박한 팔찌였다. 검은색 띠에 흰색과 갈색의 씨앗들이 V자와 I자를 그리며 다닥다닥 붙어 있는 조금은 촌스러운 장신구였다. 씨앗에 색을 칠했는지 본디 씨앗 색깔이 그러한지 알 수 없었지만, 씨앗들은 좀처럼 색이 바래거나 긁히지도 않았다. 천과 끈은 시간이 지날수록 색도 바래고 얇아졌는데 씨앗만은 신기하게도 처음 받았을 때의 모습 그대로였다. 다만 샤워한 뒤 잘 말리지 않으면 땀에 전 쉰내가 났다. 그 때문에 샤워하고 나면 내 머리나 몸보다 여간 신경 써서 말리지 않으면 안 되었다.

배낭여행자들은 대부분 팔찌를 차고 다녔다. 나처럼 선물 받은 이도 있었고, 기념품점에서 마음에 드는 것을 사서 하고 다니는 사람도 있었다. 아무튼 배낭여행자라면 손목에 팔찌 하나쯤은 있는 게 다반사였고, 여러 개를 찬 사람도 있었다. 이를테면 여행자들의 표식 같은 거라고나 할까?

차고 있던 팔찌가 자연스럽게 풀어지면 소원이 이루어진다고 믿는 여행자도 있었다. 소원이 이루어진 것은 아니지만 그녀의 말대로 팔찌가 내게 행운을 가져다준 것만은 확실했다. 여행자의 가장 큰 행운은 무사히 여행을 마치는 것이다. 그래야 다음 여행을 기약할 수도 있고, 누군가에게 내 여행 이야기를 들려줄 기회를 가질 수 있으니까. 지금의 나처럼.

06. 천국과 지옥 사이

방비엥 Vang Vieng 비엔티엔 Vientiane 시판돈 Si Phan Don

라오스

🧭 S#1 방비엥

라오스를 가리켜 '천사들의 나라'라고 한 이가 있었다. 어른, 아이 할 것 없이 눈길이 마주치는 모든 얼굴에는 수줍은 미소가 어려 있었다. 아이들은 생긋생긋 웃는 얼굴로 따라다녔고, 물건을 파는 아주머니는 뭐가 부끄러운지 자꾸만 손으로 입을 가리며 웃었다. 특별히 다정하게 말을 건넨다거나 친절하진 않았지만, 사람들 미소를 보는 내 마음이 마냥 푸근해졌다. 천사가 어떤 모습일지 모르겠지만 방비엥 사람들을 보면서 막연하게 천사 같다고 생각했다.

며칠째 찌뿌듯하던 하늘에 드디어 해가 떴다. 고민 끝에 오토바이를 빌려서 탐쌍에 가기로 했다. 탐이 동굴을 뜻하는 말이니 풀이하면 쌍 동굴이었다. 방비엥에는 크고 작은 동굴이 많았는데 탐쌍은 코끼리 바위로 유명했다.

적당한 습기를 머금은 날씨에 달리는 기분마저 상쾌했다. 아스팔트가 끝나고 진흙 길이 시작되었다. 길 때문인지 여러 번 시동이 꺼지더니 결국에는 어떻게 해도 시동이 걸리지 않았다. 버릴 수도, 끌고 갈 수도 없어 난감했다.

정말 다행스럽게도 때마침 오토바이를 타고 지나가던 외국인 여행자들이 근처 오토바이 수리점 아저씨를 데려와 주었다. 아저씨가 웃으며 자기가 고쳐줄 테니 걱정하지 말란다. 아저씨의 환한 웃음을 보는 순간, 거짓말처럼 모든 걱정이 사라지는 걸 느꼈다. 아저씨가 오토바이를 수리하는 동안 걸어서 탐쌍에 다녀오기로 했다.

너무 고생한 탓인지 탐쌍을 보고 실망해서 터덜터덜 걸어 돌아오고 있었다. 수리점 근처에 다다르자 갑자기 비가 내리기 시작했다. 여권과 카메라가 든 가방이 젖을까 봐 앞쪽으로 끌어안은 채 걷는데 갑자기 옆에서 사람이 튀어나왔다. 놀라서 고개를 드는 순간 주먹이 날아왔다. 충격으로 넘어지면서 본능적으로 가방을 꽉 껴안았다.

복면을 쓴 남자 두 명이 눈에 들어왔다. 남자들은 내가 움켜쥐고 있는 가방을 뺏으려 했고, 나는 소리를 지르며 가방을 안은 팔에 더욱 힘을 주었다. 그들은 주먹을 휘두르며 나를 잡아끌었다. 나는 비에 젖은 땅바닥에 쓸리면서 속수무책으로 끌려갈 수밖에 없었다.

가방을 뺏기 위해 인적 드문 곳으로 끌고 가서 죽이려는구나! 내가
죽은 걸 알면 엄마, 아빠가 얼마나 충격을 받으실까? 동생들도 많이
슬퍼하겠지? 만약 이들이 내 시체를 산속 깊숙이 묻어버리면? 엄마
아빠는 내가 죽은 줄도 모르고 계속 기다리시겠지? 내 운명이 정말
여기까지일까? 말도 안 돼. 절대 그럴 리 없어! 제발 누가 좀 와줘요.
그리고 내 비명 소릴 들어줘요. 아무도 없어요? 정말 내 소리가 안 들
리나요?

소리를 지르며 발버둥을 치다 이상한 느낌에 눈을 떠보니 그들
이 도망가고 있었다. 혹시라도 되돌아올까 빨리 그 자리를 벗어나
고 싶은데 몸이 말을 듣지 않았다. 슬리퍼와 모자가 멀지 않은 곳에
떨어져 있었다. 기력이 없어 엉금엉금 기어서 갔다. 한참을 끌려갔
다고 생각했는데, 열 발짝이 채 되지 않는 듯했다.

사람 소리가 들리길래 흠칫 놀라서 뒤돌아보았다. 아주머니들
이 도란도란 이야기를 나누며 걸어오고 있었다. 저 사람들 덕분에
내가 살았구나!

움직이지 않는 다리를 겨우겨우 떼어서 수리점에 도착했다. 아
저씨는 없었다. 대신 혼자 있던 아주머니가 심상치 않은 내 모습을
보고는 뛰어나와 안아주었다. 그제야 몸이 떨리면서 눈물이 났다.
한번 터지기 시작한 눈물은 그칠 줄을 몰랐다.

아저씨는 오토바이를 고치지 못했다. 시동 점화장치가 낡아서 그렇다며 대여점 주인한테 말해주겠다고 했다. 대여점 주인은 수리점 아저씨 말을 듣더니 일단 오토바이 상태를 점검한 후 얘기하자고 했다. 그런데 수리점 아저씨가 돌아가고 나자 태도가 180도로 돌변했다. 빌려줄 때만 해도 멀쩡했던 오토바이가 고장 났으니 계약서 조항대로 수리비를 내라고 주장했다.

아니, 이 낡은 오토바이 때문에 내가 오늘 얼마나 심한 일을 겪었는데 보상은 못해 줄망정 수리비를 내놓으라니. 나는 나대로 보상받아야겠다며 언성을 높여 싸우게 되었고, 다음 날 아침 일찍 경찰서에 가서 따져보자고 했다. 수리점 아저씨 말대로 오토바이 문제라고 확신했고, 경찰서에 가면 시시비비가 정확하게 가려지겠거니 생각했다. 그러자 대여점 주인이 나를 확 밀치며 자신만만하게 큰 소리로 외쳤다.

"경찰서에 가자고 하면 내가 무서워할 줄 알고? 경찰서 가면 불리한 건 너야. 넌 여기가 어디라고 생각하지? 여긴 한국이 아니라 라오스야!"

순간 누군가 내 뒤통수를 진짜로 갈긴 줄 알았다. 그래, 여긴 라오스였다. 이제까지 사람들이 나를 보며 웃어주고, 친절하게 대해줘서 내가 아주 특별한 대접을 받는 사람이라고 착각하고 있었다. 나는 한낱 여행자에 불과한 이방인일 뿐이다. 라오스 경찰이 그런 나를 믿고, 내 편을 들어줄 리 만무하지 않은가? 이 주인아저씨가 내 눈앞에서 경찰과 짜고 사기를 쳐도 나는 알아채지 못할 것이다. 한순간에 라오스가 지옥으로 변하면서 태어나 처음으로 세상이 무섭다는 생각이 들었다.

🌀 S#2 비엔티엔

한숨도 자지 않고 있다가 새벽이 밝자마자 도망치듯 방비엥을 떠났다. 싫었다. 모든 게 무조건 소름 끼치도록 싫었다. 사시나무 떨듯 온몸이 부들부들 떨려왔다. 떨림은 버스가 방비엥을 출발하고도 계속되다가 비엔티엔에 도착하고 나서야 겨우 멈추었다. 그런데 떨림이 멈추고 나자 이번에는 갈비뼈 부근이 아프기 시작했다.

걷거나 숨쉬기가 너무나 괴롭고 힘들었다. 몇 발자국 걷다 담벼락을 부여잡고 주저앉고 말았다. 지나가던 동양인 남자가 괜찮냐고 묻는데 대꾸조차 할 수 없었다. 그가 급하게 핸드폰을 꺼내더니 어디론가 전화를 걸었다.

남자의 이름은 솜케오, 라오스가 아닌 프랑스 사람이라고 했다. 자기가 라오스를 잘 몰라서 친구를 불렀고, 친구가 차를 갖고 오기로 했으니 조금만 기다리란다. 차를 타고 나타난 사람은 세련된 모습의 중년 남자였다. 모르는 사람의 차를 타기가 망설여졌지만 내겐 달리 선택의 여지가 없었다. 노상강도도 만났는데 뭐.

중년 남성의 권유로 식당에 갔고 방비엥에서 당한 노상강도 이야기를 하게 되었다. 굳은 표정으로 얘기를 듣고 있던 두 남자가 내게 사과했다. 자기네 잘못은 아니라도 라오스 사람으로서 미안함을 느낀다고 했다. 중년 남성은 라오스에 그렇게 나쁜 사람만 있진 않으니까 머무는 동안 좋았던 기억을 더 많이 추억해 주길 바란다는 말을 덧붙였다.

생각지도 못한 전개에 당황스러웠다. 내가 당한 일에 대해 누군가로부터 이렇게나 성의 있는 사과를 받게 될 거라고 상상조차 하지 못했다. 게다가 진심을 담은 사과가 이렇게나 단박에 얼어붙었던 마음을 녹여낼 거라곤 더더욱 예상하지 못했다. 간밤에 당장 라오스를 떠나 두 번 다시 오지 않으리라 이 악물고 다짐했던 기억이 마치 연기가 되어 흩어지는 듯했다.

🧭 S#3 시판돈

강도에게 맞은 것 때문에 몸을 추스르느라 비엔티엔에서 며칠 지내게 되면서 한국인 동행이 생겼다. 간호사로 일하고 있다는 정은이는 똑 부러진 성격에 활달한 아가씨였다. 정은이가 시판돈에 가고 싶다고 했다. 라오스 말로 시판은 4천, 돈은 섬이라는 뜻으로 4천여 개의 섬이 있는 곳이었다.

여행자들이 가장 많이 찾는다는 돈콘섬에 도착해 처음 보이는 게스트 하우스에 짐을 풀었다. 움직일 때마다 삐걱거리는 소리가 나서 불안하긴 했지만, 메콩강을 향해 널찍한 테라스가 나 있어서 마음에 들었다. 테라스에서 바라보는 메콩강의 풍경이 정말 예술이었다.

섬의 유일한 볼거리라는 리피 폭포에 갔다. 관광객이 많은 곳인데도 예상외로 한가로운 농촌 분위기가 났다. 내가 좋아하는 분위기였고, 풍광도 마음에 들었다. 하지만 자꾸 기분이 가라앉았다. 방비엥의 여파는 생각보다 컸다. 그 일만 없었다면 나도 라오스를 무척이나 좋아했겠지.

진한 황톳빛 물이 서로 세차게 부딪치며 소용돌이치는 굉음에 묘하게 빨려 들어가는 듯한 느낌이 들었다. 황톳빛 위로 솟구치는 포말과 굉음이 합쳐져 마치 악다구니를 쓰는 악귀의 형상처럼 보였다.

리피 폭포에는 나쁜 영혼을 가둬서 쓸어버리는 힘이 있다고 한다. 정말로 효험이 있을지 모르겠지만 방비엥에서의 안 좋은 기억을 몽땅 가져가 달라고 빌었다. 그리고 다시는 그 기억들이 되살아나지 못하도록 아주 멀리까지 휩쓸어 가달라고도 빌어보았다.

게스트 하우스에는 로랑스라는 프랑스인이 있었다. 어쩌다 보니 우리 셋이 이야기꽃을 피우게 되었다. 로랑스는 동양 문화에 관심이 많은 똑똑하고 기품 있는 여성이었다. 대부분의 주제는 여행이었지만 사회생활과 결혼에 대해서도 깊은 대화를 나누었다. 각자 생김새와 언어는 달라도 사는 방식과 고민은 다 비슷하다는 점이 신기했다.

얘기하던 중 목이 말라 주인아저씨한테 파인애플주스를 주문했다. 얼마의 시간이 지났을까? 한참을 떠든 듯한데 주스가 나오

50

지 않고 있었다. 내가 농담으로 아저씨가 파인애플을 따러 갔으니 조금만 기다리자고 했다.

그런데 잠시 후 아저씨가 진짜로 파인애플을 따와서 우리에게 자랑하더니 주방으로 들어가는 것이었다. 사실 우리는 목이 바짝 말랐었기 때문에 화를 내고 싶었다. 하지만 너무나도 당당하고 의기양양한 모습에 그냥 웃을 수밖에. 또 한참이 지나도록 주스는 도통 나올 기미가 없었다. 마침내 주스와 함께 모습을 드러낸 아저씨가 해맑게 웃으며 말했다.

"노 일렉트리시티. 나우 온. 지이이잉~. 프레시 주스!"

전기가 좀 전에 들어와서 금방 갔으니까 아주 신선할 거란 얘기였다. 굉장히 뿌듯해하는 얼굴이었다. 아저씨 말대로 주스는 매우 프레시하고 달달했다. 우린 엄청나게 목이 말랐던 만큼 그 자리에서 단숨에 다 마셔버렸다. 그러나 다시 주문할 엄두는 나지 않았다.

아예 체념하고 저녁까지 주문했다. 아저씨는 신이 나서 주방으로 들어갔다. 주방을 왔다 갔다 하며 저녁 준비를 하던 아저씨는 우리와 눈이 마주칠 때마다 "파이브 미닛(5분만)!"을 외쳤다.

당연히 저녁은 5분이 아니라 2시간 만에 나왔다. 이러한 상황이 왜 그렇게 웃기는지 우리는 배꼽을 부여잡으며 저녁을 먹어야 했다.

정말 다행이었다. 웃으며 라오스를 떠날 수 있어서. 방비엥에서의 일이 있고 나서 처음에는 많이 무서웠다. 라오스 사람도 무섭고, 여행자들도 무서웠다. 사람 자체가 두려움의 대상이었다. 그냥 일상이 공포로 변해버린 느낌이었다. 태어나 처음 겪은 일이었고, 다시는 겪고 싶지 않았다.

비엔티엔에서 만난 솜케오와 중년 신사 덕분에 빠르게 사람에 대한 신뢰를 회복할 수 있었다. 그러나 여전히 라오스를 떠나고 싶었고, 다시는 라오스에 오지 못할 것 같다는 생각이 들었다.

시판돈에 와서 리피 폭포를 보며 나쁜 기억을 떠나보내고, 한바탕 실컷 웃고 났더니 많이 괜찮아진 것 같았다. 아니, 나는 정말 괜찮았다. 그리고 라오스에 다시 오고 싶어졌다. 더 이상 내게 무서움으로 기억되는 곳이 아니었다.

아무리 리피 폭포에 영험한 힘이 있다고 해도 그 일을 없애거나 쉽게 잊을 수는 없겠지. 다만 내 마음속에 시판돈에서의 유쾌한 추억이 더 크게 자리를 잡게 되었다. 꼭 다시 라오스로 여행을 와서 더 좋은 추억을 한껏 만들고 싶어졌다.

메콩강에 노을이 지고 있었다. 너무나 예뻤다. 매일 같이 태양이 뜨고 노을이 지지만, 어제와 오늘은 같은 날이 아니다. 나 역시 움츠러들기만 하던 어제의 내가 아니었다.

07. 사막, 해변 그리고 그 밤의 추억

무이네 Mui Ne 달랏 Da Lat

S#1 베트남 출입국 관리소

생각보다 베트남에 가려는 사람이 많았고, 덕분에 비자 발급은 한없이 느리게 진행되고 있었다. 무료함이 짜증으로 변해가려던 그때 트레이가 등장했다. 트레이가 가방에서 커다랗고 투명한 구슬을 꺼내어 묘기를 시작했다. 구슬은 마치 살아 있는 것처럼 그의 손을 떠나 팔과 가슴 사이를 자유롭게 떠다녔다.

구슬이 다시 손으로 돌아오자 이번에는 양 손바닥을 마주 보게 한 뒤 아래위로 벌렸다. 그 순간, 아래에 있던 수정 구슬이 중력을 역행하며 위로 솟구치더니 트레이의 위쪽 손바닥에 착하고 달라붙었다. 와~!! 나를 비롯한 주변에 있던 모두가 탄성을 질렀다. 비자를 받으려던 여행자는 물론, 출입국 관리소 직원까지 나와서 구경했다. 그로 인해 수속이 더 늦어지게 되었지만 더 이상 누구도 신경 쓰지 않았다.

작은 어촌 마을 무이네에 도착해 바닷가를 따라 늘어선 숙소 중한 곳에 짐을 풀었다. 깨끗하고 한적했다. 게스트 하우스 식당에서늦은 점심을 먹고 있는데, 조금 떨어진 자리에 앉은 두 명의 동양인 여자들이 눈에 들어왔다. 한국 사람일까? 일본인? 한 친구가 먼저 방으로 들어가려고 하자 남아 있던 친구가 큰 소리로 뭐라고 말했다. 한국말이었다.

"한국 분이세요?"
반가운 마음에 인사도 자르고 불쑥 이 말부터 튀어나왔다.
"네, 안녕하세요!"

안 그래도 큰 눈을 더 크고 동그랗게 만들며 그녀가 말했다. 현숙이라고 했다. 여자 셋이 모이면 접시가 깨진다고 했던가? 우리는 둘이서 접시 서너 개는 깨고 남을 만큼 수다를 떨었다. 작은 체구에 뚜렷한 이목구비를 가진 현숙이는 의외로 여행 경험이 많았다. 네팔, 인도, 동남아시아 등. 여행 경험이 많을 뿐 아니라 재미있는 에피소드도 많아서 이야기가 끊이질 않았다.

그러다 말라카 얘기가 나왔는데 현숙이도 한국 식당 사장님을알고 있었다. 불현듯 사장님이 하신 말씀이 떠올랐다. 눈 크고 조그만 여자애 혼자 말라카 여행을 왔었다는. 현숙이에게 언제 말라카에 갔었냐고 물었더니 3년 전이라고 했다. 세상에, 사장님이 스치듯 얘기한 친구를 이렇게 만날 줄이야! 이야기를 들은 현숙이도 놀라워했다. 어떻게 이런 기막힌 우연이 있을 수 있을까? 반전 영화의 주인공이 된 기분이었고, 우리 만남이 더욱 특별하게 느껴졌다.

🧭 S#3 무이네

지명조차 생소한 무이네에 사막이 있었다. '사막' 하면 가장 먼저 떠오르는 사하라는 무려 아프리카에 있다. 그런데 베트남, 그것도 바닷가 마을에 있다는 사실이 무척이나 신기하고 놀라웠다. 급하게 투어 인원을 만들어 지프 한 대를 빌렸다. 무이네에는 화이트 샌드와 레드 샌드라고 불리는 2개의 사막이 있었고, 우리는 먼저 화이트 샌드로 향했다.

사막에서 일출을 보겠다고 새벽같이 일어나 서둘렀건만 가는 동안 해가 뜨고 말았다. 그래도 좋았다. 태어나 처음 본 사막의 모든 것이 좋았다.

한 발 한 발 내디딜수록 발이 모래밭에 푹푹 잠겼다. 발가락 사이를 간질이듯 파고드는 모래알들이 하나하나 생생하게 느껴졌다. 막연하게 사막은 메마르고 거칠 거라고만 생각했는데 아니었다. 작은 바람에도 그 모습이 시시각각 바뀌는 생동감 있고 신비로운 영역이었다. 발이 모래밭 속으로 점점 잠겨들 듯 사막의 매력에 푹 빠져들고 말았다.

달리는 지프 꽁무니를 붉은색 먼지가 따라왔다. 무이네 땅은 붉은 기가 많았다. 그 붉은 땅 사이 움푹 팬 계곡이 있었다. '리틀 그랜드 캐니언'이라고 했다. '리틀'이라는 타이틀을 붙이기도 민망한, 그냥 물이 흐른 자국이 있는 곳이었다. 심드렁한 우리들 반응에 가이드 겸 운전사가 나서서 포토 스폿이라는 곳으로 안내하더니 사진을 찍어주었다. 그런데 사진에 찍혀 나온 모습이 제법 그럴듯해 보였다.

실체보다 카메라에 담겼을 때 훨씬 그럴싸하게 보이는 곳이 있는데, 바로 이 리틀 그랜드 캐니언이 그랬다. 그랜드 캐니언에서 아주 멀찍이 떨어진 곳에서 찍은 사진이라고 우기면 믿어줄 것도 같았다. 철판을 깔고 아주 강하게 우긴다면.

레드 샌드는 화이트 샌드보다 규모가 작았다. 시내와 가까워서인지 사막 주변으로 건물도 보이고 다소 어수선한 분위기였다. 부드럽지만 단단한 모래는 사막보다는 언덕의 느낌에 가까웠다.

어쩌면 세상 모든 것의 두 번째는 소외당하기 쉬운지도 모르겠다. 처음 갔던 곳의 인상을 가지고 그곳을 바라보며 은연중 첫 번째에서 받았던 느낌의 여운이 이어지길 기대한다. 두 곳은 같은 카테고리에 있을 뿐 전혀 다른 곳임에도 불구하고, 그 둘을 비교하며 순위를 매기고 만다. 여긴 그곳만 못하다고. 그러지 말아야지 하면서도 화이트 샌드에서 받았던 영감과 감동이 레드 샌드에서 반으로 줄어든 듯한 느낌이 드는 것은 어쩔 수 없었다.

피싱 빌리지는 말 그대로 어촌 마을이었는데, 마을 입구에 들어서자마자 역한 비린내가 코를 찔러왔다. 바닷가에는 고깃배가 떠 있고, 해안가에는 사람들이 모여서 물고기를 손질하고 있었다. 평범한 바닷가 마을의 풍경이었다. 다만 고깃배만큼은 평범하지 않았다. 우리나라의 대나무 소쿠리가 한 5배 정도로 뻥튀기된 모양이었다. 크기만 커졌을 뿐 생김새도 만듦새도 대나무 소쿠리 그 자체였다.

소쿠리가 물에 떠 있는 것도 신기한데 배를 타는 모습은 더 재미있었다. 우선 소쿠리를 바다에 띄워 놓고, 난간을 짚으며 구르듯 소쿠리에 올라탔다. 소쿠리 안에 물이 들어갔는지 물을 퍼내는 모습도 보였다.

어부가 노를 저으니 뒤집어질 듯 기우뚱거리다가 이내 균형을 잡고 앞으로 나아갔다. 특별할 것 없는, 다소 우스꽝스럽기까지 한 광경을 아장아장 걷는 아기를 보는 심정으로 응원하며 한참 동안 지켜봐 주었다.

선녀 샘으로 가는 길은 딱 발바닥까지 잠길 정도의 깊이로 물이 흐르고 있었다. 신발을 벗어두고 맨발로 걸어서 가는데, 발바닥에 물이 스칠 때마다 찰방찰방 경쾌한 소리가 났다. 부드러운 진흙이 발가락 사이를 파고들자 몽글몽글하니 기분까지 좋아졌다. 석회암과 붉은 사암으로 이루어진 주변의 경관이 멋진 볼거리를 더해 주고 있었다. 한 마디로 눈, 귀, 온몸의 감각기관이 요동을 치며 즐거워하는 최고의 투어 코스였다. 아울러 투어를 마감하는 최적의 힐링 코스이기도 했다.

🎬 S#4 달랏

현숙이, 현숙이 친구 승연이와는 일정이 맞아 달랏까지 함께하게 되었다. 달랏은 베트남의 다른 지역과는 달리 고도가 높아서 연중 서늘하고 쾌적한 날씨가 이어져 베트남 사람들에게 휴양지로 인기가 높은 곳이라고 한다.

한낮의 달랏은 쌀쌀한 초가을 날씨 같더니 밤이 되자 이가 딱딱 맞부딪칠 정도로 추워졌다. 공포 영화의 한 장면처럼·거센 바람이 호텔 창문을 마구 흔들어댔다. 우리는 한 이불 아래에서 서로의 온기를 나누며 도란도란 이야기를 나누었다.

달랏의 명물이라고 할 수 있는 기괴하게 생긴 크레이지 하우스에서 그곳을 설계했다는 전 대통령의 딸을 만났다. 베트남 마지막 왕조의 마지막 황제 바오다이의 별장인 여름 궁전을 보고, 비엔 특 스님을 만나러 람티니 사원으로 갔다. 프랑스 유학을 했다는 비엔 특 스님은 뛰어난 그림과 조각 실력으로 부자 스님이라는 별명을 가지고 있었다.

사원에서 만난 스님은 말없이 그림만 보여주었다. 사원의 정원을 장식하고 있는 웃는 얼굴의 조각상들처럼 해맑은 듯 약간은 우울한 인상으로 우리의 어떤 물음에도 알쏭달쏭한 표정만 지을 뿐 대답이 없었다. 그리하여 우리가 만난 사람이 비엔 특 스님인지 아닌지는 미스터리로 남고 말았다.

숙소로 돌아와 현숙이, 승연이와 저녁을 먹으며 수다를 떨었다. 달랏부터 시작해 무이네의 사막과 바다 이야기가 이어졌다. 그리고 지나온 여행과 앞으로의 여행 이야기를 했다. 그렇게 그날 밤은 우리들의 온기와 이야기로 가득 채워졌다. 밤새 맹렬한 추위가 우리 주위를 맴돌았지만, 나에게 달랏은 아주 따뜻하고 즐거웠던 추억으로 남았다.

달랏의 크레이지 하우스

08. 만남과 헤어짐 그리고 운명

방콕 Bangkok

S#1 첫 번째 방콕

의도치 않게 이번 여행에서 방콕만 세 번을 가게 되었는데, 첫 번째는 페낭에서의 배낭 사건 직후였다. '배낭여행자들의 천국'이라 불리는 카오산 로드에 도착했을 때 누가 봐도 자유로운 영혼이라 부를 만한 여행자들이 온통 골목을 차지하고 있었다. 숙소는 깔끔했고, 음식도 맛있었다. 각종 투어를 예약해 주는 여행사도 많았는데 한국 여행사도 있었다. 여행자들끼리 물건을 사고팔 수 있는 벼룩시장도 있었다. 나도 분명 배낭여행자인데 다른 배낭여행자들을 보는 게 너무 신기했고, 별천지에 온 듯한 기분이었다.

첫 방문에서는 공짜로 사원을 보여주겠다는 툭툭(소형 삼륜 택시) 사기꾼한테 속아서 하루를 허탕 친 후 왕궁과 왕궁 수호 사원인 왓 프라깨우만 둘러보고 떠났다. 그 뒤로 또 가게 되리라곤 생각하지 않았고, 내게 방콕은 그 정도면 충분한 곳이었다.

나는 티베트에 꼭 가고 싶었다. 막연히 티베트가 내 여행의 끝이 되지 않을까 생각했었다. 때는 바야흐로 베이징 올림픽이 한창이었다. 중국 정부는 만약의 사태에 대비해 티베트로 가는 모든 길을 단단히 봉쇄해 놓은 상태였다. 베트남에서 시도해 보았지만 역시나 티베트 비자는 받을 수 없었다. 방콕에서는 비자가 잘 나온다는 말에 베트남에서 다시 태국으로 향했다. 두 번째 태국 방문이었다.

하노이에서 함께 지냈던 프랑스인 소렌느와 연락이 되어 같이 저녁을 먹기로 했다. 소렌느에게는 독일인 여자와 호주 출신의 남자 일행이 있었다. 프랑스, 독일, 호주, 한국 이렇게 다양한 국적의 사람들이 함께 저녁 먹을 기회는 여행이 아니면 쉽게 갖기 힘들 것이다. 그런 만큼 뭘 먹을지 결정하기도 힘들었다.

여행 얘기로 수다를 떨다가 메뉴를 잠시 고민하고, 다시 여행 얘기로 돌아가기를 반복하고 있었다. 그러다 의견이 모인 것이 한국 식당이었다. 급하게 찾아보니 수쿰윗에 한국 식당이 있었다. 수쿰윗은 우리나라의 강남이나 명동 같은 번화가였는데, 그곳 한복판에 아주 커다랗게 한국 식당이 자리하고 있었다.

문을 열고 들어가자 식당에 있던 모두의 시선이 일제히 우리를 향했다. 소렌느와 다른 친구들이 나에게 대신 주문해 달라고 부탁했다. 프랑스, 독일, 호주에 다 한국 식당이 있는데 주문하는 법을 몰라서 가보지 못했다고 했다. 생각해 보면 우리가 양식 주문하는 것이 힘들 듯 외국인에겐 한식 주문이 어려울 수 있겠다 싶었다.

채식주의자인 독일 친구에게는 계란을 뺀 돌솥비빔밥을, 몸살 기가 있다는 호주 친구에게는 삼계탕을 주문해 주었다. 소렌느와 나는 갈비를 구워 먹기로 했다.

기본 반찬이 깔리고, 내가 컵에 물을 따라주자 다들 어리둥절 한 모습이었다. 이게 한국 식당의 디폴트 수준이라고 했더니 무척 이나 놀라워했다. 물맛이 특이하다며 아주 좋아했는데 보리차였 다. 공짜라는 말에 다들 믿을 수 없다는 반응이었다.

돌솥비빔밥은 아주 성공적이었지만 삼계탕은 실패였다. 호주 친구는 삼계탕 비주얼을 보자마자 별로 먹고 싶지 않은 눈치였다. 몸에 기운이 없을 때 먹는 것이라고 말해주었지만, 결국에는 국물 만 몇 숟가락 떠먹다 말았다. 대신 우리와 함께 갈비를 아주 맛있 게 먹었다. 특히 쌈 싸 먹는 법을 알려주었더니 굉장히 재밌어하며 잘 먹었다.

하지만 하이라이트는 다른 곳에 있었다. 식당 사장님이 서비스 로 파전을 주셨는데 한 입 먹어보고는 하나같이 눈을 휘둥그레 뜨 며 연신 양손 엄지를 들어 보였다. 비빔밥이나 갈비 같은 것은 외국 인들도 좋아하는 맛이라고 알고 있었지만, 파전은 정말 의외였다.

후식으로 나온 식혜도 아주 좋아했다. 식당을 나와서도 계속 한식 이야기를 하며 자기네 나라로 돌아가면 한국 식당에 꼭 가봐 야겠다고 하는데, 이상하게 가슴이 찌르르해졌다. 올림픽 메달을 딴 것도 아닌데 국위 선양한 기분이었다.

소렌느와 두 친구가 떠나고 다시 혼자가 되었다. 소렌느와는 하노이부터 꽤 오랜 시간을 함께했고, 지금 헤어지면 다시 만나기 힘들다는 것을 알았기 때문인지 무척 섭섭하고 외로웠다. 그래도 두 번째 방문이라 그리 낯설지 않은 카오산 거리가 조금은 위로가 되었다.

카오산 로드

터덜터덜 숙소로 돌아가고 있었다. 갑자기 누군가가 튀어나오면서 "언니!" 하고 외쳤다. 무이네에서 만나 달랏에서 헤어졌던 현숙이었다. 옆에는 승연이도 있었다. 마사지 숍에서 발 마사지를 받고 있다가 지나가는 나를 알아보고 무작정 달려 나온 것이었다.

때마침 그 길을 지나간 것도, 걷는 모습만 보고 단번에 나를 알아본 것도 신기할 따름이었다. 달랏에서 헤어지고 이렇게 다시 만날 것이라곤 생각지도 못했었기에 그 반가움과 기쁨이 배가되는

63

듯했다. 하지만 각자의 일정이 달라 곧 헤어졌고, 다시 만났을 때는 셋이 아닌 둘이었다.

🧭 S#4 골목

방콕에서도 티베트 비자를 받을 방법이 없었다. 누군가 미얀마에서는 티베트 비자가 잘 나온다고 해서 두 번이나 신청해 보았지만, 미얀마 비자마저도 취소되고 말았다. 이제 남은 곳은 단 하나. 중국으로 직접 들어가서 어떻게든 길을 뚫어보는 수밖에 없었다. 어렵게 비자를 받아서 중국까지 갔지만 역시나 막혀 있었다.

마지막 지푸라기였던 중국에서마저 티베트에 갈 수 없음이 확실해지자 어디로 가야 할지 갈피를 잡을 수 없는 막막한 심정이 되었다. 한국으로 가야 하나 고민하고 있을 때 승연이와 연락이 닿았다. 네팔 트레킹을 한다는 얘기를 들었는데, 이상하게 마음이 들뜨면서 함께하고 싶어졌다. 승연이가 있는 태국 방콕에서 만나기로 했다. 세 번째 방콕 방문이었다.

승연이한테 며칠날 도착한다는 날짜만 알려주고 도착 시간은 말해주지 않은 상태였다. 이른 아침 도착이라 먼저 숙소에 짐을 풀어놓고 연락할 생각이었다. 카오산 로드에 도착해 전에 묵었던 숙소로 가고 있는데 골목 어귀에서 승연이가 걸어 나왔다.

너무 놀라서 어떻게 알고 나왔냐고 물었더니 승연이가 빙그레 웃었다. 혹시나 하는 마음에 산책 겸 나와 봤다고 했다. 정말 이렇게나 절묘한 우연이 있을 수 있나 싶었다. 승연이도 나도 신기해하면서 나랑 같이 쓰려고 미리 잡아놓았다는 숙소로 향했다.

🧭 S#5 숙소

숙소에 우리처럼 네팔 트레킹을 하려는 사람들이 있었다. 순옥 언니와 아름이는 이모와 조카 사이였는데, 순옥 언니는 10년 넘게 배낭여행을 한 베테랑이었다. 네팔 트래킹을 위해 두 사람은 한국에서 지리산 종주를 마치고 왔다고 했다.

갑자기 내가 무모하게 느껴졌다. 아무리 여행하면서 걷기를 좋아하게 되었다고 해도 평소 트레킹은커녕 오르막길이 있으면 돌아가는 길을 택하는 나였다. 과연 네팔 트레킹을 결정한 게 잘한 일인가 싶으면서 걱정이 앞섰다.

애기를 하다 보니 어느새 넷이 같이 트레킹을 하는 전개가 되었다. 승연이가 네팔 트레킹을 하고 싶다는 사람이 더 있다고 하면서 소개받기로 했는데 주선자가 누군지 알려 주지도 않고 그냥 떠나버렸다고 했다. 그런데 순옥 언니와 아름이도 같이 트레킹 할 일행을 소개해 주겠다는 사람이 있었는데 말도 없이 사라졌다고 했다.

알고 보니 순옥 언니와 아름이, 승연이는 서로 소개받기로 한 사람들이었다. 만날 사람은 반드시 만나게 되는 것처럼 소개자 없이도 우린 서로서로 알아보고 함께하게 되었다. 이렇게 운명처럼 네팔 트레킹 원정대가 태국 방콕에서 결성되었다.

65

09. NEPAL Never Ending Peace And Love with 몽니쟁이

포카라 Pokhara

 S#1 베시사하르 Besisahar

안나푸르나 라운딩은 베시사하르에서 출발하여 해발 5,416m의 쏘롱라를 지나 나야풀까지 대략 250km를 2주 동안 걷는 여정이었다. 포카라에 도착해 라운딩 퍼밋(허가증)을 받고, 트레킹에 필요한 장비를 준비하러 갔다.

조금씩 라운딩을 한다는 실감이 나기 시작했다. '잘 해낼 수 있을까?' 하는 두려움과 새로운 경험에 대한 설렘을 동시에 느꼈다. 내 존재를 이렇게 생생하게 느껴본 적이 없었다. 사람들이 이래서 도전하는가 보다. 자신의 존재를 확인하고 싶어서.

버스를 타고 베시사하르에 내려 투어리스트 체크 포스트에서 입산 신고를 하니 팀스(TIMS, 트레커 정보관리 시스템) 카드에 시작 날짜를 찍어 주었다. 어디선가 '탕' 하는 출발 신호음이 들리는 듯했다.

S#2 탈 Tal 해발 1,600m

하루 이틀 잘 따라가다 3일째 되는 날, 계속되는 오르막에 지쳐 일행과 떨어지게 되었다. 마을에 도착하니 순옥 언니와 아름이, 승연이가 나를 기다리고 있었는데, 어느새 마을 사람들과 친해져서 같이 수다를 떨며 옥수수를 까고 있었다.

순옥 언니는 세계 구석구석 안 가본 곳이 없을 정도로 여행 경험이 많고, 밝고 활달한 성격으로 누구와도 잘 어울리며 주변을 밝게 만드는 사람이었다. 언어에도 뛰어난 감각을 지닌 언니는 네팔 현지어를 숙지해 위기 때마다 명석한 판단으로 우리를 리드해 주었다.

승연이는 연약하고 가냘파 보이지만 누구보다도 강단 있고 현명한 친구였고, 아름이는 어린 나이에 걸맞지 않게 사려 깊고 생각이 바른 아이였다. 그리고 나는 복이 아주 많은 사람이었다. 이들과 함께 안나푸르나에 오를 수 있어서.

"나마스떼!" 라운딩하면서 가장 많이 하고 들은 말이었다. 네팔, 인도, 티베트 등지에서 쓰는 인사말인데 안녕하세요, 반갑습니다, 고맙습니다 등으로 해석된다. 이 말은 "당신 안에 있는 신께 경배드립니다."라는 뜻을 품고 있다고 한다. 당신을 향해 "나마스떼!" 그리고 나를 향한 "나마스떼!" 산행하는 사람마다 경배하듯 합장하면서 서로에게 말했다. 당신도 나도 신이 되는 곳, 바로 네팔의 안나푸르나였다.

라운딩하면서 우리와 앞서거니 뒤서거니 하며 계속 만나는 사람들이 있었다. 미국에서 온 아저씨 두 명이었는데, 우리는 톰과 제리라고 불렀다. 두 사람의 겉모습은 할아버지에 가까웠으나 체력은 여느 젊은이 못지않았다. 지기 싫어해서 항상 먼저 로지에 도착해 쉬고 있다가 잔소리하는 쪽이 톰 아저씨였고, 느긋하게 도착해서 평온한 모습으로 잔소리를 듣는 쪽이 제리 아저씨였다.

오랜 지기라는 두 사람의 모습은 적인 듯 친구인 듯 서로 아웅다웅하는 톰과 제리를 연상시키며 TV에서 보던 만화를 직관하는 듯한 쏠쏠한 재미를 선사해 주었다.

이른 아침 출발하려는데 톰과 제리 아저씨를 만났다. 눈인사가 아닌 밝은 목소리로 서로의 안부를 챙기는, 이제는 일행이나 다름없었다. 길을 나서고 얼마 지나지 않아 핑크빛 꽃밭이 나타났다. 새벽안개와 어우러져 몽환적인 아름다움을 뿜어냈다. 넋을 잃고 감상하다 또 일행과 멀어지게 되었는데, 어느샌가 제리 아저씨가 옆에 있었다.

왜 톰 아저씨와 따로 가시냐고 물었더니 친구는 빨리 가길 원하지만, 자기는 천천히 둘러보면서 가는 걸 좋아한다고 했다. 나도 꽃이 너무 예뻐 둘러보다가 일행을 놓쳤다고 했더니 싱긋 웃었다. 아저씨가 '메밀꽃'이라고 알려줬다. 메밀꽃은 모두 하얗다고 생각했는데, 이렇게나 곱고 예쁜 붉은색도 있다는 게 너무 신기했다.

아저씨와 나는 향이 깊은 차를 음미하듯 천천히 감상하며 걸었다.

목이 말라 물을 얻어 마실 요량으로 길가에 있는 집으로 들어섰다. 점잖은 풍모를 지닌 동양인 할아버지 한 분이 앉아 있었다. 가이드와 짐꾼인 포터, 요리사까지 대동하고 라운딩하고 있는 일본인이었다. 일개 부대는 먹여 살리고도 남을 정도로 짐의 규모가 상당했다. 일본에서부터 가지고 온 먹거리와 양념들이라고 했다. 재벌까진 모르겠지만 돈이 꽤 많은 사람 같았으나 모든 것을 갖추고도 함께 나눌 일행 없이 혼자 앉아 있는 모습이 쓸쓸하고 안쓰러워 보이기까지 했다. 톰과 제리 아저씨가 더 부자처럼 느껴졌다.

피상에 도착하니 순옥 언니가 가장 높은 곳에 있는 숙소를 잡아놓고 기다리고 있었다. 낮에 걸을 때는 약간 덥다고도 생각했는데 숙소에 도착해 조금 있으니 쌀쌀한 기운이 돌았다. 지대가 높은 만큼 전망만은 최고였다.

저녁에는 톰과 제리 아저씨가 숙소로 놀러 왔다. 우리가 있다는 걸 알고서 온 건 아니고, 높아 보여서 올라왔다며 승부욕이 강한 톰 아저씨가 아주 만족스럽다는 표정으로 말했다. 그 옆에는 제리 아저씨가 예의 그 평온한 모습으로 서 있었다. 문득 일행은 같은 속도로 걷지만, 친구는 같은 곳을 보고 걷는다는 생각이 들었다.

🧭 S#4 야크 카르카 Yak Kharka 해발 4,020m

라운딩하면서 오색 깃발이 달린 타르초(수평으로 만국기처럼 길게 매단 깃발)나 룽다(수직 나무 기둥에 아래로 처지도록 오색 깃발을 매단 것)를 자주 볼 수 있었다. 오색 깃발의 색깔은 각각 하늘, 땅, 물, 불, 바람을 뜻하며 그 각각의 깃발에는 경전과 불화가 그려져 있다. 타르초와 롱다에는 부처님의 가르침이 히말라야 바람을 타고 세상 곳곳에 퍼져 모든 중생이 고통 없이 해탈의 경지에 이르기를 바라는 네팔 사람들의 염원이 담겨 있다고 한다.

이제는 어느 곳에서도 설산을 볼 수 있었는데, 그 아래는 추수를 앞둔 들녘처럼 가을을 연상케 하는 모습이었다. 갈색 들판 사이 다소곳이 자리 잡은 마을이 보였다. 집집마다 서너 개의 롱다가 나부끼고 있었다. 오래도록 시선이 가는 광경이었다.

야크 카르카에 다 와서 비가 내렸다. 순옥 언니가 마을 끝에 있는 집으로 숙소를 정했다. 이제 막 개장하려는 로지였다. 여기저기 자재가 보이고 분위기가 어수선했지만, 방이 아담하고 깨끗했다. 식당은 공사 중이었고 손님은 우리뿐이라 부엌에서 저녁을 먹기로 했다. 라운딩 중에 누군가가 부엌에서 음식 만드는 과정을 보면 더러워서 그 음식을 먹지 못할 거라고 했었다. 하지만 우리에겐 달리 선택의 여지가 없었다.

부엌에서는 여자가 불을 피우고, 남자는 요리를 하고 있었다. 따뜻한 국물 생각이 나서 누들 수프를 시켰다. 배가 고픈 탓도 있었겠지만, 음식이 놀랍도록 맛있었다. 그리고 음식 만드는 모습을 보는 것도 재미있었다. 우리는 불 피우는 것을 돕기도 하면서 따스한 부엌에서 시간을 보냈다. 그러면서 네팔 사람들이 소똥과 말똥으로 불을 피워 요리한다는 사실을 알게 되었다. 소똥과 말똥으로 피운 불은 오래 가기는 했으나 화력이 약했다. 로지에서 음식을 주문하면 오래 걸렸던 이유를 그제야 이해하게 되었다.

로지에서 일하는 두 사람은 알고 보니 부부였다. 스무 살도 안 된 어린 부부를 보고, 승연이가 가지고 있는 폴라로이드 카메라로 사진을 찍어 선물해 주고 싶다고 했다. 뒷마당으로 나가 포즈를 잡으라고 했더니 한껏 경직된 표정을 지었다. 우리가 나서서 남자의 손을 여자의 어깨에 얹어 주었다. 그 작은 동작 하나에 어린 신부가 마냥 수줍어했다. 하나, 둘, 셋! 사진 찍기가 끝나자마자 두 사람은 미리 약속이라도 한 것처럼 서로 반대 방향으로 달아나 버렸다.

그 모습에 우리는 배꼽을 잡고 웃었다. 둘이 어째 손이나 잡고 자는 건지. 몇 년 뒤 혹시나 혹시나 내가 이곳을 다시 찾게 된다면 이 부부에게 아이가 생겨 있을까? 못내 궁금하였다.

🧭 S#5 쏘롱페디 Thorong Phedi 해발 4,500m

설산이 한층 가까워져 있었다. 철교를 건너자 평평한 지대가 나타나서 잠시 쉬기로 했다. 그리고 우리가 금보다 더 귀하게 여기는 초코파이와 로지에서 챙겨온 양초를 꺼냈다. 오늘은 순옥 언니 생일이었다. 작은 초코파이에 대못 같은 양초 하나를 꽂고, 언니에게 생일 축하 노래를 불러주었다. 조촐하지만 훈훈한, 평생 잊지 못할 생일 파티였다.

쏘롱페디에 도착하자 비가 내리기 시작하더니 이내 눈으로 바꿔어 버렸다. 하이캠프까지 가지 않고 그냥 쏘롱페디에 묵기로 했다. 해발 4,500m. 드디어 쏘롱라 코밑에 당도했다. 높은 고도 때문인지 추운 날씨 때문인지 머리가 살짝 아팠다. 생강차를 주문했다. 속으로 우리 모두 무탈하게 쏘롱라를 건널 수 있게 해달라고 기도했다. 생애 처음으로 무척이나 간절하게.

정상은 언제나 날씨 변화가 심한 만큼 일찍 건너는 것이 좋다고 해서 새벽 4시에 출발하기로 했다. 그러려면 새벽 3시에는 일어나야 하니까 일찌감치 잘 준비를 마치고, 양치질하러 밖으로 나왔다.

칠흑같이 까만 밤, 하늘과 땅이 하나가 되어 있었다. 밤하늘에 떠 있는 별이 없었다면 내가 서 있는 것인지 매달려 있는 것인지 구분할 수 없었으리라. 별들이 손을 뻗으면 닿을 것처럼 아주 가까이에서 빛나고 있었다. 하늘하고 제법 가까워진 모양이었다. 위에 계신 분, 아까 제 기도 들으셨죠? 네?

안나푸르나

72

짙은 어둠 속 일정한 간격을 두고 동그란 불빛들이 이동하고 있었다. 앞사람의 랜턴 불빛에 의지해서 한 발 한 발 앞으로 나아갔다. 가파른 경사에 숨이 가빠 오며 내 몸이 천근만근 무겁게 느껴졌다. 그렇게 얼마를 묵묵히 갔을까? 조금씩 스며드는 새벽 여명에 주변이 서서히 밝아왔다. 하얀 눈밭에 하얀 구름, 온통 새하얀 세상이었다. 설산 봉우리마다 구름이 걸려 있었고, 손에 잡힐 듯 가까이 보였다. 하지만 진짜로 잡을 수는 없었다.

사람들이 하나둘씩 앞서 나갔다. 멀리서 순옥 언니와 아름이가 손을 흔들고 있었다. 뒤에는 승연이와 포터 케섭이 함께 오고 있었다. 순옥 언니와 아름이를 향해 걸었다. 승연이가 나를 향해 걸어오길 바라며.

점점 숨쉬기가 힘들어졌다. 숨이 가쁜 게 아니라 숨 쉴 공기가 부족한 탓이었다. 머릿속에서 빠드득하는 소리가 났다. 뇌가 쪼그라드는 느낌이었다. 너무 힘들어서 무너지듯 그 자리에 주저앉아 버렸다. 그때 눈밭에 적힌 글이 눈에 들어왔다.「사랑해♡」아름이었다. 라운딩 팀 중에 한국 사람은 우리밖에 없었다. 그리고 아름이 글씨체였다.

힘을 내서 출발하려고 일어서는데 가슴에 극심한 통증이 느껴졌다. 앉았다 일어서는데 이렇게나 많은 산소가 필요한지 몰랐다. 한참을 가다 보니 순옥 언니가 설산을 배경으로 숨을 고르며 쉬고 있었다. 언니도 나도 말을 할 수가 없었다. 언니를 지나쳐 계속 앞

73

으로 나아갔다. 쉬었다 걸으면 더 힘들었기 때문에 그저 천천히 앞으로 나아가는 수밖에 없었다. 빨리 걷고 싶어도 그럴 수가 없었다. 종종걸음이 내가 낼 수 있는 최대한의 보폭이었다. 어느 순간부터인지 주변에 아무도 없었다. 사람의 형상이라고는 나를 제외하고 내 그림자뿐이었다. 눈 위에 새겨진 발자국을 따라가는 수밖에 없었다. 가도 가도 눈 외에 보이는 것이 없자 불안해졌다.

> 내가 맞게 가고 있는 건가? 왜 사람들이 보이지 않지? 이러다 갑자기 날씨가 돌변해서 눈 위의 발자국을 모두 지워버리면 어떻게 하지? 차라리 저 하얀 눈밭 위로 굴러떨어져 버릴까? 그럼 혹시라도 구조대원이 오지 않을까? 그런데 만약 안 오면?

생각하는 것에도 산소가 필요한지 의식마저 점점 희미해지고 있었다. 거짓말처럼 타르초에 둘러싸인 쏘롱라 패스가 나타났다. 그 옆 작은 벽돌집 앞에 아름이가 서 있었다. 아름이를 보자마자 어디서 힘이 났는지 달려가 안아주었다. 아니, 아름이가 나를 안아주었다. 우리는 서로를 부둥켜안고 한참을 서럽게 울었다.

제일 먼저 도착해 혼자 외롭게 우릴 기다렸을 아름이가 안쓰럽고 대견했다. 그리고 무사히 여기까지 온 나 자신이 기특하고 자랑스러웠다. 그 모든 게 눈물범벅이 되어 흘러내렸다. 뒤이어 순옥 언니가 왔고, 승연이와 케섭이도 도착했다.

작은 벽돌집에 들어가 회포도 나누고, 기력 회복을 위해 음식을 주문했다. 다들 많이 먹지 못했다. 나는 국물을 몇 순가락 떠먹고 말았다. 오래 지체할 수가 없어 바로 하산 준비를 했다. 밖으로 나오니 엄청나게 강한 바람이 불고 있었다. 날씨가 변하고 있으니 서둘러야 했다. 진짜로 조난을 당하지 않으려면.

내려오는 길은 거의 90도에 가까운 급경사인 데다 눈이 정강이에 다다를 정도로 쌓여 있었다. 몇 번의 엉덩방아를 찧어가며 미끄럼 타듯 내려왔다. 어느 정도 내려온 모양인지 눈길이 끝나고, 삭막한 모랫길이 이어졌다. 그리고 배가 고팠다. 새벽 3시에 아침을 먹고, 아까 몇 숟갈 뜨다만 국물이 다였으니 당연히 배가 고파야 했다. 마지막 초코파이를 꺼내 아름이와 사이좋게 나눠 먹고 다시 급경사를 내려왔다.

한참을 가도 먼저 간 순옥 언니가 보이지 않았다. 곧 뒤따라올 것 같던 승연이도 나타나지 않았다. 로지가 있는 마을이 나타났지만, 여전히 언니의 흔적을 찾을 수 없었다. 묵티나트를 향해 걸음을 재촉했다. 승연이가 케섭을 통해 너무 힘들어서 아까 보았던 마을에서 하루 묵고 오겠다고 편지를 보내왔다. 승연이는 이미 숙소를 정해서 쉬고 있으니 언니를 찾는 것이 급선무였다. 언니는 누구보다도 경험이 많고 현명한 사람이니 별일 없을 거라고 생각은 하면서도 초조했다.

과연 묵티나트 입구에 순옥 언니가 마중 나와 있었다. 아름이가 언니를 만나자마자 울음을 터뜨렸다. 나랑 있으면서 티를 내진 않았어도 무척 불안했을 것이다. 나도 언니를 보기 전까지 속으로 별별 이상한 상상을 하며 걱정했었으니까.

묵티나트에 들어서자 쏘롱페디에서 같이 출발했던 사람들이 모두 나와 일렬로 서서 박수를 쳐주었다. 아름이와 내가 마지막 주자였던 것이다. 살짝 창피하기도 했지만 생각지도 못한 박수 세례에 깊이 감동했다. 새벽 4시에 쏘롱페디를 출발해 오후 6시에 묵티나트에 도착했다. 정말 눈물 나도록 힘겨운 여정이었다.

자려고 누우니 온몸이 아우성을 쳐댔다. 누군가에게 흠씬 두들겨 맞은 것처럼 여기저기 저리고 아팠다. 그런데 그 아픔이 아주 달콤하게 느껴졌다. 해냈다는 것에 대한 자랑스러움, 무사한 것에 대한 안도, 나에 대한 대견함까지. 아프다는 감각은 내가 쏘롱라를 지나서 살아있다는 의미였다.

🕊️ S#7 따또빠니 Tatopani 해발 1,190m

따또빠니는 라운딩 중 우리가 가장 기대한 곳이었다. 빠니는 '물', 따또는 '뜨겁다'라는 뜻이다. 그랬다. 따또빠니에는 온천이 있었다. 라운딩하면서 처음으로 걱정 없이 뜨거운 물을 펑펑 쓰며 샤워했다. 그동안 뜨거운 물이 모자라 끝에는 찬물로 샤워를 마치거나 처음부터 찬물로 해야 할 때가 많았다. 어찌나 오래 뜨거운 물 아래 있었는지 나중에는 너무 불어서 손가락에 감각을 느낄 수가 없었다.

발바닥에는 새로운 물집들이 통통하게 살이 올라와 있었다. 터트리고 밴드를 붙여야 하는데 다 쓰고 남은 게 없었다. 짐을 최소화해야 한다면서 밴드도 겨우 몇 개만 넣어 왔다. 그걸 본 아름이가 말했다. "그게 뭔 큰 짐이라고." 그러게나 말이다, 아름아. 밴드가 이렇게나 아쉬워질 줄 알았어야 말이지. 그 뒤로 우리는 온천을 하고, 창가가 예쁜 레스토랑에 앉아 나른한 여유를 즐기는 등 라운딩 중 최고의 사치를 누렸다.

우린 곧 헤어져야 했다. 나와 승연이는 나야풀로 내려가 포카라로, 언니와 아름이는 MBC(마차푸차레 베이스캠프)로 간다. 태국에서 만나 카트만두를 거쳐 안나푸르나 라운딩을 하며 여기까지 온 순간들이 떠올랐다. 잘 웃고, 잘 떠들고, 장난도 많이 쳤었다. 우리는 항상 밝고 유쾌해서 라운딩 내내 다른 팀들의 부러움을 샀었다. 그런 우리를 보고 승연이가 미워할 수 없는 심술쟁이들 같다며 '몽니'라고 불렀다. 그렇게 우리는 몽니쟁이가 되었다.

⊗ S#8 포카라

누가 봐도 라운딩을 막 끝낸 사람처럼 절뚝거리며 포카라 시내를 돌아다녔다. 내 두 다리로 걷고 있었지만 내 다리가 아닌 느낌이었다. 하지만 무엇보다 괴로운 건 가려움증이었다. 라운딩 중 묵었던 로지에서 베드버그에 물린 것이다.

어느 날 몸이 가려워서 긁다가 베드버그 자국을 발견했는데 순식간에 몇백 개로 늘어났다. 한번 가렵기 시작하면 피가 날 때까지 긁어야만 진정이 됐다. 하필 손이 닿지 않는 등에 물려서 시원하게 긁을 수도 없었다. 다행히도 나에겐 동지가 있었다. 그 무렵 승연이와 내겐 서로의 등에 약을 발라주는 일이 하루의 중요한 일과가 되어 있었다.

승연이는 나를 '또자' 라고 불렀다. 나는 눈을 뜨면 먹고, 먹고 나면 그대로 잠들어 버렸다. 그런 날 보고 "또 자?"라며 놀리더니 급기야는 이름으로 대체해 버렸다. 그날도 이름처럼 또 자고 있는데, 꿈결처럼 순옥 언니와 아름이 목소리가 들려왔다. 언니랑 아름이가 왔구나. 어? 우리를 찾고 있네. 우리 여기 있는데.

"언니~" 하며 순간적으로 눈이 번쩍 떠졌는데 어느새 나는 밖으로 달려 나가고 있었다. 진짜로 순옥 언니와 아름이가 있었다. 생각지도 못한 재회에 너무나 감격스러워 우리 넷은 그 자리에 서서 어린애들처럼 손에 손을 잡고 팔짝팔짝 뛰었다. 그렇게 우리는 다시 몽니쟁이가 되었다.

순옥 언니와 승연이, 아름이가 새벽같이 일어나 사랑코트에 갔다. 나는 당분간은 산에 오를 생각이 없다고 대차게 말하며 가지 않았다. 현숙이가 그랬다. 굳이 산을 오르지 않아도 숙소 베란다에 앉아 설산을 감상할 수 있는 게 포카라의 가장 큰 매력이라고. 나는 오늘 포카라의 매력에 푹 빠져 볼 생각이다. 이제 곧 여길 떠나면 누려보고 싶어도 누릴 수 없기에.

10. 산 자와 죽은 자가 함께 떠도는 곳

바라나시 Varanasi

인도

⊛ S#1 갠지스강 Ganges River

동트기 전 새벽이 가장 어둡다고 했던가? 누군가 바로 눈앞에서 코를 베어 가도 모를 것처럼 깜깜한 새벽에 몽니들과 함께 인도 바라나시에 도착했다. 공기마저 냉랭해서 찬 기운을 떨치기 위해 짜이(향신료와 생강을 넣고 끓인 인도식 밀크티)를 한 잔씩 마시기로 했다.

처음 마셔본 짜이는 달짝지근하고 너무 뜨거웠다. 순간적으로 몸에 온기가 돌며 떨림이 멈추었다. 순옥 언니 말에 따르면 예전에는 조그마한 토기 잔에 주었는데, 마시고 난 후 컵을 깨뜨렸다고 한다. 지금은 유리컵이고, 다 마신 컵은 돌려주어야 했다. 왠지 이 작은 변화가 아쉽게 느껴졌다.

갠지스강 위로 불에 빨갛게 달구어진 유리구슬 같은 해가 긴 꼬리를 드리우며 떠올랐다. 사람들은 갠지스강을 '강가'라고 불렀고,

강가를 따라 나 있는 계단을 '가트'라고 불렀다. 가트 뒤로는 건물들이 빼곡히 들어서 있었다.

이른 아침 가트 옆에는 목욕하는 사람, 빨래하는 사람, 어떤 경건한 의식을 치르는 사람들이 한데 어우러져 있었다. 뭔가 인도답다는 생각이 들었다. 인도는 처음이었는데도.

일출을 보기 위해서 나왔는지 갠지스강에는 사람들을 태운 배가 띄워져 있었다. 잔잔한 강 위로 이제 막 떠오른 해와 배의 모습이 합쳐지며 그윽한 아름다움이 연출되었다. 그때까지 내가 본 바라나시의 첫인상은 평화로움 그 자체였다.

🧭 S#2 골목

바라나시를 평화롭다고 한 말은 취소다. 골목은 좁고 미로처럼 얽혀 있었고 게스트 하우스와 식당, 가게들이 다닥다닥 붙어 있었다. 그 사이를 소와 사람들이 지나다녔다. 가끔 팔뚝만 한 쥐가 스르륵 지나가기도 했다. 길을 가다 만나는 소를 피하는 것보다 소똥을 피하는 게 더 어려웠다. 아무리 소를 숭상한다지만 소똥까지 소중히 여기는 건지 아무도 치울 생각을 하지 않았다.

바라나시에는 하루에 한 번 이상 밟게 되는 소똥보다 싫은 게 있었는데 바로 원숭이였다. 시도 때도 없이 창문으로 다가와 창살을 흔들며 소리를 질러댔다. 밥을 먹고 있는 식당에 당당히 들어와 음식을 가져가기도 했다. 쫓으려고 하면 가끔 공격해 오는 원숭이도 있었다. 원숭이의 새끼조차도 귀엽지 않았다.

하지만 바라나시 골목은 인도 특유의 색채로 여행자들을 유혹하고 있었다. 어떤 이는 힌디어를 배우고, 또 어떤 이는 악기를 배우고, 또는 요가를 배우고, 혹은 나처럼 그냥 아무것도 하지 않으며 짧게는 일주일, 몇 달이나 몇 년씩 체류하는 사람들이 많았다. 바라나시의 미로 같은 골목은 여행자들을 끌어들이고, 강가로 이어진 가트가 이들을 가두고 있는 듯했다.

바라나시의 가트

🎬 S#3 뿌자 의식 Arti Pooja

매일 밤 가트에서는 뿌자가 행해졌다. 뿌자는 강가 여신에게 바치는 일종의 제사 의식으로 신에게 조금 더 가까이 다가가길 바라는 인도인들의 염원을 담고 있다고 한다. 해 질 녘 가트에서는 뿌자 의식 준비가 한창이었다. 뿌자를 보기 위해 자리 잡은 사람들, 뿌자에 쓰일 꽃과 초를 파는 아이들, 관광객에게 기념품을 팔러 나온 장사치와 구걸 나온 걸인들이 모여서 일대 장사진을 이루고 있었다.

강가에 제단이 만들어지고, 제를 지낼 사제들이 들어와 각자의 제단 위에 서자 의식이 시작되었다. 경건하고 정숙한 분위기 속에서 의식이 진행되고, 의식에 곁들어진 음악이 엄숙함을 더했다. 사제들은 향이 든 향로와 촛대를 바꿔 들어가며 의식의 기운을 사방에 퍼트리고 있었다. 느릿느릿 이어지던 의식은 사제가 강가에 꽃을 뿌리는 것으로 막을 내렸다.

의식이 끝난 후 사람들은 그 자리에서 기도를 올리며 절을 했다. 무척이나 간절해 보였다. 인도는 아니, 바라나시는 이제까지 여행했던 그 어떤 곳과도 확연히 달랐다. 더럽고, 불편하고, 기이했다. 그렇다고 싫은 것도 아니었다. 뭔가 불편하지만 좀 더 알아가고 싶은 소개팅 상대를 만난 느낌이었다. 어쩌면 그래서 여행자들이 좀처럼 바라나시를 떠나지 못하고 있는 것인지도 모르겠다.

🧭 S#4 화장장

인도의 힌두교도들이 가장 성스럽게 생각하는 갠지스강이 있는 바라나시. 세계에서 가장 오래된 도시 중 하나이자 인도 최고의 성지이기도 하다. 힌두교도에게 가장 중요한 것은 더 이상의 윤회를 거치지 않고 무의 상태인 해탈의 경지에 이르는 것이라고 한다. 인도인들은 갠지스강에서 목욕하면 모든 죄가 씻긴다고 믿는단다. 그리고 죽어서 화장한 재를 갠지스강에 뿌리면 윤회를 벗어나 해탈할 수 있다고 믿는다고 한다.

가트 한편의 화장장에 다다랐을 즈음 때마침 화장 준비를 하고 있었다. 주황색 천에 쌓인 시체가 들려 나오고 불을 붙였다. 비록 멀리서였지만 불에 쪼그라든 시체가 벌떡 일어날 것처럼 꿈틀거리는 게 보였다. TV 다큐멘터리에도 나왔던 장면이고, 영화에서 이보다 더 심한 장면을 보기도 했었다. 하지만 한 인간의 소멸을 눈앞에서 직접 대면하는 것은 뭐랄까, 지극한 슬픔의 형체를 마주 보고 선 느낌이었다. 비록 아는 사람은 아니라도 생명을 다한 이의 소멸을 직접 보는 심정은 무척이나 기이하고 서글펐다.

화장하려면 장작을 사야 하는데 충분한 장작을 살 수 없는 가난한 사람들은 타다만 시신이 되어 갠지스강에 뿌려진다고 한다. 완전하게 소멸하지 못하면 해탈할 수 없을지도 모르는데, 그럼 가난한 사람은 윤회의 고리에 갇혀 영원히 고통받을 수밖에 없는 걸까? 저이는 장작을 충분히 샀으려나? 자리를 뜨면서 준비한 장작만으로도 그가 오롯이 소멸할 수 있기를 빌어주었다.

🧭 S#5 강가 Ganga 보트

배에서 바라본 가트의 풍경은 아주 다채로웠다. 가트에 앉아 한가롭게 강가를 바라보며 담소를 나누는 여행자들이 있는가 하면, 명상과 기도를 하는 인도인들과 강물에 몸을 담그고 있는 외국인 남자도 있었다. 그 남자 바로 옆에는 목욕하듯 물에 잠겨 있는 소가 보였다. 마치 가트가 온몸으로 "그래, 여기가 바로 인도다!"라고 외치고 있는 것 같았다.

겉으로 보이는 갠지스강은 오염이 심각해 보였다. 칙칙한 물 색깔이며 소원을 빌면서 뿌려진 꽃과 온갖 쓰레기가 떠다녔다. 손을 담그는 것조차 찜찜해 보였는데 인도인들은 그 물을 떠서 마시기도 했다. 신기하게도 인도인들은 그렇게 해도 아무 탈이 없다고 한다. 하지만 외국인들이 섣불리 따라 했다간 위험해질 수도 있단다. 용기를 내서 갠지스강에 손을 넣어 물을 떠올렸다. 도저히 입으로 가져갈 패기는 생기지 않았다.

노을을 보기 위해 배가 좀 더 멀리 나아갔다. 크기와 모양, 색깔이 서로 다른 성냥갑을 다닥다닥 이어 붙여 놓은 듯한 건물들을 가트 전체가 이고 있는 것처럼 비쳤다.

건물 사이로 붉은 노을이 떠오르는 모습이 보였다. 문득 '산 자와 죽은 자가 함께 떠돌고 있는 곳이 바라나시구나!'라는 생각이 들었다. 죄를 씻고, 번뇌를 털어내려는 사람과 그 곁을 맴돌고 있는 영혼이 보이는 듯했다.

다는 모르지만 왜 수많은 여행자가 바라나시에 빠져 지내는지 조금은 이해할 것도 같았다. 익숙한 곳에서 낯선 곳으로의 이동을 여행이라 단순 정의한다면, 바라나시만큼 생경하고 이질적인 곳은 없을 것이다. 삶과 죽음이 혼재하고 있음을 식견이 아니라 실제로 느낄 수 있는 곳이 바로 여기, 바라나시였다.

11. 불가사의한 사랑과 기적

아그라 Agra

인도

🧭 S#1 아그라

세계 7대 불가사의 중의 하나인 타지마할. 교과서에도 나오고 TV에도 나오는 그곳. 내가 정말 그곳에 왔다. 여행을 시작할 때만 해도 전혀 생각하지 못했다. 내 눈으로 타지마할을 직접 보게 되리라는 걸. 이제는 내가 이집트 피라미드를 보러 갈 거라고 해도 믿을 것 같다. 스포를 하자면 나는 피라미드에도 간다. 하지만 이때만 해도 내가 어디를 얼마만큼 갈 수 있을지 전혀 예상하지 못했다. 그저 타지마할을 볼 수 있다는 기대에 잔뜩 부풀어 있었을 뿐이었다.

그렇게 기대를 가득 안고 타지마할이 있는 곳, 아그라에 도착했다. 너무 기대하면 실망하게 되는 것이 세상의 정해진 이치인가 보다. 안개인지 매연인지 모를 희뿌연 연기에 휩싸인 도시는 차갑고 음습했다. 숙소는 가격에 비해 허름했고, 음식도 맛이 없었다.

그래도 여행자들 사이에 유명한 탄두리치킨(인도식 화덕 탄두르에 구워낸 양념 닭)은 괜찮겠지 싶어서 먹어보려 했는데, 닭이 아닌 이상한 조류를 구워서 판다는 소문 때문에 포기하고 말았다. 웬만해서는 숙소와 음식을 가리는 성격이 아니었음에도 아그라에서는 모든 것에 타박을 놓고 있었다.

⊗S#2 타지마할 Taj Mahal

타지마할은 무굴 제국의 5대 황제인 샤자한의 지극한 사랑을 받았던 뭄타즈 마할 왕비의 무덤이다. 왕비는 작은 키에 평범한 외모를 지녔던 대신, 성격이 자애롭고 솔직했으며 사치를 싫어하는 현명한 여인이었다고 한다. 샤자한은 그녀가 죽자 충격과 애통함으로 단 하룻밤 사이에 머리가 하얗게 세어버렸다고. 황제는 뭄타즈 마할을 위한 무덤을 짓기로 하고, 세계 최고의 대리석과 각국의 보석을 사들였으며 2만 명의 인력을 동원해 22년에 걸쳐 타지마할을 완성한 후 공사에 참여한 장인과 인부들의 손을 잘라버렸다고 한다. 세상에 다시는 이처럼 아름다운 건축물이 나올 수 없도록.

하지만 국력을 기울게 하면서까지 타지마할을 완성한 샤자한은 자신의 셋째 아들에게 권력을 빼앗기고, 아그라 성에 유폐되고 말았다. 유폐된 후 타지마할이 보이는 곳에 머물며 하루 종일 왕비를 그리워하다 쓸쓸히 생을 마감했다고 한다. 지금은 그토록 사랑한 뭄타즈 마할과 함께 타지마할 지하에 잠들어 있다.

타지마할은 시간의 흐름에 따라 색이 변하고, 외부 날씨와 상관없이 내부는 항상 22도를 유지한다고 한다. 타지마할의 네 귀퉁이에 자리한 첨탑은 지진이나 다른 천재지변에 의해 쓰러져도 중심부에 피해가 가지 않도록 미세하게 바깥쪽으로 기울어져 있다.

뿌연 안개에 휩싸인 타지마할은 환영처럼 아름답고 신비로운 모습이었다. 중앙의 긴 수로에 비친 모습은 한층 더 몽환적이었다. 미려한 곡선을 자랑하는 외관은 건축에 문외한인 내가 보기에도 완벽해 보였다. 외벽을 장식하고 있는 고상하고 우아한 대리석 세공 또한 놀라울 정도로 섬세했다.

샤자한은 검은 대리석으로 타지마할과 똑같이 생긴 자신의 무덤을 짓고, 그 사이를 구름다리로 연결하려고 했다는데, 계획대로 검은 타지마할이 지어졌다면 정말 대단한 볼거리였을 것이다. 그 시대에 살았던 사람들한테는 몰매 맞을 말이지만.

타지마할

안으로 들어가자 화려한 대리석 관 2개가 사이좋게 나란히 놓여 있었다. 청지기 같은 할아버지 한 분이 먼지 한 톨이 달라붙을세라 세심한 손길로 걸레질을 하고 있었다.

발바닥에 와닿는 서늘한 대리석의 감촉을 느끼며 불멸의 상징과도 같은 두 사람의 사랑을 카메라에 담으려고 다가갔다. 할아버지가 사나운 얼굴로 달려들어 카메라를 빼앗으려고 하며 "No Photo!"라고 외쳤다.

두 사람의 사랑은 누구에게도 박제가 허락되지 않았다. 사랑을 깊이로 따져 순위를 매기는 프로그램이 있다면 나는 샤자한에게 한 표를 주고 싶다.

얼마나 깊이 사랑했으면 죽은 사람을 위해 이렇게 어마어마한 건축물을 지은 것일까? 타지마할이 세계 7대 불가사의에 든 것은 건축물이 아니라 두 사람의 영원불멸한 사랑 이야기 때문이 아니었을까?

🎬 S#3 (회상) 바라나시 가트 Ghat

순옥 언니와 아름이를 보낼 때 승연이와 나는 허둥거리느라 제대로 된 작별을 하지 못했다. 릭샤(인력거)를 잡고, 릭샤왈라(릭샤를 끄는 사람)와 흥정을 끝내자마자 언니와 아름이를 태운 릭샤가 빠른 속도로 인파에 파묻혀 버렸기 때문이었다.

"언니, 아름아. 잘 가. 몸조심하고." 릭샤가 출발하기 전, 승연이와 내가 다급하게 외치듯 말했다.

"어어, 너희들도 잘 지내고, 재밌는 여행해~" 언니가 애써 밝은 척 활짝 웃으며 말했다.

"언니들 여행 잘해요. 건강 잘 챙기고." 막내지만 언제나 언니 같은 아름이는 아무렇지도 않다는 듯 덤덤하게 말했다.

헤어지기 전 우리는 몇 번이나 서로의 안녕을 당부하는 인사와 포옹을 나누며 이별을 못내 아쉬워했다. 너무 좋은 사람들이었고, 인생에서 가장 감동적인 순간을 함께했고, 그들을 또 그들과 함께한 모든 순간을 너무 사랑했기에 우리가 정말 헤어진다는 사실이 믿기지 않았다. 아니, 믿기 싫었다. 하지만 끝내 그들은 떠나갔다. 우리의 이별 속에는 분명 따뜻한 포옹이 있었지만 정작 기억나는 것은 빠르게 멀어져 가던 언니와 아름이의 뒷모습뿐이었다.

언제나 넷이었던 바라나시의 가트에 승연이와 둘이 앉아 우리가 몽니로 함께한 시간을 회상하며 헛헛한 마음을 달랠 수 있었다. 그날, 승연이가 곁에 있어 주어 정말 고맙고 다행이었다.

🎬 S#4 호텔 방

오늘은 승연이와도 작별을 고해야 했다. 이번에도 릭샤를 잡고, 릭샤왈라와 승강이에 가까운 흥정을 했다. 다만 승연이를 삼킨 것은 인파가 아닌 어둠이었다. 승연이와는 어떻게 헤어졌는지 기

89

억이 나지 않았다. 헤어졌다는 실감도 나지 않았다.

혼자 호텔로 돌아오는데 기분이 이상했다. 사실 승연이는 정말로 간 게 아니고, 나를 깜짝 놀라게 하려고 호텔 방에서 기다리고 있을 것만 같았다. 혹시나 하는 마음에 부랴부랴 호텔 방으로 돌아와 보았지만 당연하게도 그런 일은 일어나지 않았다. 그날 밤 나는 거의 뜬눈으로 지새우며 그녀를 기다렸다. 방에 불도 끄지 않았다. 승연이가 돌아왔다가 불 꺼진 방을 보고 그냥 갈까 봐.

어떻게 보면 여행은 만남과 헤어짐의 반복이다. 그리고 여행은 언제나 장소가 아닌 사람에 의해 호불호가 갈린다. 좋아하는 사람과 좋은 곳을 여행하면 당연히 좋은 여행지가 되겠지만, 싫어하는 사람과 좋은 곳을 여행하면, 사람이 아니라 결국에는 그곳을 싫어하게 될 수도 있다. 여행한다는 것은 그런 의미 있는 사람을 만나 같이한 추억이 깃든 특별한 여행지를 늘려 가는 것인지도 모르겠다.

만남에서부터 헤어짐에 이르기까지 우리 몽니들과 함께한 모든 곳이 내겐 그지없이 특별하고 좋았다. 심지어 우리가 함께한 시간 속, 기억나지 않는 안 좋았던 순간까지도 그러했을 것이다.

우리 몽니들과 함께하지 않았다면 나는 안나푸르나를 오르지도 못했을 것이고, 인도까지 오지도 못했을지 모른다. 상식적으로는 도저히 일어날 수 없는 기이한 일을 기적이라 칭한다. 이번 생에 내가 만난 기적이 바로 우리 몽니들이었다.

12. 배낭여행자들의 정거장

라호르 Lahore

S#1 **리갈 인터넷 인** Regal Internet Inn **게스트 하우스**

리갈 인터넷 인 게스트 하우스는 파키스탄 라호르를 여행하는 배낭족들의 집합소 같은 곳이었다. 나는 그곳에서 아주 경이로운 한국 사람을 만나게 되었다. 선생님으로 부르고 싶었으나 너무 쑥스러워하셔서 그냥 형승 형님이라고 부르기로 했다. 형승 형님은 머릿속에 백과사전을 넣고 다니는 사람이었다. 아니, 세상 도서관에 있는 모든 책이 형님의 머릿속에 들어가 있다는 표현이 더 맞을 것 같다.

예를 들어 간다라 미술에 관해 이야기하면 무슨 책에 이러저러한 이야기가 나오는데 이에 대한 주석이 몇 년도 어느 자료에 실린 것이라 믿을 만하다고까지 설명해 주었다. 어떤 주제든 막힘이 없었고, 말주변도 좋아서 듣고만 있어도 전혀 지루하지 않았다. 한 사람의 머리에 그토록 방대한 지식이 들어있다는 게 그저 놀랍기만 했다. 형승 형님은 비자 발급으로 고생한 탓에 안 그래도 마른 사람이 매우 초췌해 보였는데 그 때문에 세계를 돌아다니면서 발굴 작업을 하는 천재 고고학자 같은 분위기가 났다. 아니, 그는 그냥 천재였다!

언제부턴가 숙소에 도착하면 혼자 쓰는 곳이든, 여러 명이 쓰는 도미토리든 빨랫줄부터 거는 습관이 생겼다. 리갈에 도착해 배낭을 내려놓자마자 같이 방을 쓰는 친구들한테 양해를 구하고 빨랫줄을 걸었다. 누군가 열린 방문을 노크하는 소리가 났다.

아저씨 한 분이 방문 앞에 서서 자기는 영국 사람이고, 옆방에 묵고 있다고 소개하며 다짜고짜 빨랫줄의 주인이 누구냐고 물었다. 나라고 하자 또 대뜸 한국 사람이냐고 물었다. 그렇다고 하니까 그럴 줄 알았다며 아주 뿌듯해하는 미소를 지어 보였다. 영국 아저씨는 한국 사람들은 늘 방에 빨랫줄을 걸고 빨래를 널어놓는데, 그 모습이 너무 좋다고 했다. 그는 방문 앞에 서서 내가 빨래 너는 모습을 한동안 바라보았다.

숙소에 중국어를 하는 친구들이 있었다. 미나미라는 남자와 윈이라는 여자였다. 미나미는 중국어와 한국어를 거의 완벽하게 구사했는데 알고 보니 일본인이었다. 어려서부터 외국 생활을 많이 했다고는 하지만 일본인치고는 드물게 언어 쪽에 재능이 발달한 친구였다. 윈은 중국인이었고, 걱정이 엄청 많은 친구였다. 그녀의 다음 행선지가 인도였는데 얼마나 지저분한지, 사람들은 친절한지, 숙소는 안전한지에 대해 끊임없이 묻고 다녔다.

원이 나에게 인도에 관해 물어왔을 때 거기도 사람 사는 곳이니 너무 걱정하지 말라고 말해주었다. 원은 만족하지 않고 계속해서 질문했고, 때마침 방금 인도에서 도착한 싸이먼도 듣게 되었다. 싸이먼은 말레이시아 사람이었고 중국어가 유창했다. 그는 아주 격앙된 목소리로 다음과 같이 대답했다.

"원, 넌 인도를 여행하는 동안 하늘을 볼 수 없을 거야. 쇠똥이나 쥐를 피하려면 넌 네 발끝만 쳐다보고 다녀야 할 테니까. 침낭이 있니? 없다고? 당장 가서 침낭부터 사도록 해. 인도의 숙소에서 주는 이불을 덮다간 네 몸이 썩을지도 몰라.

인도의 유적지를 볼 거야? 입장료가 정말 더럽게 비싸니까 심사숙고하도록 해. 모르는 인도 사람이 친절하게 말을 걸면 절대 대답하면 안 돼. 그는 네가 돈을 주기 전까지 결코 떨어지지 않을 테니까. 그런데 네가 돈을 주면 그는 네가 인도를 떠날 때까지 따라다닐지도 몰라. 인도에 간다니, 정말 행운을 빌어!"

원은 당장 침낭을 사러 나갔다. 그래도 인도에 가긴 갈 모양이었다. 미나미와 나는 싸이먼의 흥분을 가라앉히기 위해 그를 데리고 차를 마시러 갔다. 대체 싸이먼은 인도에서 무슨 일을 겪었던 걸까?

🌀 S#2 올드 시티

라호르의 올드 시티는 자동차와 마차, 스즈키(일본 스즈키사의 지프를 개량한 미니버스)가 제멋대로 엉켜 있는 혼잡 그 자체였다.

하지만 그 속은 푸근하고 정감 넘치는 우리네 시골 모습 그대로였다. 튀김집 아저씨는 튀김을, 과일 가게 아저씨는 과일을 맛보라고 불러 세우고, 이발소 아저씨는 들어와서 구경하라고 손짓했다.

정육점 할아버지가 똘망똘망하게 생긴 손자를 무릎에 앉히더니 사진을 찍으라며 포즈를 취해주었다. 기계를 돌려서 불꽃을 튀겨가며 칼을 갈아주는 곳도 있었다. 속이 깊은 화덕 앞에서는 아저씨가 샘에서 물을 퍼 올리듯 현란한 막대질로 난을 꺼내고 있었다. 화덕에서 방금 나온 난은 따끈하고 고소했다.

라호르 포트를 천천히 둘러보고 있는데 누가 어깨를 쳤다. 뒤돌아보니 귀엽게 생긴 소년이 손바닥에 꽃을 올려놓고 쳐다보고 있었다. 내가 꽃을 받아 들자 부끄러운 듯 달음박질쳐 달아났다. 들고 있기도 뭐하고 버릴 수도 없어서 아무렇게나 귀에 꽂았다. 기분 좋은 향기가 코끝에 와 닿았다. 오래전 라호르 포트에 살았던 왕족이나 공주가 된 기분이었다. 사람을 홀리는 그 기분 좋은 향기가 오래도록 나를 따라다녔다.

라호르 포트 맞은편에 바드샤히 모스크가 있었다. 크고 아름다운 사원이었고, 기도하는 사람들의 모습에서 평온함이 느껴지는 아늑한 곳이기도 했다. 어디선가 아저씨 한 명이 불쑥 나타나 안내원을 자처하고 나섰다. 몇 번을 거절했지만, 아랑곳없이 설명과 안내를 이어갔다. 그는 신기하고 재미있는 곳을 많이 알고 있었다.

분명 사방이 뻥 뚫린 공간인데 동굴 속처럼 내 목소리가 울려서

들리는 곳이나 파키스탄 사람들이 가장 존경하는 위대한 시인이자 철학자로 파키스탄을 독립으로 이끌었던 모하메드 이크발의 무덤 같은.

그 밖에도 많은 곳을 보여주며 설명해 주었으나 나는 대부분을 이해하지 못했다. 다만 아저씨가 부담 갖지 말라고 한 말이 자꾸만 부담될 뿐이었다.

아저씨가 와지르 칸 모스크를 꼭 봐야 한다고 우겼다. 혼잡한 골목을 지나던 중 갑자기 어느 식당으로 들어가자고 했다. 유명한 식당이니까 꼭 맛을 봐야 한다며. 아저씨를 따라 식당 2층으로 올라가니 펀자비(긴 윗도리와 바지로 구성된 전통 복장)에 스카프를 쓴 여자들이 음식을 먹다 말고 화들짝 놀라는 표정이 되었다. 가게 2층은 패밀리 룸으로 여자나 가족들만 이용할 수 있고, 남자들끼리는 절대 들어올 수 없다고 했다. 얼결에 나는 아저씨와 가족이 되어버렸다.

주문한 음식은 파키스탄에서 흔하게 먹는 구운 양고기와 난이었다. 양고기는 특유의 냄새도 나지 않고 부드러운 데다 양념도 고루고루 적당하게 잘 배어 있었다. 같이 나온 소스와 함께 따끈한 난에 싸서 먹어보았다. 육즙을 품은 난이 입에서 사르르 녹아들었다. 꿀처럼 달고 부드러운 맛이었다. 어느새 음식이 끝이 났고, 계산도 끝나 있었다.

와지르 칸 모스크는 굉장히 인상적인 곳이었다. 붉은 벽과 미너렛(첨탑), 알록달록 장식된 타일 벽화는 낡고 금이 가 있었지만 그대로도 아름답고 품위 있어 보였다. 내부 장식은 빈구석이 하나 없이 세밀하고 아주 화려한 모습이었지만 절대 사치스럽다거나 경박스럽지 않았다. 군데군데 기도하고 있는 사람들의 모습과 어울려 경건함까지 느껴졌다. 아기자기 귀여우면서도 성스러운 분위기가 나는 묘한 곳이었다.

🔇 S#3 마차

아저씨가 마차를 타자고 했다. 돌아다니다가 마차를 타면 재밌겠다고 무심코 했던 내 말을 기억하고서 아저씨가 준비한 마지막 이벤트였다. 역시나 마차 비용도 아저씨가 내고 난 뒤였다. 마음이 영 불편해서 오늘 받은 친절에 대한 보답을 꼭 하고 싶다고 말했다. 아저씨는 빙그레 웃으며 "인샬라!"라고 했다. 신의 뜻으로.

모든 일은 신의 뜻으로 일어나는 것이니 신이 원하면 다시 만나게 될 거라고 했다. 그러면 그때 보답하면 된다고. 만약 신이 원치 않아서 영영 못 만나게 되면 어떻게 하냐고 물었더니 미소를 지으며 이렇게 말했다.

"그게 신의 뜻이라면 따라야지!"

말을 마친 아저씨는 할 일을 다했다는 듯 인파 속으로 빠르게 사라져갔다. 마치 이 세상에 잠시 다니러 온 신처럼.

13. 황량한 땅에서 만난 수호자들

파수 Passu

S#1 파수

방 안에서도 입김이 났다. 온도계가 영하 15도를 가리키고 있었지만 체감 온도는 그 2배, 영하 30도를 밑도는 듯했다. 중국과 맞닿아 있는 파키스탄의 국경 소스트 바로 아래에 있는 파수라는 마을이었다.

중국과 파키스탄을 잇는 세계에서 가장 높고 아름다운 동시에 험하다는 카라코람 하이웨이(KKH)가 이어지고, 히말라야산맥을 거쳐 생성된 빙하와 서스펜션 브리지라고 불리는 다리가 유명한 곳이었다.

가지고 있는 모든 옷을 껴입고 길을 나섰지만 채 30분도 되지 않아 온몸이 나무토막처럼 뻣뻣해짐을 느꼈다. 다시 숙소로 돌아갈까도 생각해 보았지만, 실내와 실외 온도가 크게 차이 나지 않는 곳이라 차라리 몸을 움직일 수 있는 밖이 나을 듯해 계속해서 앞으로 나아갔다. 하지만 이렇게 계속 가다간 빙하를 만나기 전 내가 먼저 얼어버릴 것만 같았다. 잎새를 떨군 나무는 앙상하고, 작물을 거둬들인 들판은 메말라 있었으며, 단단한 돌로 지은 집들에서는 온기를 느낄 수 없었다. 보호막처럼 마을을 감싸고 있는 바위산이 황량함을 더하고 있었다.

저 멀리 밭에서 일하고 있는 사람들이 보였다. 숙소를 나와 마을을 둘러보기 시작한 후로 처음 보는 사람들이었다. 알은체해 주기를 바라며 한참을 서 있었지만 아무도 돌아봐 주지 않았다. 산에서 나무를 해오는 아주머니를 만났다. 서스펜션 브리지가 있는 곳을 물어보니 아주 친절하게 알려 주었다. 그녀는 내 옷차림을 보고선 무척 안쓰러운 표정을 지었다.

🧭 S#2 빙하 계곡

마을을 감싼 바위산 너머 황량하고 싸늘해 보이는 설산이 있었다. 설산과 이어진 계곡 사이로 빙하가 보였다. 삐죽삐죽 솟은 채로 얼어붙은 잔물결들이 누가 정지 버튼이라도 눌러 놓은 것처럼 계곡 사이에 그대로 고정되어 있었다. 멀리 봐도 가까이 봐도 인적은 고사하고 작은 벌레 한 마리도 눈에 띄지 않았다. 실로 적막한 풍경이었다. 그나마 생명체라고 할 수 있는 것은 돌 틈 사이 드문드문 자라고 있는 가시덤불처럼 생긴 식물들뿐이었다.

그러다 열매가 달린 가시나무를 하나 발견했다. 메마른 땅에 홀로 열매를 맺고 있는 모습이 무척이나 감동적이었다. 황량함의 끝처럼 보이는 광경이었고, 죽어 있는 땅이라고 생각했었다. 그런데 그 속에 이렇게 생명을 품고 있었다니. 보다 보니 이 속속들이 말라버린 황무지에 묘한 매력이 느껴졌다. 어느 순간부터인지 모르겠지만 이 황폐하기 그지없는 대지가 풍성한 꽃밭보다 아름다워 보이기 시작했다.

🧭 S#3 서스펜션 브리지 Suspension bridge

사람 말소리가 들리는가 싶더니 할머니와 아주머니가 뒤에서 걸어오고 있었다. 반가운 마음에 대뜸 고개를 푹 숙이고 인사했더니 마구 웃으셨다. 둘은 모녀지간이었고, 할머니는 여든이 넘었다고 했다. 서스펜션 브리지 가는 길을 물어보니 그냥 따라오란다.

두 분은 서스펜션 브리지 너머 들판에 양 떼를 방목하고 있다고 했다. 하루에 한 번씩 살펴보러 가는데, 때마침 가는 길이라고 했다. 잘됐다 싶어 따라서 걷는데 여든이 넘은 할머니 걸음이 어찌나 날렵하신지 잰걸음으로도 따라가기가 벅찼다.

마른 강바닥 위로 길게 늘어져 있는 다리가 보였다. 아주머니한테 서스펜션 브리지가 맞냐고 물어보니 웃으며 고개를 끄덕였다. 아주머니가 바닥에 흐르고 있는 실개천을 손으로 가리켰다. 개울물 속에 작은 개구리들이 배를 깔고 가만히 앉아 있었다.

어머나, 이 추위에 어떻게 개구리가 있지? 의아해하며 아주머니를 바라봤더니 실개천에 손을 씻고 있었다. 얼떨결에 따라서 손을 씻어봤는데 신기하게도 물이 아주 뜨듯했다. 내 손이 너무 차서 그렇게 느껴지는 게 아니라 온수라고 할 수 있을 정도의 따뜻한 물이 흐르고 있었다. 그제야 이 추위에도 물속에서 얌전히 있던 개구리가 이해되었다. 이 정도 온도면 경칩으로 착각할 만도 했다. 잠시 딴짓하는 사이에 할머니는 또 저만치 멀어져 있었다.

서스펜션 브리지

　다리에 도착하고 보니 생각보다 그 길이가 상당했다. 게다가 나무토막이 얼기설기 놓여 있는 바닥은 간격이 넓고, 중간중간 부서진 곳도 있어서 위태위태해 보였다. 대충 얽어 놓은 듯한 철제 난간도 위험해 보이기는 마찬가지였다. 왜 '서스펜션 브리지' 혹은 '인디아나 존스 다리'라고 불리는지 알 것 같았다. 안나푸르나 라운딩을 할 때 계곡 사이 걸쳐진 수많은 다리를 건넜고, 가끔 심하게 출렁거리는 다리를 건널 땐 고소 공포증이 없는 나도 겁이 났었다.

하지만 서스펜션 브리지는 그 무엇과도 달랐다. 발을 떼는 순간부터 긴장이 되더니 중간쯤에서는 현기증이 나는 것처럼 잠시 어지러웠다. 앞서가던 아주머니가 걱정되는 듯 가끔 뒤를 돌아봤다. 괜찮다는 표식으로 손이라도 흔들어 주고 싶었지만, 난간에서 손을 뗄 수가 없었다. 달리는 것도 아닌데 호흡이 가빠왔다.

할머니는 벌써 다리를 다 건너서 쉬고 있었다. 한 번도 뒤돌아보지 않고 쭉 앞서가시던 분이 다리 끝에 앉아 걱정스러운 듯 내 쪽을 보고 있었다. 나도 할머니만 바라보며 한 발 한 발 나아갔다. 다리 끝에 다다라 심호흡하며 할머니를 향해 엄지손가락을 들어 보였다.

아무리 매일 다니시는 길이라 해도 그 연세에 발걸음이나 호흡 한번 흐트러지지 않고 어찌 그렇게나 빨리 건널 수 있는지. 저절로 우러나오는 존경의 마음을 표시하지 않을 수 없었다. 이제껏 말도 내색도 없었던 할머니가 쑥스러운 표정으로 입을 가리며 웃었다.

⚙️ S#4 양치기 수호신

아주머니가 양 치는 곳에 가서 차를 마시자고 했다. 어디냐고 물어보니 멀리 보이는 설산을 가리키며 그 아래라고 했다. 차를 마시러 가기에는 너무 먼 거리였다. 아쉬운 마음을 포옹으로 달래고 헤어졌다. 몇 발짝 걷지 않고 뒤를 돌아봤는데, 두 사람은 어느새 점처럼 작아져 있었다. 다시 몇 발짝 걷고 뒤를 돌아보았을 때 두 사람의 모습은 아예 보이지 않았다. 아무래도 내가 오늘 양치기 모녀가 아닌 축지법을 쓰는 파키스탄 도사님들을 만났던 것 같다.

한 여행자가 여행 중 길을 잃고 헤매게 되었다. 그때 갑자기 어디선가 나타난 개 한 마리가 마치 자기를 따라오라는 듯이 가다가 멈춰 서서 뒤돌아보고, 또 가다가 멈춰 서서 기다려 주고를 반복했다. 여행자는 개를 따라서 무사히 목적지에 도착하게 되었다. 그런데 이상하게도 그 뒤로 개가 보이지 않았다. 사람들에게 물었지만, 개의 흔적도 개를 보았다는 사람도 없었다.

그 후로도 혼자 길을 헤매고 있을 때 홀연히 나타나 길을 안내해 주곤 사라지는 개를 만났다는 여행자들이 속속 나타났다. 이 이야기를 들은 사람들은 여행 중 길을 헤매다 목숨을 잃은 여행자의 영혼이 개로 나타나 도와주는 것이라고 믿게 되었다.

어느 한국인 여행자가 해준 이야기다. 처음 들었을 때는 그냥 지어낸 이야기처럼 들렸는데, 여행하면서 혹시 실화가 아닐까 생각하게 되었다. 정말 여행자를 수호하는 신 또는 영혼이 있어서 개의 모습으로 또는 오늘처럼 양치기의 모습으로 나타나는 게 아닐까?

14. 독특하고 아름다운 흙빛 도시
야즈드 Yazd

이란

🌀 S#1 야즈드

야즈드는 매우 독특한 흙빛 도시였다. 건물들이 벽돌을 차곡차곡 쌓아 만든 것이 아니라 진흙으로 빚은 다음 깎고 다듬은 것처럼 보였다. 무언가 삭막한 듯 푸근한 느낌이 났다. 야즈드 전통 가옥을 개조해 만들었다는 호텔 또한 이제까지의 여느 호텔들과 다른 굉장히 특이한 구조였다. 단층 짜리 건물이었는데 중앙에는 분수대와 작은 실내 정원이 꾸며져 있고, 그를 둘러싸고 사면으로 방들이 배치되어 있었다. 천장에는 지붕이 아닌 화려한 그림이 그려진 천막이 쳐져 있었다. 포근하고, 아늑하고, 이국적이었다. 여태껏 묵었던 호텔 중에서 가장 마음에 들었다.

야즈드 올드 시티 골목은 그다지 복잡하지 않았지만, 항상 길을 잃곤 했다. 빵집이 하나 있었는데 갓 구운 눈(화덕 빵)이 아주 맛있었다. 그 가게에 매일 가면서 단 한 번도 헤매지 않고 찾은 적이 없었다. 매번 다른 길을 가다 보면 새로운 사람들과 건물을 지나게 되었는데, 그게 나름대로 재미있었다. 아마도 그 재미에 빠져 알면서도 돌아갔는지 모르겠다.

🧭 S#2 길거리 암시장

시라즈 페르세폴리스에서 윤희를 만났었다. 야즈드로 간다고 했고, 기회가 되면 만나자고 약속했었다. 크게 기대를 안 했는데 인연이었던지 다시 만나게 되었다. 윤희는 다른 한국 친구와 함께 여행하고 있었다. 아쉽게도 우리가 만난 날이 그 친구가 여행을 마치고 한국으로 돌아가는 날이었다. 친구를 전송하고 돌아오는 길에 윤희가 끝내 울음을 터뜨렸다. 잠깐 만난 나도 이렇게나 서운한데 오죽할까 싶었다. 잠시 뒤 진정이 된 윤희를 데리고 싱숭생숭한 마음도 달랠 겸 술을 구해보기로 했다.

이란은 엄격한 이슬람 국가로 음주를 금지하기 때문에 일반 상점에서는 술을 팔지 않았다. 블랙마켓(암시장)이나 밀주를 만드는 개인을 통하는 수밖에 없었는데, 우리에게 그런 인맥이 있을 리 만무했다. 일단 여행 정보가 많이 있다는 실크로드 호텔에 가 보기로 했다.

여행자들 방명록을 샅샅이 살펴봤지만, 술 구하는 방법 따위는 적혀 있지 않았다. 아쉬운 마음에 여기저기 물어보다 호텔에 묵고 있던 이란 사람과 얘기를 나누게 되었다. 그는 자기 친구가 맥주를 구해줄 수 있을 것 같다고 했다. 생각지도 못한 전개에 윤희와 나는 좋으면서도 얼떨떨한 기분이었다. 울적한 마음에 무작정 호텔을 나서기는 했으나 둘 다 진짜로 술을 구할 수 있으리라 기대하진 않았었다.

호텔 앞 길거리에 서서 맥주를 가져올 사람을 기다렸다. 자동차 한 대가 천천히 골목으로 들어섰다. 호텔에서 만난 이란 사람이 차를 향해 걸어갔고, 오래지 않아 맥주를 들고 우리에게 다가왔다.

무슨 대단한 밀거래라도 하는 것처럼 긴장되었다. 그가 맥줏값은 받지 않을 테니 자기 친구한테 가서 인사를 해주면 안 되겠느냐고 했다. 차로 갔더니 부부로 보이는 남녀가 앉아 있었다. 운전석의 남자는 와이프가 한국 사람을 직접 보고 싶다고 해서 같이 왔다고 말했다. 차 유리문을 사이에 두고 우린 서로 가볍게 눈인사를 나누었고, 부부는 이내 차를 몰고 떠나갔다.

그렇게 어둠 속의 거래는 순식간에 끝이 났다. 맥주를 가지고 호텔로 돌아온 우리는 한 모금 한 모금을 음미하듯이 아주 천천히 아껴가며 마셨다. 맥주가 한 캔밖에 없었기 때문이었다.

🎬 S#3 병원

철들고 나서 처음으로 아주 대차게 넘어졌다. 그것도 호텔에서. 아픔보다 창피함이 더 커서 처음에는 어디가 아픈지도 몰랐다. 그런데 오른손 손가락이 잘 움직여지지 않았고, 움직이려 할 때마다 전신에 식은땀이 날 정도로 고통스러웠다. 급한 대로 응급실에 갔더니 부목을 대고 붕대를 감아주었다. 아침에 일어나면 말짱해지기를 바라며 잠이 들었다.

아침이 되어 호텔 지배인과 함께 병원에 갔다. 검사를 위해 옷을 갈아입는데 환자복에 히잡이 들어 있었다. 과연 이란이라는 생각이 들었다. 다리를 다친 것도 아닌데 휠체어에 태우더니 엑스레이를 찍고, 팔에 링거 바늘을 꽂아서 수액도 맞았다.

간호사가 와서 의사 선생님을 만나러 가야 한다면서 히잡을 고쳐 매어 주었다. 실은 답답해서 머리를 도리질해 히잡을 어깨에 걸치고 있었다. 히잡을 단단히 두르고 의사 선생님을 만나러 간 곳은 진료실이 아닌 수술실이었다.

난생처음으로 들어가 본 수술실은 공기도 차갑고, 생각보다 어두웠다. 잠시 후 의사가 들어와서 팔목 뼈가 부러졌다고 알려주었다. 이어 의사는 여행을 계속할 거냐고 물었고, 나는 깁스해 준다면 계속할 거라고 대답했다. 의사가 계속할 계획이면 수술해야 한다고 했다. 나는 수술은 무서우니까 그냥 깁스해 달라고 거듭 말했다. 의사는 수술하지 않고 여행을 계속하면 부러진 뼈가 점점 어긋나서 한국에 돌아갔을 때 아주 큰 수술을 해야 할지도 모른다고 했다. 그래서 부러진 팔을 고정하기 위해 핀을 박는 수술을 진행할 거라고. 팔이 부러진 것도 처음이고 수술도 처음인데 그게 이란이라니. 너무 겁이 났다. 내가 다급하게 외쳤다.

"선생님 수술은 안ㄷ……"

그 뒤로 기억이 없다. 의사와 대화하는 사이 링거를 통해 마취하고 있었던 모양이다. 마취라는 것이 그렇게 사람을 까무룩 쓰러지게 하는 것인 줄 정말 몰랐다. 깨어났을 때는 이미 오른쪽 팔에 깁스가 되어 있었다.

호텔 지배인이 히잡을 고쳐 매어 주며 괜찮냐고 물었다. 전신이 나른하고 몽롱했다. 이런 상황에서 히잡에만 신경 쓰는 지배인 모습에 실소가 나왔다. 잠시 후 의사가 와서 엑스레이를 보여주며 수술은 아주 잘되었다고 했다. 부러진 뼈를 고정하는 핀을 2개 박았는데, 두 달 후 아무 병원에나 가서 뽑으면 된다며 엑스레이를 선물로 주고 가버렸다.

여행이 원래 두루두루 다양한 경험을 쌓는 것이라지만 이번 건은 완전 대박이었다. 독감에 걸려도 주사 맞기가 무서워서 병원에 안 가는 나인데, 전신 마취에 수술이라니. 어이가 없어 당황스러우면서도 자꾸만 웃음이 나왔다. 이란에서 수술을 받고, 머리에는 히잡을, 팔에는 깁스를 한 내 모습이 얼마나 우스꽝스러운지. 그래도 명색이 내 생애 최초 입원인데, 복숭아 캔 하나 사 들고 올 사람이 없다는 것은 좀 서운했다.

내가 수술했다는 소식을 들은 윤희가 사색이 돼서 병원으로 달려왔다. 연락도 없이 호텔로 돌아오지 않아서 걱정을 많이 했단다.

107

아침에 호텔을 나서며 금방 올 것처럼 두어 시간 있다가 같이 아점을 먹자고 하고선 해가 저물도록 감감무소식이었으니 그럴 만하다 싶었다. 걱정시킨 것은 미안했지만 윤희가 와주어 무척 고마웠다. 비록 복숭아 캔을 사 오진 않았지만.

⚙️ S#4 모스크 Mosque

윤희에게는 테헤란에서 만나기로 한 은경이라는 친구가 있었는데, 내가 다치는 바람에 그 친구가 야즈드로 왔다. 이란에서 한국 사람을, 게다가 이렇게나 예쁘고 활달한 여자 동행을 두 명이나 만나게 될 거라고는 상상도 못 했었다. 여행하면 할수록 사람의 인연이라는 게 참 오묘하다는 생각이 들었다.

우리는 종종 모스크 한 귀퉁이에 앉아 햇볕을 쬐면서 조용하고 차분한 분위기를 즐기곤 했다. 모스크 안에는 검은 차도르를 입은 여인들이 지나다녔는데 언뜻 수녀복 같다는 생각이 들었다. 여행하면서 다양한 종교를 믿는 사람들을 많이 만났다. 종교가 없는 내가 느끼기에 각자가 믿는 종교의 이름만 다를 뿐, 그 교리와 사상은 모두 같은 뿌리에서 출발하는 듯했다.

종교를 믿는 사람들이 이 점을 깨닫는다면 세상에서 종교 분쟁이 사라질 수 있지 않을까 하는 순진한 생각을 해보았다. 차도르와 수녀복이 비슷해 보이는 것처럼 알고 보면 세상에는 완벽하게 같은 것도 완벽하게 다른 것도 없는 법인데 말이다.

15. 마법 세계에서 온 머글들이 사는 곳

런던 London

S#1 튀르키예 Türkiye 반 Van 의 바 Bar

이란 국경을 넘자마자 제일 먼저 한 일은 히잡 대신 쓰고 다니던 스카프를 쓰레기통에 처박는 일이었다. 하루 종일 스카프를 쓰고 다니는 것은 무척이나 성가셨다. 같은 이슬람 국가였지만 튀르키예의 분위기는 듣던 대로 훨씬 자유분방했다. 지척에 사는 사람들이 국경 하나로 전혀 다른 방식의 삶을 살아간다는 게 참 아이러니하면서도 흥미롭게 다가왔다.

이란에서는 술 자체가 불법이었는데, 반에는 떡하니 바까지 있었다. 도착하자마자 바로 향했다. 술을 마시고 싶었다기보다 이슬람 문화권에 있는 술집의 모습이 궁금했다. 또 긴장을 풀어줄 필요도 있었다. 반은 이란과 국경을 맞대고 있는 데다 유럽으로 넘어가는 관문이라 난민도 많았고, 마약 같은 불법이 성행하고 있었다.

반으로 오는 동안 여러 번 정차하며 짐 검사를 받아야 했고 한밤중에 버스에서 큰 소동이 있었다. 마약 운반책이 타고 있다가 체포된 것이었다. 그 때문에 살벌한 분위기 속에서 몇 시간을 긴장한채 버스 안에 갇혀 있어야 했다.

오랜만에 어깨가 들썩이는 음악과 눈앞에 차가운 맥주를 두고있으니 가슴이 뻥 뚫리는 듯한 시원한 기분이 들었다. 바 한쪽에마련된 무대에 악기가 세팅되어 있었다. 연주가 시작되자 바에 있던 사람들이 일어나 춤을 추기 시작했다.

한 사람이 두 사람이 되고 나중에는 우리 빼고 바 안의 모두가커다란 원을 그리며 춤을 추고 있었다. 튀르키예의 전통 춤인지 그많은 인원이 리드미컬한 음악 소리에 맞춰 환상의 호흡을 자랑하며 바를 휩쓸고 다녔다. 같은 문화권인 이란과 참 다르다는 것을다시금 실감했다.

🎬 S#2 응급실

어느 날 아침, 눈을 뜨자마자 배낭이 보였다. 순간 "아, 지겨워!"라는 말이 튀어나왔다. 배낭 하나 달랑 메고 세계를 떠도는 것.어쩌면 세상 모든 사람이 한 번은 꿈꾸는 설레는 삶일지도 모른다.하지만 나는 더 이상 설레지 않았다. 배낭을 풀었다 쌌다 반복하는것도 지겨웠고 새로운 곳도, 새로운 만남도 싫었다.

여행이 길어지면 반드시 한곳에 정착해 쉬어가라고 말한 친구가있었다. 여행을 떠나온 지 1년이 넘었으니 쉬어야 할 때인지도 몰랐다. 그보다 더 큰 문제는 이란에서 수술한 손목의 통증이 점점 심해지고 있다는 점이었다. 진통제도 듣지 않아 낮에는 활동하기 힘들었고, 밤에는 잠을 이룰 수 없었다. 이렇게 지친 모습으로 한국에 가긴 싫었지만, 마침내 내 여행의 종착지에 다다른 느낌이었다.

튀르키예 여행 중에 한국인 의대생을 만났다. 엑스레이 사진을 보더니 이란 의사가 신경을 건드린 것 같다고 했다. 바로 영국으로 날아왔다. 믿을 만한 의료 시설을 갖춘 곳이었고, 무엇보다 비행기 표가 쌌다.

영국에 도착해 제일 먼저 간 곳은 병원 응급실이었다. 영국은 주치의 제도를 운용하고 있었는데, 기본적으로 대부분의 의료 서비스가 무상이었다. 다만 여행자는 예외였다. 그런데 응급실은 여행자도 공짜라고 해서 가게 되었다.

접수하고 한참이 지나도록 아무런 소식이 없었다. 물어보면 기다리라는 답변뿐이었다. 번호표와 전광판을 이용해 실시간으로 차례를 중계해 주는 우리나라의 시스템이 그리웠다. 한참을 기다린 끝에 내 이름이 호명되었다. 흰 가운을 입은 마른 체격의 백인 남자가 안경 너머로 차트를 지그시 노려보며 어렵사리 내 이름을 뱉어냈다. "림윤종."

간호사라고 생각했던 남자는 의사였고, 집들이 손님을 맞이하는 호스트처럼 친절하게 자신의 진료실로 안내해 주었다. 의사가 어느 나라 사람이냐고 물었다. 한국 사람이라고 하자 잠시 기다리라면서 전화 수화기를 들었다. 수화기 너머 상대와 통화하던 의사가 나에게 수화기를 넘겨주었다.

반신반의하며 받아든 수화기 속에서 한국말이 흘러나왔다. 자신을 이 병원의 한국어 통역 담당이라고 소개한 여자는 증상을 얘기해 달라고 했다. 내가 설명한 증상은 다시 의사에게 전달되었다.

몇 번의 동일한 절차를 거쳐서 받은 최종 통보는 '통증에 대한 원인을 알 수 없다'였다. 엑스레이를 찍고, 깁스를 풀어서 상태를 확인해 봐야 하는데 응급실 상담 진료까지는 무료지만 이후의 검사 및 치료에는 비용이 든다고 했다. 관광객은 의료 보험이 적용되지 않기 때문에 금액이 매우 비쌌지만 내게 선택권은 없었다. 우선은 살아야겠다는 생각뿐이었다.

엑스레이를 보던 의사가 어디서 수술했냐고 물었다. 이란이라고 했더니 수술이 아주 잘 되었다고 했다. 다행히 신경 손상도 없다고. 깁스를 제거하고 소독한 후, 다시 깁스를 해주었다. 잘 아물고 있으니 무리하게 움직이지 말고, 몇 주 있다 다시 오라고 했다.

비싼 대가를 치르고도 손목 통증은 여전했지만 나는 영국의 의료 서비스에 큰 감동을 받았다. 관광지도 아닌 병원에 통역 서비스가, 그것도 한국어가 있다는 사실이 무척 놀라웠다. 하지만 무엇보다 감탄한 것은 인내와 배려심으로 환자를 대하는 의사의 태도였다. 어떤 의미에서 진정한 의료 서비스를 받은 느낌이었다.

🎬 S#3 런던살이

손이 다 나을 때까지 런던에 머물기로 했다. 일단 몸을 움직이는 것 자체가 고역이었다. 게다가 쉼이 필요한 시기였다. 장기 체류를 하려면 민박이나 호텔보다 방을 얻는 것이 훨씬 저렴해서 플랫Flat(공동 주택)을 구했다. 영어 학원에도 등록했다. 방을 구하고 나자 마음이 편안해져서인지 잠을 좀 잘 수 있었다. 머나먼 이국땅에서 맘 편히 내 등 하나 뉠 곳을 마련했다는 사실이 그렇게 안심이 되고 좋았던 것 같다.

런던 거리의 풍경

런던 거리는 순식간에 나를 사로잡았다. 현대적인 건물들 사이 자리 잡은 빅토리아풍의 건물을 보면 해리 포터가 떠올랐다. 건물의 벽돌 뒤에는 정말 마법 세계가 있을 것 같았고, 이층 버스를 타고 시내의 좁은 도로를 지날 때면 버스가 갑자기 줄어드는 것 같은 느낌이 들었다. 바쁜 도시인의 전형처럼 서류 가방과 테이크아웃 커피를 들고 다니는 사람, 전신에 피어싱을 한 남자, 파란색으로 염색한 머리에 가죽 재킷을 입고 있는 할머니, 추운 날씨에도 탱크 톱을 입은 여자 등등. 독특하고 개성 넘치는 사람들이 거리를 활보하고 있었다.

거리에서 펼쳐지는 공연과 작품 활동도 다양했다. 그림을 그리고 악기를 연주하는 것은 기본이고, 마임이나 차력 쇼를 하는 사람도 있었다. 반응도 다양해서 무심히 지나치는 사람이 있는가 하면, 작가와 열띤 토론을 벌이는 사람들도 있었다. 이 모든 것이 혼재된 런던 거리에 나는 단박에 매료되고 말았다. 내게는 비단 벽돌 뒤만이 아니라 런던 전체가 머글의 탈을 쓴 마법사들이 사는 세상 같았다.

나는 매일 걸어서 영어 학원에 갔다. 버킹엄 궁전 뒤쪽과 세인트 제임스 파크 사잇길을 지나 트라팔가 스퀘어에서 피카딜리 서커스 방향으로 올라가면 학원이 있는 옥스퍼드 스트리트가 나왔다. 학원으로 가는 여러 길이 있었지만, 이 코스가 가장 짧고 지루하지 않아서 마음에 들었다.

간혹 버킹엄 궁전의 근위병 교대식을 볼 수 있었다. 옥스퍼드 스트리트에서는 자전거를 타고 공해 줄이기 캠페인을 하는 누드 시위대를 만나기도 했었다. 누드 자체가 워낙에 큰 퍼포먼스이긴 했지만, 열띤 구호가 아닌 해맑게 웃는 얼굴로 하이 파이브를 하며 지나가는 시위대의 모습은 신선한 충격으로 다가왔다.

버킹엄 궁전

런던에서 가장 마음에 안 드는 부분이 있다면 날씨였다. 몹시 우울하고 변덕스러웠으며 전체적으로는 스산하고 음침했다. 런던에 사이코패스가 많은데, 그 이유가 날씨 때문이라는 소문도 있었다.

그러다 보니 햇볕이 쨍쨍한 날이면 거리는 상의를 탈의하고 일광욕을 즐기는 사람들로 넘쳐났다. 처음으로 길거리에서 거침없이 상의를 탈의하고 성큼성큼 잔디밭으로 들어가 일광욕하는 남자를 보았을 때는 뭐 저런 미친놈이 다 있나 싶었지만 이내 이해하게 되었다.

그지없이 맑았다가 급작스럽게 어두워지면서 비가 내리고 돌개바람이 불었다. 또 바람은 어찌나 거세게 부는지 나 같은 덩치도 앞으로 한 발 나아가기 힘들 정도였다. 믿거나 말거나지만 바람에 날아갈 뻔한 적도 있었다. 이런 영국 날씨 때문에 좋은 게 딱 하나 있었다. 영국의 습하고 서늘한 기후는 감자가 자라기 좋은 조건이라고 한다. 그래서인지 영국 감자는 우리나라의 강원도 감자만큼 이나 파근파근하고 맛있었다.

런던살이에서 감자는 내게 구원과도 같은 존재였다. 어느 날 세인즈버리 마켓에 갔다가 세일하는 감자를 사게 되었다. 깁스를 하고 있던 때라 대충 씻어서 물만 넣고 삶아서 먹었는데 너무너무 고소하고 맛있었다. 게다가 평소에도 비싸진 않았지만, 늘 세일을 했다. 그 뒤부터 주야장천 감자를 사다 먹었다. 플랫의 하우스메이 트들은 그런 나를 '포테이토 걸'이라고 불렀다.

승희는 한국인 유학생으로 런던에 도착해 한국인 민박집에 묵 었을 때 가장 먼저 알게 된 친구였다. 자신의 미래에 대한 고민이 많았지만, 기본적으로 아주 유쾌하고 낙천적인 성격이었다. 그녀 는 런던 생활의 선배로서 많은 조언과 정보를 아끼지 않았고, 내게 실질적인 도움을 가장 많이 준 친구이기도 했다.

승희가 민박집 사장님한테 잘 안 쓰는 물건을 받아왔다며 브릭 레인 로드 마켓에 가서 함께 팔아보자고 했다. 마켓에서 파는 물건 들은 그 품목과 상태가 다양했다. 디자이너 작품 같은 세련된 의상 부터 몇 년은 창고에 박혀 있다 나온 것 같은 옷가지와 그릇들도 있 었다. 네팔과 인도를 여행할 때 그곳 기념품을 유럽에 가서 팔면 돈이 된다는 말을 들은 적이 있었다. 그때는 설마 하는 생각에 흘 려들었었다. '인도에서 천 가방만 몇 개 사 왔어도 10파운드 이상 은 벌 수 있었을 텐데' 하는 후회가 잠깐 들었다.

처음에는 쑥스러워서 가격을 물어보는 사람이 있으면 겨우 대답만 했다. 시간이 지날수록 점점 적응이 되어 나중에는 지나가는 사람을 붙잡고 1+1을 외치며 호객할 정도로 적극적으로 나서서 물건을 팔았다. 근처 유명한 베이글 가게에서 늦은 점심을 먹고 돌아가는 길에 우리는 10파운드씩 나눠 가졌다. 10파운드도 내겐 큰돈이었다. 10파운드면 감자를 다섯 포대는 사서 쟁여놓을 수 있겠다는 행복한 생각을 하며 집으로 돌아왔다.

🎬 S#4 순옥 언니와 함께한 런던

순옥 언니가 런던에 왔다. 언니는 산티아고 순례길을 마치고 오직 나를 보기 위해서 런던으로 왔다. 개트윅 공항에서 언니의 모습을 봤을 때 나는 너무 좋아서 구름 위를 걷고 있는 기분이었다. 아니, 구름을 타고 하늘을 날아 안나푸르나 산자락에 서 있는 느낌이었다. 우리는 쏘롱라 앞에서의 그날처럼 서로를 얼싸안으며 아이처럼 방방 뛰었다.

온종일 집안에 틀어박혀 언니와 수다를 떨었다. 다른 것을 하려고 해도 얘기가 끊이지 않아 어쩔 수가 없었다. 우연히 방콕에서 만나 안나푸르나에 같이 오르고, 인도에서 헤어졌던 우리였다. 당분간은 만나기 힘들 거라 여겼고, 어쩌면 다시는 못 만날지도 모른다는 생각까지 했었다.

그런데 순옥 언니가 여기에 나와 함께 있었다. 우리가 태어난 한국도 아니고, 함께 여행한 네팔이나 인도도 아닌 런던에. 여행을

117

계속하지 않았다면 평생 서로의 존재조차 모르고 살았을지도 모른다. 하지만 우린 만났고, 함께 여행했고, 아주 특별한 몽니쟁이가 되었다. 우리는 나머지 두 몽니의 몫까지 최선을 다해 이야기꽃을 피웠다.

언니는 산티아고 순례길의 마지막 지점인 콤포스텔라를 지나 땅끝 마을 피스테라까지 800km가 넘는 길을 걷고 왔으면서도 걷는 걸 좋아했다. 나는 걷기를 그다지 좋아하지 않았지만, 언니와 함께라면 어디든 갈 준비가 되어 있었다.

오랜 왕실 전통을 자랑하는 영국의 대표적인 왕실 건물 웨스트민스터 사원, 영국의 이순신이라 할 만한 넬슨 제독 기념비와 사자상으로 유명한 트라팔가 스퀘어 등은 이미 가본 곳이었지만 언니와 함께 걸으니 새롭게 느껴졌다.

13세기부터 19세기의 주요 회화 작품이 전시되어 있는 내셔널 갤러리에도 갔다. 우리는 오디오 가이드를 이용하지 않고, 명화 속 이야기가 담긴 책을 들고 가서 한 작품씩 서로에게 낭독해 주었다. 정말 특별하고 감동적인 체험이었다.

옛 화력 발전소의 모습 그대로 현대 미술의 놀이터로 변모한 테이트 모던, 런던의 상징 빅 벤과 런던 아이, 템스강을 지나는 배를 위해 다리를 들어 올리는 런던의 명물 타워 브리지 등등. 발길 닿는 대로 런던 거리를 마냥 쏘다녔다. 그렇게 뚜벅뚜벅 발걸음을 따라 언니와의 시간이 흘러가며 추억으로 아로새겨지고 있었다.

타워 브리지

'NO DOLOR NO GLORIA(고통 없인 영광도 없다)!'

순옥 언니가 떠나면서 주고 간 티셔츠에 새겨진 문구였다. 언니를 배웅하고 돌아오는 마음이 그렇게 헛헛할 수가 없었다. 그런데 그 마음 한구석에서 조그맣게 울려 퍼지는 심장 고동 소리가 들려왔다. 다시 여행하고 싶어 설레는 마음이었다. 이제 어디로 가지? 나는 어디까지 갈 수 있을까? 심장이 마구 쿵쾅대기 시작했다.

Part 2

꿈의 아프리카

남아공 ➡ 모잠비크 ➡ 짐바브웨 ➡ 탄자니아 ➡

⬅ 케냐 ⬅ 우간다 ⬅ 르완다 ⬅ 부룬디

➡ 에디오피아 ➡ 수단 ➡ 이집트

하늘에서 콜라병 하나가 떨어지면서 시작되는 영화가 있다.

<부시맨>이라는 영화에 나오는 부시면족 사람들이 사는 마을의 풍경이

내가 상상한 아프리카의 모습이었다. 거칠고 메마른 땅에 막집을 짓고 사는

순수한 원주민들이 있는 곳.

아프리카 대륙에 첫발을 내디딘 순간, 내 상상에 심각한 오류가 있음을

깨달았다. 몹시 더운 곳인 줄 알았는데 생각보다 추웠고, 무척 열악하려니

생각했는데 의외로 편했다. 빌딩 사이로 자동차가 달리고,

사람들은 원주민 복장이 아니었다. 나는 아프리카를 너무 TV로만 알고 있었다.

아프리카 대륙을 종단해 보기로 마음먹고 트럭킹*(Trucking)을 알아보았다.

아프리카 여행자들이 트럭킹을 많이 하기도 했고, 그때만 해도 아프리카

여행에 대한 정보가 거의 없었기 때문에 유일하게 기댈 구석이기도 했다.

하지만 내가 원하는 루트가 없었다. 가장 긴 트럭킹도 케냐에서 끝이었는데,

나는 에티오피아를 지나 수단까지 갈 생각이었다.

하는 수 없이 유일한 대안을 버리고 홀로 아프리카를 종단하기로 했다.

혼자서 어디까지 갈 수 있을지, 과연 내가 상상하고 꿈꾸었던

아프리카를 만날 수 있을지. 다시 새로이 시작하는 여행에서 나는 두려움과

설렘을 동시에 느끼고 있었다.

---

*트럭킹: 정식 명칭은 `오버랜드 트럭킹 투어(Overland Trucking Tour)`로 짧게는 일주일,

길게는 한 달간 버스처럼 개조한 트럭을 타고 아프리카를 누비는 패키지 여행의 일종

01. 거친 희망이 소용돌이치는 곳

케이프타운 Cape Town

S#1 케이프타운

남반구에 속하는 아프리카 대륙, 그 최남단에 있는 남아프리카 공화국. 그중에서도 가장 남쪽에 자리한 케이프타운에 도착했을 때 절기상으론 겨울에 접어들고 있었다. '아무리 겨울이라지만 그래도 아프리카인데 추우면 얼마나 춥겠어?'라고 생각했다. 아뿔싸, 아프리카의 겨울이 이렇게 추울 줄이야! 상상조차 하지 못했던 일이어서인지 더욱 춥게 느껴졌다.

부랴부랴 긴팔 옷을 꺼내 입었으나 소용이 없었다. 추운 날씨에 비까지 내려 송곳처럼 날카로워진 비바람이 옷을 뚫고 살갗까지 파고들었다. 아프리카가 아니라 남극에 온 것 같았다. 좀 심하게 과장해서 말한 것이지만 아프리카의 겨울은 내게 그만큼 충격으로 다가왔다.

케이프타운 시내는 '여기가 아프리카야, 유럽이야?'라는 의문이 들 정도로 세련되고 깔끔한 모습이었다. 케이프타운에 도착한 이후 내가 얼마나 무지하고 편견에 사로잡힌 인간이었나를 다시금 깨닫게 되었다. 아프리카는 무조건 덥고, 지저분하고, 촌스러워야 한다는 생각을 나도 모르게 갖고 있었나 보다.

의식적으로라도 아프리카나 흑인에 대해 편견을 갖지 말아야 겠다고 생각했다. 그런데 가는 곳마다 흑인들을 조심하라는 말과 함께 해가 진 후엔 절대로 케이프타운을 돌아다니면 안 된다는 경고의 말을 들었다. 그것도 흑인들에게서.

마트에 갔다 오는 도중 해가 지고 말았다. 케이프타운의 겨울 저녁은 빠르고 짙게 어두워졌다. 길을 건너려고 신호를 기다리고 있는데, 등 뒤에서 "Hello?" 하는 소리가 들려왔다. 흠칫하며 뒤를 돌아봤더니 처음에는 아무것도 보이지 않았다. 다음 순간 하얀 물체가 반짝이며 공중에 떠 있는 모습이 보였다. 자세히 보니 웃고 있는 흑인의 새하얀 치아였다. 웃는 얼굴을 보고 소름 끼쳐보기는 처음이었다. 신호가 바뀌자마자 사력을 다해서 뛰었다.

숙소에 돌아와 차분히 생각해 보니 그 흑인이 나를 해치려고 한 게 맞는지 의문이 들었다. 쫓아오지 않은 걸 보면 해코지할 의도는 아닌 것 같았다. 그냥 인사한 건가 싶으면서도 그게 정확히 나에게 한 것인지도 불분명했다. 편견을 갖지 않으려 노력은 했지만, 그 사건 이후 우연이라도 흑인과 눈이 마주치면 나도 모르게 움츠러들곤 했다.

케이프타운에는 봉우리가 평평한 산이 하나 있었다. 그래서 붙여진 이름이 테이블 마운틴. 숙소와 가까운 거리에 있었고, 봉우리가 없어서인지 그리 험준해 보이지도 않았다. 케이블카 대신 걸어 올라가기로 했다.

테이블 마운틴에 구름이 살짝 걸려 있었다. 현지인들은 그걸 테이블 마운틴에 식탁보가 깔렸다고 표현했다. 겉보기엔 그저 거대한 바윗덩어리 산이라고만 생각했는데, 제법 우거진 나무 수풀에 처음 보는 신기한 꽃들도 피어 있었다. 폭포라기엔 소박하지만, 물줄기가 쏟아지는 곳도 있었다.

어느 정도 올라가자 인도양의 파도에 밀려 부드러운 타원형을 그리며 형성된 만이 보였다. 만 안쪽으로 마을이 있었고, 햇살이 비치는 바다가 반짝거렸다. 눈부시게 아름답고 평화로운 모습이었다. 완만하지만 꾸준하게 경사가 이어졌다. 내리쬐는 햇볕이 점점 뜨겁게 느껴졌다. 케이블카를 타지 않은 게 정녕 잘한 일인지 회의가 생겼다. 외국인 부부가 앞질러 지나갔는데, 남자가 등에 아기를 업고 있었다. 아기가 정말 부러웠다.

2시간 넘게 산을 오르고 있는데, 어째 테이블 마운틴은 멀어지고 케이블카가 점점 가까워졌다. 내려오는 사람한테 물으니 내가 케이블카를 타고 내려가는 쪽으로 가고 있단다. 중간 갈림길에서 길을 잘못 들어선 것 같았다. 되돌아가는 수밖에.

길은 점점 더 가팔라졌고, 체력은 급격히 떨어지고 있었다. 정상 아래 100m 정도 되는 지점에 도달하자 거의 수직으로 이어진 급경사가 나타났다. 2~3시간이면 왕복한다는 말만 믿고, 작은 물병 하나 챙겨 들고 출발했었다. 물은 바닥난 지 오래였다. 갈증과 허기가 극에 달하다 못해 오장육부가 다 말라서 비틀어지는 기분이었다. 케이블카를 타지 않은 것은 나의 치명적인 실수였음을 깨닫는 순간이었다.

마지막 젖 먹던 힘까지 쥐어짜서 테이블 마운틴 정상에 도착했다. 그냥 "와~" 하는 감탄사만 나왔다. 구름을 발아래 두고 있는 기분이라니. 테이블 마운틴을 두르고 있던 테이블보가 포근한 이불처럼 주변을 감싸고 있었다.

세차게 부는 바람 때문에 두 발을 땅에 붙이기 위해 안간힘을 쓰면서도 기분만은 하늘 위를 날고 있는 새처럼 자유롭고 황홀했다. 그 모든 역경에도 끝까지 포기하지 않고, 이 순간을 누리고 있는 내가 대견하고, 자랑스럽고, 뿌듯했다. 비록 춥고, 허기지고, 다시 내려갈 일이 까마득하게만 느껴지는 비참한 상태이긴 했지만. 심한 바람 탓에 케이블카 운행이 중단된 상태였다.

S#3 볼더스 비치 Boulders Beach

인간이 감당할 수 있는 고통의 양이 정해져 있다면 나는 그 한계를 넘어서고 있었다. 움직일 때마다 온몸의 근육이 사방으로 찢

겨나가는 것 같았다. 테이블 마운틴의 장관을 만끽하고 난 후의 혹독한 대가였다. 움직이는 것도 힘들었지만 가만히 있는 것도 견디기 힘들었다. 희망봉 투어를 신청했다. 물론 차를 타고 가는.

남극에만 사는 줄 알았던 펭귄이 이곳 볼더스 비치에 서식하고 있었다. 남아프리카에서만 볼 수 있다는 자카스펭귄은 무릎 정도 되는 아담한 체구를 가지고 있었다. 여느 펭귄처럼 뒤뚱거리며 걷다가 파도에 쓸려 버둥거리는 모습이 너무나 귀여웠다.

백사장에 배를 깔고 누워 게으름을 피우기도 하고, 멀뚱멀뚱 사람들에게 다가와서는 새침하게 고개를 돌리고 가버리기도 했다. 사진을 찍으러 가까이 다가가면 땅을 파내는 척 일부러 사람들이 있는 방향으로 모래를 뿌려대기도 했다. 하는 짓들이 꼭 펭귄 탈을 쓴 장난꾸러기 꼬맹이들 같았다.

🧭 S#4 희망봉

아프리카에 가기로 한 내 계획을 듣고, 순옥 언니가 이런 말을 해주었다.

"아프리카 케이프타운에 가면 인도양과 대서양이 만나서 소용돌이치고 있는 곳이 있어. 거기가 바로 희망봉이야. 윤정아, 가서 꼭 보고 와!"

126

희망봉에 대해 내가 들은 가장 정확한 설명이었다. 희망봉에는 무엇이라도 잡고 있지 않으면 하늘로 솟구쳐 오를 것만 같은 거센 바람이 휘몰아치고 있었다. 케이프 포인트에서 바라본 희망봉은 산봉우리 peak가 아니었다. 깊은 바다를 향해 길쭉하게 뻗어 있는 육지, 즉 곶 cape이었다.

왜 Peak of Good Hope가 아닌 Cape of Good Hope라고 했는지 이해가 되었다. 그러니까 정확하게는 '희망봉'이 아닌 '희망곶'이 맞는 표현이다. 희망봉이든 희망곶이든 이 엄청난 소용돌이를 극복했다는 사실 하나만으로 기념할 만한 장소라는 생각이 들었다.

녹슨 양철 로봇처럼 움직이는 몸을 이끌고 희망봉 산책로에 올라가 보았다. 감당하기 벅찬 격한 바람이 불어와 계속해서 몸을 흔들어 댔다. 뼈마디에서는 삐걱대는 소리가 나고, 숨쉬기조차 힘들었다. 힘겹게 양팔을 벌리고 서서 온몸으로 바람을 맞았다. 바람에 떠밀려 쓰러질 것만 같았다.

점차 시간이 지나자 짜릿한 쾌감과 해방감이 느껴졌다. 사는 동안 힘든 순간이 오면 꼭 한번은 지금을 기억해 내리라. 인도양과 대서양이 만나 소용돌이치며 만들어 낸 격렬한 바람을 온몸으로 견뎌냈던 희망봉에서의 이 순간을.

02. 아프리카 작은 마을에서

아루샤 Arusha

S#1 아루샤

아루샤에 도착해서 전화를 걸었다. 수화기 너머로 반가운 한국 말이 들려왔다. 전화를 끊고 얼마 되지 않아 두 분이 나를 데리러 오셨다. 박천달 목사님과는 첫 번째 만남이었고, 홍난윤 선교사님 과는 두 번째. 다르에스살람에 있는 한국 대사관에서 우연히 홍난 윤 선교사님을 만났다. 처음 본 자리에서 너무도 친근하게 대해 주 시며 아루샤에 있는 집에 놀러 오라고 연락처를 주셨다.

인사치레로 하신 말씀이려니 하면서도 이상하게 발길이 아루 샤로 향했다. 사실 도착해서 전화하면서도 좀 어이없어하지 않으 실까 걱정했었다. 그런 걱정을 한 것이 죄송할 정도로 정말 반갑고 따뜻하게 맞아주셨다.

두 분은 신혼여행으로 아프리카에 봉사 활동을 하러 와서 그 후 30여 년을 아프리카 각지를 돌아다니며 선교 활동을 하고 계신다고 했다. 반나절 전기가 들어오고, 종종 물도 끊기는 동네에 사시면서 지금까지 산 지역 중에서 가장 형편이 좋은 곳이라고 했다. 십여 년 전 마사이족 마을에서 선교 활동할 때는 대야 3개에 물을 받아놓고 번갈아 쓰면서 물 색깔이 속도 보이지 않는 검은색이 되면버렸다고.

슬하에 아들 둘을 두셨는데, 그 시절의 사진을 보니 마사이족 아이들과 별반 다를 바 없어 보였다. 어떻게 저런 곳에서 아이들과 함께 견디셨을까 생각하며 두 분을 바라보는데, 얼굴에 평온하고 아련한 미소가 어려 있었다. 세상에 아주 맑고 강한 사람이 있다면 바로 두 분이라는 생각이 들었다.

🧭 S#2 뭉구이쉬 Munguishi

두 분은 아루샤 시내에서 조금 떨어진 뭉구이쉬에 교회와 신학교, 유치원을 설립하여 현지인들에게 무상으로 혜택을 제공하고 있었다. 목사님은 목회 일과 신학교 학생 교육을 도맡아 하시면서 부족한 재원을 충당하기 위해 옥수수 농장을 운영하고 돼지 사육도 하셨다. 사모님은 집안일을 하시면서 농장과 유치원에 필요한 물품 마련을 위해 교구회와 봉사 단체에 메일과 보고서를 보내는 등 두 분의 일과는 24시간이 모자랄 정도로 빡빡했다.

이렇게 바쁘신 두 분을 보며 놀러 오란다고 불쑥 찾아온 내가 참 한심하게 느껴졌다. 작은 도움이라도 드리고 싶었지만, 내가 할 수 있는 일이 거의 없는 데다 남에게 일을 시키는 분들이 아니었다.

오히려 놀러 온 내가 심심할까 봐 시간 내서 시내 구경을 시켜주시고, 한국분들을 초대해서 소개해 주시는 등 신경을 써주셨다. 나는 그저 손님용으로 지은 게스트 하우스 한 채를 떡하니 차지하고 앉아서 끼니때마다 식량만 축내고 있을 뿐.

뭉구이쉬는 밤이 되면 곧잘 전기가 나갔다. 그때가 우리에겐 목사님의 연주를 감상할 금쪽같은 기회였다. 낮에는 신학교 수업에 농장 돌보기, 밤에는 논문 및 각종 자료 준비 등으로 하루 종일 바쁘신 목사님이 유일하게 쉬는 시간이기도 했다.

독학으로 익히셨다는 기타, 피아노, 플루트 연주는 전공자라 해도 믿을 정도로 수준급이었다. 목사님의 연주가 시작되면 벌레들도 귀를 기울이는 듯 주변이 고요해지고, 아름다운 선율만이 뭉구이쉬를 가득 메웠다. 이후 우리는 은근히 정전되기를 기다리게 되었다.

🧭 S#3 장례식

뭉구이쉬에는 크고 작은 일들이 언제나 산재해 있었다. 옥수수 농장에서 추수와 탈곡을 돕기도 하고, 사모님 일손을 거들기도 하면서 분주하지만 평온한 일상을 보내고 있었다. 그러던 어느 날 가슴 아픈 비보가 하나 날아들었다. 탄자니아에서 우간다로 봉사 활동을 가던 한국인 대학생 두 명이 버스 사고를 당해 한 명은 사망하고, 다른 한 명은 부상을 입었다는 연락을 받았다. 교민 한 분이 급하게 사고 현장으로 가 시신을 수습해서 다친 친구와 함께 돌아오셨다.

다친 친구는 상태가 좋지 않았다. 몸보다는 마음을 크게 다친 듯 넋이 나간 모습이었다. 현장에 다녀오신 교민분 말에 의하면 버스가 종잇장처럼 구겨져 있었다고 했다. 두 사람이 졸고 있는 상황에서 갑자기 사고가 났는데 운 좋게 살아남은 그는 친구가 차에 깔려서 죽어가는 모습을 지켜봐야 했단다. 그는 물끄러미 앞만 바라보고 있었다. 본인 얘기를 하고 있는데 듣고 있는 눈치가 아니었다. 몸은 여기 있었으나 의식은 여전히 사고 현장 주변을 맴돌고 있는 듯했다.

시신은 아루샤 시내의 병원 영안실에 안치되었다. 한국에서 부모님이 오고 있었지만, 화장한 후 유골함을 한국으로 가져갈 예정이라 아루샤에서 장례식 치를 준비를 해야 했다. 목사님은 추도 예배를 준비하고, 사모님은 다른 교민 분들과 함께 장례 준비를 했다.

사모님을 따라다니다 화장장까지 가게 되었다. 넓은 공터에 낮게 파인 구덩이가 전부였다. 타국에서 안타까운 죽음을 맞이한 젊은 친구의 마지막 길을 배웅할 곳이 너무나 휑하고 삭막했다. 하지만 아루샤에는 화장장이 하나밖에 없어서 선택의 여지가 없었다. 염을 마치고 나오신 목사님의 한마디는 "아름다운 청년이었습니다."였다.

그의 부모님을 모시고 아루샤 교민 전체가 참석한 가운데 장례식이 진행되었다. 하얀 관 위에 그의 사진이 놓였다. 반듯한 이목

구비에 곧은 눈매를 가진 정말 아름다운 청년이었다. 그런 아들을 잃은 어머니는 슬픔과 비통함에 잠겨 연신 애끓는 울음을 토해내고 있었다. 아버지는 차오르는 눈물을 애써 억누르는 모습이었다. 그리고 친구를 잃은 청년은 고개를 들지 못하고 있었다.

화장장에 거센 불길이 타올랐다. 자식을 잃은 슬픔을 온몸으로 억누르며 의연하게 버텨내던 아버지가 끝내 울음을 터뜨렸다. 참을 수 있는 데까지 참다가 더는 참지 못하고 울부짖듯 터져 나온 아버지의 울음은 너무나도 고통스럽고 처참하게 들렸다.

그 옆에는 친구의 영정을 들고서 여전히 고개를 숙이고 있는 한 사람이 있었다. 그는 조용히 숨죽여 울고 있었지만 오열하는 소리가 들리는 듯했다.

혼자 살아남은 것은 분명 그의 잘못이 아닌데 그는 스스로 죄인이 되어 있었다. '당신은 아무 잘못이 없습니다. 살아줘서 고마워요.' 이 말을 해주고 싶었는데 끝내 할 수가 없었다. 장례식 내내 그리고 이후에도 그는 얼굴을 들지 않았다.

언제쯤 그는 고개를 들어 하늘을 볼 수 있을까? 어느 날 언젠가 혼자 살아남은 미안함 대신 친구에 대한 그리움이 가득 차면, 그래 그때가 되면……

03. 동물의 왕국 속으로

세렝게티 국립공원 Serengeti National Park

 S#1 **모시** Moshi

"아프리카 탄자니아 세렝게티 초원에는…"으로 시작하는 영화 〈말아톤〉에 나오는 세렝게티는 사자, 코뿔소, 얼룩말, 기린 등 약 300만 마리의 야생 동물들이 사는 거대한 초원이다. 세렝게티는 마사이어로 끝없는 평원을 의미한다고 한다. 세렝게티 초원은 탄자니아와 케냐 두 나라 사이에 걸쳐 있다. 그래서 하나의 초원을 탄자니아에서는 세렝게티 국립공원으로, 케냐에서는 마사이마라 국립공원으로 부르고 있었다.

아프리카 여행의 꽃으로 불리는 사파리는 차를 타고 초원에 사는 야생 동물을 구경하는 것이다. 참고로 '사파리'는 스와힐리어로 '여행'이라는 뜻. 아루샤는 약 2시간 거리에 있는 모시와 함께 세렝게티 사파리의 시작점이었다. 아루샤까지 와서 세렝게티를 그냥 지나칠 수는 없었다.

모시는 아프리카 유일의 만년설이 보이는 킬리만자로산이 있는 곳이기도 하다. 탄자니아에는 킬리만자로 만년설을 본 사람은 반드시 다시 탄자니아에 오게 된다는 속설이 있다고 한다. 한번 보면 꼭 다시 찾고 싶을 만큼 절경이기도 하고, 잦은 기후 변화로 정상의 만년설을 볼 기회가 많이 없는 데서 생겨난 행운의 의미라고 한다.

처음 아루샤에 오던 날 버스 차창 밖으로 킬리만자로 만년설을 보았었다. 누군가 하늘에 작고 세밀한 붓으로 그림을 그려놓은 것처럼 저 멀리 우뚝 서 있는 킬리만자로 모습은 실체보다는 환상에 가까웠다. 아루샤에 머무는 동안 가까이에서 만년설을 보고 싶은 마음에 킬리만자로 국립공원이 있는 호모까지 갔었지만, 흐린 날씨 탓에 허탕을 치고 돌아왔다. 이후로 아루샤를 떠날 때까지 볼 수 없었다.

🎬 S#2 세렝게티

우~아~우아우~아~~~~! 세렝게티를 향해 달리는 지프 안에서 나는 동물의 왕국 시그널 음악을 계속해서 흥얼거렸다. 한참을 달리던 지프가 휴게소 같은 작은 공원에 멈춰 섰다. 공원에 있는 조그만 언덕 위에 사람들이 몰려 있는 것을 보고 호기심에 나도 올라가 보았다.

눈앞에 광활한 대초원이 펼쳐졌다. 아니, 광활하다는 표현만으로는 부족한 태어나서 처음으로 본 가장 크고 넓은 초원이자 대지였다. 대서양이나 태평양이 말라서 바닥을 드러내면 이런 모습일까?

끝없이 펼쳐진 대지 위로 개미 떼가 이동하는 것처럼 사파리 차들이 줄을 지어 달리고 있었다. 어서 빨리 저 개미 무리에 끼고 싶었다.

지프를 타고 막힘없이 드넓은 대지 위를 달리는 기분은 뭐라 형용하기 어려울 정도로 설레는 경험이었다. 세렝게티 초원 위를 달린다기보다 대자연의 품속으로 뛰어들고 있는 듯한 느낌이었다. 자연은 경이로웠고, 구름 사이 태양이 비추는 초원과 하늘은 장엄하고 아름다웠다. 그 속에서 동물들이 자유롭게 뛰어다니고 있었다.

발바닥에 스프링 달린 운동화라도 신은 듯 통통 뛰어노는 톰슨가젤은 노란색 유치원복을 입은 아이처럼 귀여웠다. 그 곁에서 무심하게 풀을 뜯고 있다가 지프가 다가가면 외면하듯 뒤돌아서 버리는 얼룩말의 뒤태는 무척이나 섹시했다. 긴 목을 꼿꼿이 세우고 느릿느릿 움직여서 아카시아 나뭇가지를 훑어 먹는 기린은 또 어찌나 우아하던지.

성질이 난폭하다는 버펄로는 겉으로 보기에 아주 순해 보였다. 다른 동물이 사냥한 것을 도둑질하거나 동물의 썩은 시체를 먹는다고 해서 '초원의 청소부'라 불리는 하이에나는 선입견 때문인지 더럽고 비열해 보였다. 크고 날렵한 덩치에 다소 무섭게 생겼을 거라고 예상했던 자칼은 의외로 개와 여우가 섞인 작고 앙증맞은 모습이었다.

사자, 코끼리, 표범, 버펄로 그리고 코뿔소. 이들을 가리켜 사파리에서 꼭 봐야 할 5대 동물이라고 해서 Big 5로 부른다. 그중에서도 사자, 표범, 코뿔소는 보기 힘든 동물이라 어딘가에 나타났다는 첩보가 접수되면 그때부터 게임 드라이브가 시작되었다.

사파리의 가이드들은 하늘을 나는 매의 눈을 가졌다. 그들은 수백 미터 떨어져 있는 점처럼 작은 동물의 움직임을 감지하고 그것이 어떤 동물인지 단박에 알아냈다. 심지어 움직임이 없는 동물의 정체를 간파해 내기도 했다.

사자, 표범 혹은 코뿔소의 위치를 알아낸 가이드는 그곳으로 재빨리 이동하면서 무전으로 위치를 공유했다. 무전을 받은 모든 지프는 일제히 그곳을 향해 달려갔다. 누구보다 먼저 좋은 자리를 선점하기 위해서였다. 하지만 누가 미리 도착하든 결국은 모두 함께 즐길 수 있었다. 움직이는 동물을 상대로 영원히 좋은 자리도 없을뿐더러 새로운 지프가 도착할 때마다 조금씩 움직여 자리를 마련해 주거나 먼저 도착한 사람이 자리를 비워주고 떠나곤 했다. 게임 드라이브는 누가 이기고 지는 경쟁의 의미가 아니라 사파리의 하이라이트를 다 같이 즐기기 위한 일종의 여흥이었다.

처음 게임 드라이브로 만나게 된 동물은 바위산 위에 있는 어미 사자와 새끼들이었다. 하지만 나에게 그들은 움직이는 큰 점과 작은 점들이었다. 세렝게티에서는 야생 동물 보호를 위해 지프를 타고 정해진 길로만 다녀야 했는데, 동물들이 차량 쪽으로 다가오지 않는 이상 멀리 떨어진 곳에서 볼 수밖에 없었다.

나는 망원경을 준비하지 않았었다. 사람들이 망원경이나 쌍안경은 물론 천체 망원경 같은 카메라를 들고 있는 것을 보고도 '뭘 저렇게까지'라고 생각했었다. 그런데 언덕 위 사자를 보면서 작은 망원경 하나 준비하지 않은 자신이 너무나 바보 같아 원망스러웠다. 어쩌면 이번이 생애 처음이자 마지막 세렝게티일지도 모른다고 생각하니 서운한 마음까지 더해졌다.

아쉬운 대로 두 손을 감아쥐고 눈 안경을 만들어 보았으나 소용이 없었다. 그런 내가 안쓰러웠는지 일행인 영국 친구가 쌍안경을 빌려주었다. 와우! 쌍안경을 통해 가까이에서 본 새끼 사자들은 정말 깨물어 주고 싶을 정도로 귀여웠다. 실제로 그랬다간 도리어 내가 어머 사자에게 물려 죽을 테지만.

표범 그 녀석은 정말 게을렀다. 표범이 있다는 정보에 잽싸게 달려가 봤더니 녀석이 나뭇가지에 늘어져 있었다. 너무 착 달라붙어 있어서 처음에는 가이드가 아무리 위치를 알려 주어도 표범을 찾아낼 수가 없었다. 나중에야 그것이 나뭇가지와 무늬가 아니고 늘어져 있는 표범의 등짝과 두 다리라는 것을 간신히 알아볼 수 있었다. 그나마 얼굴은 반대편에 있어서 볼 수도 없었다. 얼굴을 보려고 한참을 기다렸지만, 미동조차 하지 않았다.

게으른 녀석은 표범만이 아니었다. 가이드가 갑자기 물 있는 곳에 차를 세우더니 하마라고 말했다. 하마라면 덩치가 커서 못 알아볼 리가 없는데 어디에도 모습이 보이지 않았다. 가이드가 가리키는 곳을 가만히 지켜보는데 수면 위로 빼꼼히 내어놓은 코빼기가 보였다. 하마들도 물속에서 옴짝달싹을 안 했다. 하마를 기다리다 지쳐 돌아가는 길에 표범이 있던 곳을 지나게 되었다. 표범도 여전히 그곳을 지키고 있었다. 아까와 똑같은 자세로. 가이드에게 "혹시 죽은 걸까?" 하고 물었더니 아니란다. 배가 오르락내리락하며 숨을 쉬고 있다고. 표범이 살아있다는 사실보다 그걸 알아낸 가이드한테 더 놀라고 말았다.

아프리카코끼리는 큰 귀를 가진 것이 특징인데, 귀 모양이 아프리카 대륙을 닮았다고 해서 아프리카코끼리라고 부르게 되었다고 한다. 큰 귀를 펄럭이며 천천히 걷고 있던 코끼리 무리 중 한 녀석이 갑자기 방향을 틀어 우리 지프 쪽으로 성큼성큼 다가왔다.

우리가 지프 밖으로 몸을 내밀어 자세히 구경하려 하자 가이드가 소스라치게 놀라며 말렸다. 코끼리가 초식 동물이기 때문에 덩치만 크지 순할 거라 생각하는데 순간적으로 아주 난폭해진다고 했다. 몇 년 전에 코끼리에게 장난치던 한 관광객이 화가 난 코끼리의 공격을 받아 크게 다쳤다며 지나갈 때까지 절대 움직이지 말라고 당부했다. 우리는 숨죽이고 있었고, 코끼리는 더 이상 다가오지 않고 무리로 돌아갔다. 무리로 돌아간 코끼리가 이렇게 말하는 게 들리는 것 같았다.

"애들아, 쟤들은 괜찮은 거 같아. 나를 보고 겁먹었는지 조그만 상자에서 숨도 제대로 못 쉬고 있더라고."

세렝게티 초원에 어느새 어둠이 찾아왔다. 야영지에 텐트를 치고 저녁이 준비되기를 기다렸다. 순식간에 하늘이 빨갛게 물들었다. 태어나 처음 보는 생경하면서도 아주 강렬한 붉은색이었다. 세렝게티의 노을은 온 세상을 태워버릴 듯 벌겋게 타오르다 이내 짙은 어둠 속으로 자취를 감추었다. 완벽한 어둠과 적막, 세상이 마치 태초의 그날로 돌아간 듯했다.

⚙️ S#3 응고롱고로 Ngorongoro 분화구

지구상에서 가장 큰 분화구라는 응고롱고로는 마사이어로 '거대한 구멍'이라는 뜻이다. 원래는 킬리만자로보다 높은 산이었는데 화산 분출 후 거대한 분지가 형성되었다고 한다. 분지 위에 가라앉은 화산재가 비옥한 토양을 만들고, 구덩이는 호수가 되어 일년 내내 물과 먹이가 풍부하고 동물들이 서식하기 아주 좋은 환경이 되었다고. 그 때문에 응고롱고로에 사는 동물들은 세렝게티에 사는 동물들과 달리 이동을 하지 않는다고 한다.

응고롱고로로 가는 길에 마사이족 마을이 있었다. 마사이족은 오래전부터 소, 양 떼들과 함께 너른 초원을 누비며 자유롭게 살고 있었다고 한다. 부족 간의 싸움에서 물러서는 법이 없고, 지금도 가끔 사자를 사냥하는 용맹스러운 부족이라고.

현대 문명을 거부하고 자신들만의 전통 방식을 고수하며 살아가던 이들은 관광 산업의 발달로 삶의 터전을 잃게 되었고, 생활고에 허덕이게 되면서 새로운 삶의 방식을 받아들이게 되었다. 응고롱고로에 사는 마사이족 마을을 방문하는 것은 이미 유명 관광 상품이 되어 있었다.

저 멀리 지팡이를 짚고 망토 자락을 휘날리며 초원 위를 걷고 있는 마사이족이 보였다. 화려한 치장을 한 채 마사이족 장신구를 팔던 잔지바르섬의 마사이 친구들이 떠올랐다. 마사이족은 초원에 있을 때가 훨씬 멋있었다.

지프가 먼지를 일으키며 분화구 경사면을 내려가서 응고롱고로에 들어섰을 때 희뿌연 아침 햇살이 하늘과 땅을 가르며 밝아오고 있었다. 끝이 날 것 같지 않은 광활한 평원, 그 속에 자리한 마르지 않는 신비의 물웅덩이 마카투 호수, 야생 동물들의 보고라는 녹색 습지까지. 세렝게티가 대자연의 초원이라면 응고롱고로는 태초의 평원이었다.

이른 아침 산책을 나온 하마가 보였다. 개코원숭이는 여전히 졸린 듯 멍한 얼굴을 하고 있었다. 꿩인지 공작인지 이름을 알 수 없는 새가 수풀 사이를 돌아다녔다. 이름마저 품바로 개명된 멧돼지는 〈라이언 킹〉에 나오는 모습 그대로였다. 우아하게 걸어가는 타조 옆으로 하이에나가 지나갔다. 단체로 이동하고 있는 동물도 만났다. 누 떼였다. 누의 생김새는 조금 특이했는데 소의 뿔, 염소의 수염, 말의 꼬리를 합쳐 놓은 모습이었다. 가이드가 누 떼가 이동한다는 것은 근처에 사자가 있다는 뜻이라고 알려 주었다.

과연 근처 풀숲에서 수사자가 여러 마리의 암사자와 함께 모습을 드러냈다. 순식간에 지프가 몰려들었다. 그 모습에 신경이 날카로워진 암사자 한 마리가 다가와 지프 사이를 돌아다니기 시작했다. 사람들은 흥분하면서 카메라를 들이대기에 바빴다.

동물원 사자를 가까이에서 보는 것과는 그 느낌이 확연히 달랐다. 온몸에 찌르르한 전율과 함께 태어나 처음 사자를 본 것처럼 신비로운 감동이 몰려왔다. 그 유연하고 카리스마 넘치는 자태라니! 유유히 사라지는 뒷모습까지도 멋있었다.

끝끝내 코뿔소는 볼 수 없었다. 코뿔소는 뿔 끝에 있는 기관으로 냄새를 맡고 나서 움직이는데, 덩치와 호전적인 외모가 무색할 정도로 소심한 동물이라고 한다. 그래서 Big 5 중에서 가장 보기 힘든 동물이라고 했다.

〈마법 코뿔소 오토〉라는 영화가 있다. 한 아이가 우연히 마법의 펜을 주워서 코뿔소를 그렸는데 그림이 실제 코뿔소가 되면서 일어나는 이야기로 아주 재밌게 봤다. 어쩌면 코뿔소를 보기 위해서는 사파리보다 마법의 펜을 찾아내는 편이 더 빠를지도 모르겠다.

비록 코뿔소를 보지는 못했지만, 이 경이롭고 신비로운 대자연 속에 머물렀던 며칠을 나는 평생 잊지 못할 것이다. 어릴 적 TV로만 보던 동물의 왕국에 직접 와봤다는 것만으로도 가슴이 터질 것처럼 벅찼다.

밤마다 야영장 텐트에 누워 '와~ 내가 등을 대고 있는 곳이 세렝게티라니!' '세상에, 내가 세계에서 가장 큰 분화구 응고롱고로 위에서 잠을 잔다니!'라고 생각하며 두근대는 심장을 부여안고 잠이 들었다.

긴긴 세월이 흘러 만약에 내가 다시 세렝게티에 오게 된다 해도 이런 감정을 느낄 수는 없으리란 확신이 들었다. 처음 느낀 설렘과 감동의 순간만큼 강렬한 것이 있을까? 첫사랑이 아름다운 이유는 이루어지지 않아서가 아니라 처음 사랑에 빠졌기 때문이다.

응고롱고로

04. 친절 무한 리필

므완자 Mwanza

S#1 뭉구이쉬

사파리를 마치고 뭉구이쉬로 돌아왔다. 어디에 있든 돌아갈 곳이 있다는 것은 너무나 따듯하고 포근한 느낌이다. 며칠 기약으로 왔던 아루샤가 이제는 집처럼 느껴질 만큼의 시간이 지나고 있었다. 흐르는 강물처럼 평화롭게 흘러가는 날들 속에서 문득문득 '곧 다시 배낭을 고쳐 메야겠지?'라고 생각했다. 별 도움도 되지 못하면서 고생하는 두 분을 두고 떠나려는 발걸음만 무거워지고 있었다.

전에 왔던 젊은 선교사들이 정식으로 선교 활동을 하기 위해 다시 온다는 소식이 들려왔다. 그제야 마음이 놓여 두 분께 조심스럽게 떠나겠다는 말씀을 드렸다. 사모님이 무척이나 서운해하셨다. 평소 진중하고 감정 표현을 크게 안 하시는 목사님의 표정도 눈에 띄게 침울해 보였다. 말을 꺼낸 나도 마음이 무겁고 슬펐다.

떠나기로 한 전날 저녁 사모님이 머리를 잘라주셨다. 모든 게 부족한 아프리카에 사시면서 사모님은 목사님의 머리는 물론 본인의 머리도 직접 자르고 다듬을 수 있게 되었고, 그 실력은 여느 미용사 못지않았다.

사실 잠비아에서 만난 한국 친구가 잘라준 몽실 언니 머리가 어느 정도 자라 다소 우스꽝스러운 꼴은 면하고 있었지만, 삐뚤빼뚤 제멋대로 뻗친 머리카락이 여간 신경 쓰이는 게 아니었다. 사모님의 손길을 거치자 못난이 인형 같던 몽실 언니가 제법 귀염성 있는 똑단발의 중학생이 되었다.

🔅S#2 죽음의 도로

아루샤에서 므완자로 가는 길은 죽음의 도로로 악명이 높았다. 얼마 전 아루샤에서 장례식을 치렀던 청년이 사고를 당한 구간이기도 했다. 그래서 정신을 바짝 차리고 있으려고 했지만 쏟아지는 잠을 주체할 수가 없었다. 탄자니아에서는 해가 떠 있는 낮 동안만 버스를 운행할 수 있었기 때문에 장거리 버스들은 항상 새벽 일찍 출발했다. 므완자로 가는 버스도 새벽 6시 출발이었다.

버스 시간이 이르기도 했고, 뭉구이쉬를 떠난다는 사실로 인해 이런저런 상념에 잠겨서 밤잠을 설치고 말았다. 버스가 출발하고 얼마 되지 않아 나도 모르게 잠들어 버렸다. 잠을 자고 있음에도 울퉁불퉁한 비포장도로를 거칠게 내달리는 버스가 조마조마하게 느껴졌다. 어떻게든 눈을 뜨고 정신을 똑바로 차리려고 해보았지만 잠이 너무 쏟아져서 그럴 수가 없었다.

희한하게도 버스가 비교적 안정적인 노면에 접어들면서 잠에서 깼는데 눈이 떠지지 않았다. 졸려서 눈꺼풀이 무거운 게 아니라 정말로 눈꺼풀에 무거운 것이 얹혀 있어서 눈을 뜰 수 없는 상황이었다. 힘겹게 살짝 눈을 떠서 살펴보니 약간 과장을 하면 한 10㎜의 흙먼지가 온몸과 배낭에 내려앉아 있었다.

아프리카 버스는 밖에 비가 내리면 안에서도 비가 내렸다. 천장과 창문이 있어도 소용이 없었다. 창밖으로 흩날리던 흙먼지가 조용히 버스 안으로 파고들어 와 눈처럼 쌓인 것이었다. 조심스럽게 눈꺼풀 주위의 먼지를 털어냈다. 희뿌연 먼지와 탁한 흙냄새가 가득한 버스 안, 깡통 차고 품바타령이나 하면 딱 어울릴 것 같은 각설이가 한 명 서 있었다. 정말 거지 중에서도 상거지 몰골이었다. 따스하고 편안했던 뭉구이쉬가 그리웠다.

🎬 S#3 호텔

부룬디행 버스표를 사고 보니 출발 날짜가 내일이 아닌 일요일이었다. 내일은 버스가 운행하지 않기 때문에 가장 빠른 출발일이라고 했다. 낭패도 이런 낭패가 없었다. 보통 국경 마을에 도착하면 그 나라의 돈을 다 써버리려고 하는데 이번에는 버스표를 사고 나자 돈이 한 푼도 없었다. 그 와중에 하루를 더 머물러야 했다. 고작 하루를 위해 환전하기가 애매했다.

오늘 숙소비는 이미 냈고, 내일이 문제였다. 그리고 밥값. 다이어트하는 셈 치고 하루 정도는 굶으면서 노숙을 해볼까? 굶는 것은 어찌어찌 해보겠는데 도저히 노숙할 용기가 나지 않았다. 아니, 굶기도 힘들 것 같았다. 일단 호텔로 돌아가서 한잠 자고 나서 생각해 보자!

호텔 로비에 들어서자 카운터에 있는 여직원이 보였다. 숙소는 저렴했지만 나쁘지 않았고, 직원들도 친절했다. 혹시나 하는 마음으로 여직원에게 말을 걸었다. 버스 티켓을 보여주며, 모레 아침에 떠나는데 돈이 없으니 내일 하룻밤만 로비에 있는 소파에서 재워줄 수 없느냐고 물었다. 낮에는 절대 앉아 있지도 않고, 다른 사람들이 모두 잠든 늦은 밤에 들어와 잠만 자겠다고 했다.

여직원이 잠시 생각하는 듯 나를 물끄러미 쳐다보더니 "OK!"라고 말했다. 진짜? 진심? 이렇게 쉽게? 내가 말한 영어를 다 이해한 게 맞나? 내친김에 하나 더 부탁해 보기로 했다. 혹시 괜찮다면 모레 아침에 어느 방에서든 간단하게 씻게 해줄 수 없느냐고 물었다. 이번에는 바로 "OK!"라는 말이 돌아왔다. 노숙할 걱정은 덜었다는 생각에 굶는 건 대수롭지 않게 여겨졌다.

그런데 이 여직원이 그렇게 해줄 권한이 있는 걸까? 걱정이 잠깐 스쳤지만, 내일 걱정은 내일 하기로 하고 가뿐하게 방으로 향했다. 오랜만에 배낭을 메고 이동해서 그런지 자도 자도 잠이 쏟아졌다.

한잠 푹 자고 일어났더니 무척이나 배가 고팠다. 이제 보니 노숙을 할지언정 굶을 수는 없을 것 같았다. 환전을 하자. 환전해서 호텔비도 내고, 밥도 먹고, 물도 마시고, 남는 돈은 손해를 보더라도 재환전을 하던지 안 되면 누구든 필요한 사람에게 주면 되겠지.

호텔 로비로 내려가니 마침 여직원들도 저녁을 먹으려던 참인지 테이블에 음식이 놓여 있었다. 음식을 보자 뱃속에서 먹을 것을 넣어달라고 요동을 쳤다. 서둘러 환전을 하러 나가려는데 여직원이 불렀다. 그리고 테이블에 놓인 접시를 건네주며 먹으라고 했다.

내 것이냐고 물으니 그렇단다. 돈이 없으니 저녁도 못 먹을 거 같아서 음식을 해놓고 기다렸다고. 어리둥절하면서 감동스럽고, 미안하면서도 고마웠다. 너무 배가 고파서 아무 말도 하지 않고 허겁지겁 밥만 먹었다.

음식을 다 먹고 나자 정신이 좀 들었다. 염치없고 고마운 마음을 담아 기다려 달라고 말했다. 내가 환전해 와서 호텔비도 내고, 내일은 맛있는 것을 사주겠다고 했다.

일어서려는데 여직원이 말렸다. 환전소가 전부 문을 닫았단다. 주말 내내 영업을 안 할 거라면서 그냥 모레 아침까지 지금 쓰고 있는 방에서 지내라고 했다. 여행하면서 많은 사람을 만나봤지만 이렇게 쿨하게 친절한 사람은 처음이었다. 그녀의 이름은 아이디라고 했다.

마음의 여유가 생겨서일까? 아무런 볼 것도 없다고 생각한 므완자가 너무 마음에 들었다. 빅토리아 호수를 품고 있어서인지 동

147

네가 깨끗하고 상큼했다. 규모가 크지 않아서 잠시 둘러보고 호텔로 돌아왔다. 어젯밤에 일찍 잠든 탓에 이른 아침 눈이 떠졌고, 일찍 일어난 김에 마을 산책 겸 구경을 나왔었는데 댓바람부터 움직여서 그런지 배가 고파왔다. 혹시나 하고 환전소에 들렀는데 문이 닫혀 있었다.

빅토리아 호수

'점심을 어떻게 하지?'라고 생각하며 호텔로 들어서는데 아이디가 기다렸다는 듯이 다가와 소파에 앉히더니 음식을 가져왔다. 멸치가 들어간 으깬 감자와 토마토 수프였다. 어서 먹으라고 재촉하면서 아침도 안 먹고 왜 그렇게 일찍 나갔냐며 타박 아닌 타박도 했다. 아침 먹으라고 방문을 두드렸는데 기척이 없어서 나간 줄 알았다며 저녁으로 뭘 먹고 싶은지 물었다.

떠나는 날 아침에는 주문하지도 않았는데 감자를 넣은 달걀 프라이가 룸서비스 되었다. 이제껏 뷔페만 무한 리필이 되는 줄 알았는데, 므완자에서는 친절이 무한 리필 되었다.

148

05. 나일강의 시작에 가다

캄팔라 Kampala 진자 Jinja

우간다

🧭 S#1 캄팔라

'검은 히틀러' 또는 '인간 백정'이라고 불리며, 재임 8년 동안 30만 명의 양민을 대량 학살하고, 인육까지 먹었다는 악명 높은 사이코패스 독재자 이디 아민. 그 이디 아민을 몰아내고, 30년 넘게 독재를 이어오며 끊임없이 내전을 일으키고 인권 유린을 일삼고 있는 무세베니. 한 명도 아닌 두 명의 악질 독재자를 가진 나라가 바로 우간다였다.

오늘도 어김없이 버스 안에는 뿌연 먼지와 함께 비가 내렸다. 항상은 아니지만, 아프리카에서 버스를 탈 때면 내가 버스를 타고 가는 건지 그냥 바퀴 달린 의자에 앉아서 가는 건지 의심이 들었다. 이제는 제법 익숙해져서 그러려니 하고 넘기는 수준이 되었다.

그런데도 이번에는 약간 화가 났다. 버스 터미널에 있던 사람들이 하도 좋다고 권해서 웃돈까지 주고서 타게 된 버스였다. 먼지는 어쩔 수 없다고 해도 왜 그렇게 버스만 타면 비가 내리는지. 차창 밖으로 내리는 비를 보며 버스 안에서도 비를 맞는 것은 아무리 낭만적으로 생각해 보려고 해도 찝찝하고 기분이 나빴다. 조금이라도 빨리 캄팔라에 도착하길 바라는 수밖에 없었다. 하지만 캄팔라에 도착해서도 상황은 나아지지 않았다.

엉망진창으로 주차된 차들 때문에 버스에서 내리는 데에만 한참이 걸렸다. 또 버스에서 내리자마자 물구덩이에 발을 담가야 했다. 비 그친 오후의 캄팔라 거리는 온통 진흙투성이에 혼돈과 가난이 뒤얽혀 있었다.

먼지와 매연이 가득한 희뿌연 거리에는 서 있는 사람과 누워 있는 사람이 있었다. 서 있는 사람은 오가는 행인, 옷과 과일이나 야채를 파는 상인들이었고, 누워 있는 사람은 걸인과 장애인들이었다. 그들은 구걸할 생각도 않고, 제집 안방처럼 길바닥에 누워 쓰레기와 함께 뒹굴고 있었다.

거기엔 아이들도 있었다. 맹세컨대 지금까지 아프리카를 여행하면서 누더기를 입고 땅바닥에 뒹굴고 있는 사람들을 보면서 단한 번도 불쌍하다고 생각한 적이 없었다. 누워 있던 한 아이가 나를 보더니 천천히 일어나서 애처로운 눈빛으로 손바닥을 내밀어 보였다. 선뜻 도움의 손길을 건네기가 망설여질 정도로 안타깝고 불쌍한 모습이었다.

🧭 S#2 빅토리아 호수 Lake Victoria

탄자니아 므완자에서 빅토리아 호수를 보긴 했지만, 우간다의 빅토리아 호수는 나일강의 원류이자 기원이 되는 곳이라고 하니 또 아니 가볼 수 없었다. 호수는 평범했고 잔잔했다. 나무판자로 만든 다리가 선착장 역할을 하는 듯 근처에 배 몇 척이 한가롭게 떠 있었다. 노를 저어서 가는 나룻배 정도의 크기였고, 낚시보다는 호수 사이에 자리한 마을을 왔다 갔다 하며 물건을 실어 나르는 용도로 쓰이는 듯했다.

누군가 말을 걸어왔다. 마른 체격, 순둥이 같은 얼굴에 양복을 차려입고 있었다. 이름은 해리, 대학생인데 영어 연습도 할 겸 나에게 가이드를 해주고 싶다고 했다. 심심하던 차에 잘됐다 싶어서 싱긋 웃어 보이며 일단 안내해 보라고 말했다. 근처 마을을 구경하고 나서 해리가 내일은 나일강의 원류를 볼 수 있는 진자에 가자고 했다. 잉? 뭐라고? 여기가 거기가 아니야? 여기도 맞지만 정확하게는 진자가 그곳이라고 했다. 거절할 이유가 없었다.

🧭 S#3 진자

진자의 빅토리아 호수는 캄팔라에서 본 것과 크게 다르지 않았다. 둘 다 넓고 잔잔하고 고요했다. 다만 물빛이 조금 달랐는데, 캄팔라의 호수가 황토색에 가깝다면 진자는 초록색에 가까웠다. 그 때문인지 진자의 빅토리아 호수가 조금 더 맑고 깨끗해 보였다.

햇살이 강한 날씨였다. 다소 지친다는 생각이 들던 순간 간디 흉상을 보게 되었다. 그 유명한 인도의 독립운동가 간디? 해리가 그렇다고 했다. 우간다와 인도는 영국의 식민지였고, 우간다에는 이주해 온 인도인들이 많이 살고 있다고 한다. 간디 사후 그를 화장한 재는 인도 성지에 골고루 나누어 뿌려졌는데, 생전에 자신의 재를 진자에 뿌려달라고 했었단다. 유언에 따라 재 일부가 진자에 뿌려졌고, 그것을 기념하기 위해 간디의 흉상을 세웠다고 했다.

이야기에는 힘이 있다는 게 이런 걸까? 조금 전까지 간디 흉상을 보면서 좀 생뚱맞다고 생각했었는데, 해리의 이야기를 듣고 나니 달리 보였다. '진자에 간디 동상이 있네?'에서 '우간다의 독립을 바란 간디의 간절한 마음 한 조각이 진자에 있구나!'라고 생각하게 되었다.

어디서 갑자기 나타났는지 기저귀를 차고 다닐 만큼 깜찍한 아기가 나를 보며 방긋방긋 웃고 있었다. 웃느라 눈은 반달이 되고 코가 벌름벌름했다. 순수하고 천진한 웃음이었다. 보고 있으니 덩달아 기분이 좋아졌다. 아기는 자기 소임을 다했다는 듯 몸을 돌려 총총 걸어갔다.

해리가 이제 부자갈리에 가자고 했다. 나일강의 시작점인 곳이라며. 아니, 이 호수도 그 호수가 아니라는 거야? 나의 볼멘소리에도 아랑곳없이 해리는 웃으면서 단호하게 말했다.

"여기가 나일강의 원류이긴 하지만, 부자갈리는 꼭 봐야 해!"

이제까지의 빅토리아 호수와 분위기가 사뭇 달랐다. 세찬 물결이 휘몰아치며 아찔한 풍경을 만들어 내고 있었다. 물 색깔마저 검은색에 가까운 진한 청동빛이 돌면서 약간 위협적으로 느껴졌다. 거센 물살로 인해 래프팅 명소로도 유명하다고 했다. 하지만 몇 사람이나 목숨을 빼앗긴 아주 위험한 곳이기도 하단다. 해리가 어디선가 나룻배를 빌려왔다. 우리는 호수 중간 조그만 섬 같은 곳에 내렸고, 뱃사공은 바위가 미끄러우니 조심하라고 소리치며 멀어져 갔다.

나일강 원류

사람은 원래 하지 말라면 더 하고 싶은 법이다. 힘차게 굽이치며 튀어 오르는 물살에 손을 담가보고 싶었다. 슬금슬금 바위 끝으로 걸어가는데 해리가 다가와서 손을 내밀었다. 그의 팔목을 붙잡고 비교적 안정적으로 간신히 물줄기에 손을 대어 보았다.

당장 물속에 뛰어들고 싶을 만큼 시원했다. 여기서 수영을 시작하면 이집트 나일강에 도착하게 되는 건가? 며칠이나 걸릴까?

153

해리가 진지한 표정으로 "만약에 살아남게 되면 언젠가는 도착하겠지."라고 대답했다.

돌아오는 길에 어떤 마을에 들렀는데 해리가 불쑥 어느 가게로 들어갔다. 아주머니 혼자 우두커니 앉아 있다가 해리를 보고 깜짝 놀라는 표정이 되었다. 그리고 벌떡 일어나서 그를 안아주었다. 해리가 어머니라고 말했다. 연이어 다른 가족들이 나오고, 소개를 주고받느라 한바탕 작은 소동이 벌어졌다. 그는 따뜻한 대가족의 일원이었다.

내겐 너무나도 특별했던 1박 2일간의 투어였고, 해리에게 고마움을 표현하고 싶었다. 돈이 그렇게 절실한 형편이 아닐 수도 있고 돈으로 고마움을 퉁치고 싶지도 않았지만, 그게 내가 할 수 있는 최선이었다. 해리는 한사코 거절했다. 내가 우간다를 찾아온 손님이기에 자신이 대접하는 것이 맞는다며 훗날 한국에 가게 되면 받겠다고 했다. 우린 서로 연락처를 주고받지 않았다. 어렴풋이 서로가 다시 만나기 어렵다는 것을 예감했던 때문이었고, 이런 빚은 꼭 서로에게 갚지 않아도 된다는 걸 알았기 때문이었다.

여행하면서 이런 마음의 빚이 쌓여만 갔다. 그로 인해 나에게는 작은 마음가짐이 하나 생겼다. 나를 스쳐 지나가는 모든 인연에 작은 선의라도 베풀려고 노력하자는. 나의 이 마음이 돌고 돌아 해리에게, 그리고 여행 중 함께했던 모든 고마운 사람들에게 가닿기를 바라면서.

06. 이보다 더 좋을 순 없다

라무섬 Lamu Island

S#1 케냐 Kenya 국경

아프리카의 3대 위험 도시는 1위가 나이지리아의 라고스, 2위가 남아프리카 공화국의 요하네스버그, 3위가 케냐의 나이로비였다. 나이지리아 라고스는 가보지 않아서 모르겠지만 요하네스버그는 정말 버스에서 내리기 무서워서 그냥 지나칠 정도로 섬뜩했던 기억이 있었다. 그래서 나이로비에 도착하기 전부터 바짝 긴장되었다.

우간다에서 출발해 밤늦게 케냐 국경에 도착하자 경비대 초소 앞에 장총을 메고 있는 군인들의 모습이 제일 먼저 눈에 들어왔다. 아프리카에서는 처음 보는 삼엄한 경비였다. 짐 검사가 끝나기를 기다리는 동안 아무 잘못한 것도 없이 입이 바짝바짝 타들어 가는 초초함을 느꼈다. 생각해 보니 국경을 넘는 날은 굶을 때가 많았는데, 오늘도 온종일 아무것도 먹은 게 없었다. 긴장보다는 허기를 채우려고 자꾸 마른침을 삼켰는지도 모르겠다. 아무튼 케냐의 첫인상은 진짜 별로였다.

S#2 나이로비 Nairobi

막상 나이로비에 도착하자 나에게는 천국이나 다름없는 광경이 펼쳐졌다. 이제까지 여행하면서 별로 마주친 적 없던 여행자들을 한꺼번에 만나게 되었다. 게다가 한국말도 들려왔다. 진영이라고 했다. 건강해 보이는 까무잡잡한 피부에 통기타와 텐트까지 짊어진 그야말로 진짜 배낭여행족의 풍모를 지닌 친구였다. 더구나 아프리카 이전에 남미를 여행했었고, 앞으로 케냐를 거쳐 에티오피아, 수단, 이집트까지 갈 거라고 했다.

됐다, 드디어 동행이 생겼다! 아프리카 여행을 계획하면서 가장 가보고 싶었던 곳이 에티오피아와 수단이었다. 나의 계획은 남아공에서부터 이집트까지 아프리카 종단을 하는 것이었다. 하지만 혼자 가기에는 너무 낯선 곳인 데다 정보도 거의 없어서 포기할까 고민하던 참이었다. 여행하면서 느끼는 건데, 세상에는 정말 운명이라는 것이 존재해서 종종 우리를 생각지도 못한 곳으로 데려다주는 것 같다. 혹은 내가 정말 원하는 곳으로도.

진영이한테는 다르에스살람을 거쳐 잔지바르에 다녀와야 하는 일정이 있었다. 일주일가량 걸릴 것 같다고 했고, 난 당연히 기다리겠다고 했다. 에티오피아 비자도 받아야 하고, 아직 나이로비

구경도 못 했다. 그렇게 할 일이 있어도 일주일 내내 나이로비에만 있기에는 뭔가 아쉽고 시간이 아깝다는 생각이 들었다. 그러다 우연히 형규 형님과 의철이를 알게 되었다. 우리 셋은 의기투합해서 라무섬에 놀러 가기로 했다. 다들 위험하다고 하는 나이로비가 내게는 행운의 도시가 되었다.

🧭 S#3 라무섬

형규 형님은 잘생긴 얼굴에 말투는 다소 무뚝뚝했지만 섬세하고 다정다감한 사람이었고, 의철이는 귀엽고 장난기 많은 인상이었지만 예의 바르고 듬직한 친구였다. 라무섬까지의 여정은 상당히 길고 힘들었지만 좋았다. 케냐까지 여행하는 동안 좋은 사람들을 많이 만났었지만 그래도 외로웠던 모양이었다. 같은 언어로 이야기하고 함께 웃고 떠들 수 있다는 게 좋다는 건 알았지만, 정말 이렇게나 반가울 줄은 몰랐다.

라무섬에 도착해 우리는 방이 아닌 집 하나를 통째로 빌렸다. 거실 하나, 방 두 개, 나무와 꽃이 가득한 마당, 옥상에는 지붕이 덮인 정자도 있었다. 최고급 리조트가 부럽지 않은 우리만의 멋진 아지트가 생겼다. 안쪽 방을 나 혼자 쓰게 되었는데, 침대에 캐노피가 있어서 갑자기 공주가 된 기분이었다. 거기에 더해 밖에 나가거나 집에 들어올 때 형규 형님과 의철이가 번갈아 대문을 여닫아주며 이렇게 외쳤다. "공주마마 납시오!" 처음에는 쑥스럽더니 나중엔 은근히 즐기게 되었다.

형님과 의철이 모두 영어를 잘해서 어딜 가나 내가 신경 쓸 일이 없었다. 음식을 주문하고 물건을 사고 길을 묻는 것 등 전부 둘이 알아서 했다. 게다가 의철이는 제대한 지 얼마 되지 않아서인지 모든 행동이 절도 있고 기민했다. 손에 뭐가 묻어서 닦을 것을 찾아 일어서려고 하면 어느새 티슈가 내 앞에 놓여 있었고, "숟가락이 어디 있지?"라고 말하자마자 어느 틈에 가져왔는지 숟가락을 내밀고 있었다.

라무섬

대부분 외식을 했지만, 집에는 가스레인지와 개수대까지 갖춰져 있어서 장을 봐와 음식을 해 먹기도 했다. 그때마다 요리하는 건 형규 형님이었고, 형님을 도와 야채를 다듬거나 설거지하는 건 의철이 몫이었다. 나는 가만히 있다가 맛있게 먹기만 하면 되었다. 호사도 이런 호사가 없었다. 또 형님이 해주는 음식들이 어찌나 맛있던지 설거지가 필요 없을 정도로 박박 긁어 먹기 일쑤였다.

그중에서도 압권은 대게찜이었다. 형규 형님은 라무에 온 첫날부터 섬이라 해산물이 신선할 테니 랍스터나 대게를 사서 찜 쪄 먹자고 주문을 외듯 말했었다. 혼자 바깥에 나갔다 온 형님이 싱글벙글한 얼굴로 흥정이 잘되었다며 요동치는 까만 비닐봉지를 내밀었다. 안에는 잡혀 온 게 분하다는 듯 심하게 파닥거리는 대게 네 마리가 들어 있었다.

냄비에 대게를 넣고 삶는데, 어찌나 팔팔하고 힘이 센지 냄비 뚜껑에 돌을 얹어 놓고도 누르고 있어야 했다. 뚜껑이 잠잠해진 뒤 열어보니 까무잡잡하고 사납던 대게가 먹음직스러운 선홍빛으로 변해 있었다. 하지만 껍질이 너무 두꺼워서 대게의 속살을 영접하기가 쉽지 않았다. 결국, 의철이가 냄비 뚜껑을 누르던 돌을 들고와 구석기 인류가 뗀석기를 쓰듯이 바닥에 쪼그리고 앉아서 게 껍데기를 부서뜨려야 했다. 마침내 드러난 두툼하고 하얀 속살은 눈이 번쩍 뜨일 정도로 기막히게 부드럽고 맛있었다. 단언컨대 내 생애 최고의 대게찜이었다.

S#4 나이로비

라무섬에 가기 전, 지금까지 해변에 갔을 때 늘 혼자라서 너무 외롭고 재미도 없었다고 투덜거리듯 말했더니 형규 형님과 의철이가 이번에는 다를 거라고 호언장담했었다. 이때까지 갔던 모든 해변에서의 설움을 한 방에 날려주겠노라고.

두 사람 말대로였다. 라무섬에서의 순간순간은 평생 두 번은 없을 보석처럼 귀하고 아름다운 날들이었다. 비단 두 사람이 나를 '공주마마'로 대접해 주었기 때문만은 아니었다.

오롯이 우리만의 공간이었던 아지트. 잔지바르 스톤 타운을 연상시키는 미로 같은 골목과 독특하고 아름다운 이슬람 문양의 대문들. 미소가 아름다운 사람들과 귀여운 아이들까지. 아지트에서 여유롭고 편안하게 지낸 것도 좋았고, 형규 형님이랑 의철이와 함께 올드 타운을 걷는 것도 좋았다. 쉘라 비치까지 걸어가서 낙타를 보고, 수영하고, 보트 투어를 했던 것도 좋았다. 그저 다, 모든 것이 전부 좋았다.

라무섬에는 유독 당나귀가 많았다. 당나귀가 위협이 될 리 없는데도 형님과 의철이는 나를 경호하듯 무심히 앞 뒤로 걸었다. 두 사람에게는 그럴 의도가 전혀 없었을 수도 있지만, 그냥 그렇게 생각하기로 했다.

라무섬에서 돌아온 뒤에도 나는 형규 형님, 의철이와 함께 그 위험하다는 나이로비 시내를 마음껏 활보하고 다녔다. 아직 라무섬의 마법은 풀리지 않았다고 믿으면서. 정말 신기한 것은 다른 여행자들은 나갈 때마다 소매치기나 강도를 만났다는데, 우리에게 그런 일은 단 한 번도 일어나지 않았다.

07. 모든 것이 열악했지만 아름다웠던

시절 모얄레 Moyale 콘소 Konso

에디오피아

🧭 S#1 모얄레

모얄레에서 모얄레로 왔다. 케냐와 에티오피아 국경 마을은 같은 이름 모얄레를 쓰고 있었다. 이름만 같을 뿐 분위기는 사뭇 달랐다. 아마도 이번 아프리카 여행 중에서 가장 기대하고 있던 에티오피아 땅을 밟았다는 감격 때문일 수도 있었다.

호텔비가 놀라울 정도로 쌌는데 1박에 2달러였다. 물론 가격이 싼 데는 그만한 이유가 있었다. 말만 호텔이지 시설은 우리나라의 변두리 여관보다도 열악했다. 전기가 잘 들어오지 않았고, 작은 들통에 담긴 물로 하루를 살아야 했다. 그마저도 까만 침전물이 가라앉아 있는 정체불명의 물이었다.

불평불만이 봇물 터지듯 쏟아져 나올 만한 상황이었지만, 나는 이상할 정도로 들떠 있었다. 에티오피아는 이제까지 접했던 아프리카 국가들과는 확연하게 다른 분위기를 풍기고 있었고, 뭔가 근사한 일이 일어날 것 같은 예감이 들었다.

에티오피아는 아프리카 대륙에서 유일하게 유럽의 식민 지배를 받지 않은 나라라고 한다. 에티오피아 사람들의 주식인 인제라는 아주 큰 메밀전병같이 생긴 음식인데 시큼한 맛이 났다. 정확하게는 상한 음식에서나 맡을 수 있는 쉰내가 났다.

그동안 별별 음식을 먹어봤지만, 인제라는 도저히 적응할 수 없을 것 같았다. 하지만 식당에서는 인제라 외에 다른 음식을 팔지 않았다. 에티오피아는 그만큼 아주 공격적이고 철저하게 자기들의 고유문화를 수호하고 있는 느낌이었다.

🎬 S#2 난민촌

모얄레는 무척이나 가난한 마을이었다. 거리 곳곳에 쓰레기가 나뒹굴고, 그곳에서 어린아이와 소가 먹을 것을 찾아 헤맸다. 종이 상자와 비닐을 누더기처럼 엮어 만든 움막 같은 곳이 집이었다. 그런데도 나는 모얄레가 좋았다. 아이들 웃는 모습이 티 하나 없이 맑고 예뻤기 때문이다.

마을 구경을 하며 우연히 한 아이에게 "하이~" 하고 인사를 건넨 것이 시작이었다. 하나둘 아이들이 뒤따르기 시작하더니 나중에는 한 무리의 아이들을 이끌고 다녀야 했다. 처음에는 어찌할 바를 몰라 당혹스러웠다. 아이들은 그냥 나와 진영이가 걷는 대로 따라오면서 빙그레 웃고만 있었다. 덩달아 미소 짓게 되는 기분 좋은 웃음이었다. 그럴 수만 있다면 아이들의 웃음을 사서 힘들고 아픈 사람들에게 선물로 주고 싶다는 생각을 했다. 그곳은 모얄레에 있는 소말리아 난민촌이었다.

🎬 S#3 콘소

콘소에 도착해 진영이가 발품을 팔아서 정말 싼 숙소를 잡았다. 돌이켜 보면 에티오피아는 원체 물가가 싸서 그렇게 아낄 필요가 없었음에도 우리는 조금이라도 저렴한 곳을 찾아 어떻게든 더 깎으려고 했다. 돈을 아끼는 것에 목적이 있다기보다 장기 배낭족이 되면서 그냥 습관처럼 몸에 밴 행동이었다.

일반적인 숙소도 상태가 열악한데 그보다 더 싼 곳은 어떠했겠는가? 샤워하는 곳과 화장실이 멀리 떨어져 있는 것은 기본이고, 전기는 아예 들어오지도 않았다. 처음에는 콘소의 전력 사정이 안 좋아서 그런 줄 알았는데 우리 숙소만 전기가 들어오지 않았다. 그런 숙소에 우리 말고 여행자가 또 있었다. 20대 초반의 일본인 커플이었다.

그 커플은 우리와는 반대 경로로 여행하고 있어서 서로 많은 정보를 교환할 수 있었다. 벌써 4년째 여행 중이라고 했다. 여행 중간에 가족과 친구, 음식이 그리워서 일본에 들어가기도 했었고, 경비 마련을 위해 워킹 홀리데이 비자를 받아 호주에서 일도 했었단다. 그들은 앞으로 4~5년은 이런 식으로 계속 여행할 생각이라고 했다. 그러니까 20대를 온전히 여행하면서 보내려 하고 있었다.

여행하면서 정말 많은 사람을 만났다. 그중에서 한국의 20대 젊은 친구들을 만나게 되면 내 자식도 아니면서 참 대견하고 뿌듯한 마음이 되었다. 내가 첫사랑에 실패만 하지 않았어도 너희만 한 아들딸이 서넛은 됐을 거라는 시답잖은 농까지 해가며 친해지려 애썼고 잘해 주려고 했다. 부모님의 도움을 받아서 여행을 온 친구도 있었고, 철저한 계획 아래 아르바이트를 해서 모은 돈으로 온 친구도 있었다. 예쁘고 또 예뻤다. 그들의 젊음이 예뻤고, 어린 나이에 배낭여행을 나온 용기가 예뻤다.

그 나이 때 나는 적당한 나태함과 불투명한 미래에 대한 걱정으로 학교와 집을 오가다 나중에는 회사와 집을 오가며 평범하고 생기 없는 삶을 살았다. 그렇다고 그들의 20대에 비추어 나의 20대를 폄하하려는 것은 아니다.

지금의 나는 그때의 나를 거쳐 만들어진 것이고, 예나 지금이나 나는 현재의 내가 가장 좋다. 20대에 읽는 『어린 왕자』와 40대에 읽는 『어린 왕자』가 다르듯이 20대에 만나는 아프리카는 어떤 모습일까 궁금했고, 그 기회를 누리고 있는 그들이 부러웠을 뿐이다.

일본인 커플을 보는 내 마음은 조금 안타까웠다. 20대에 하는 세계 여행은 매우 귀하고 특별한 경험일 것이다. 다만 인생에는 여행을 통한 경험 외에도 치열한 사회생활을 하며 길러지는 자양분도 필요한 법이다. 내가 이 나이가 되어 여행하면서 얻은 것 중 하나는 여행을 즐기기 위해서는 일상을 열심히 살아내는 일이 아주 중요하다는 깨달음이었다. 나는 일본인 커플에게 결국 아무 말도 해주지 못했다. 이 말을 다 해주기에 밤은 이미 깊었고, 언어의 장벽은 높았다.

⚙️ S#4 콘소 마켓

에티오피아 남부에서는 지역마다 우리나라의 오일장 같은 마켓이 열리고 있었다. 마켓이 열리면 인근에 사는 부족민들이 모두 모이기 때문에 여행자들에겐 현지 부족민을 가까이서 볼 절호의 기회라고 할 수 있었다.

콘소 마켓이 열리는 날이었다. 느긋하게 걷고 있었지만 마음만은 한껏 부풀어 올랐다. 마을 어귀에 모여 있던 아이들이 우리를 보고 우르르 몰려오더니 "원 비르, 원 비르"를 외쳤다. 장난감 TV를 보여주며 사달라는 아이도 있었다. 직접 만들었다는 장난감에는 'MADE IN KONSO'가 적혀 있었다.

종이 화면에는 축구 경기하는 장면이 그려져 있었고, 손으로 돌릴 수 있도록 되어 있었다. 잔망스러운 손길로 TV 상자 아랫부분을 돌돌 돌리자 화면의 그림이 이동하는 제법 생동감 넘치는 물건이었다. 하지만 나는 사지 않았다. 배낭여행자에게 TV는 사치품이기 때문이었다.

등짐을 진 사람들을 따라 콘소 마켓에 도착했다. 야채와 곡물, 목화솜 같은 작물과 나뭇가지와 짚단 같은 땔감도 보였다. 삼삼오오 모여 있는 사람들의 모습이 물건을 사고팔기 위해 장에 나왔다기보다 오랜만에 만나 서로의 안부를 묻는 것처럼 정다워 보였다.

전통 의상인 듯한 콘소족 여인들의 풍성한 주름치마가 눈길을 끌었다. 발목까지 오는 긴치마 위에 엉덩이를 덮는 짧은 치마가 달린 다소 깜찍한 모습이었다. 빨강, 노랑, 연두색 등의 강렬한 색상이 들어가 있는 줄무늬 치마도 있었고, 치맛자락 끝에만 화려한 색감의 천을 덧대어 놓은 것도 있었다. 그 외 특별한 장신구나 치장은 없었다. 남자들은 그냥 티셔츠에 바지를 입고 있었다.

아프리카 원주민을 본다는 생각에 기대가 컸던 탓인지 약간 실망스러웠다. 뭔가 이보다는 더 원시적이고 특이한 모습을 상상했었다. 그러다 문득 깨달았다. 이들의 삶 속으로 들어온 건 나인데, 있는 그대로의 모습을 인정하지 않고 여행자 입장에서 이상적인 모습만 찾아 헤매고 있었다는 걸.

여행자는 가끔 허상을 쫓는다. 스마트폰을 들고서 돌도끼로 사냥하는 사람을 찍고 싶은 것과 비슷하다. 세상에서 변하지 않는 것은 변한다는 사실뿐이다. 그리스 철학자 헤라클레이토스의 말이다. 에티오피아 남부의 작은 마을 콘소에도 이제 막 변화의 물결이 시작된 느낌이었고, 어쩌면 나는 콘소의 마지막 페이지가 넘어가는 순간을 목격하고 있는 것인지도 몰랐다.

08. 아프리카의 특별한 별세계

트루미 | Turmi

🌀 S#1 로리 Lorry (화물 트럭)

트루미로 가는 유일한 방법은 로리를 히치하이킹하는 것뿐이었다. 아침 일찍부터 거리로 나가 보이는 트럭마다 트루미를 외쳐 보았지만 간다는 사람이 없었다. 그 모습이 안돼 보였던지 어떤 사람이 다가와 트루미로 가는 트럭이 있다는 제보를 해주었다. 우리는 트럭 기사가 식사 중이라는 식당으로 날쌔게 뛰어갔다. 말만 히치하이킹이지 무료가 아니라서 흥정을 해야 했고, 적당한 선에서 합의가 되어 그의 로리를 타고 트루미로 향하게 되었다.

짐을 가득 실은 로리의 짐칸 위에는 이미 대여섯 명의 현지인들이 자리 잡고 앉아 있었다. 우리가 올라타자 그래도 외국인이라고 안쪽의 비교적 좋은 자리를 양보해 주었다. 로리가 덜컹거리며 달리기 시작했다. 자칫 굴러떨어지지나 않을까 조마조마한 마음이 들었다. 시간이 지나면서 차츰 불안한 마음도 가시고, 흔들리는 로

167

리의 리듬에도 적응이 되었다. 좁고 답답한 버스 안보다 훨씬 시원했고, 희뿌연 창문을 통하지 않고 직접 자연 풍경을 볼 수 있어서 나쁘지 않았다.

로리를 히치할 때부터 부슬부슬 내리던 비가 출발하고 얼마 되지 않아 본격적으로 퍼붓기 시작했다. 달리는 차 위라서 그런지 비가 내리는 게 아니고 때리는 것처럼 느껴졌다. 그리고 차가웠다. 급기야 눈을 뜨고 있기 힘들 정도로 세차게 비가 쏟아졌다. 조금 전까지 재미있고 낭만적이었던 히치하이킹 로드 무비가 재난 영화로 변해가고 있었다.

오후가 되자 비가 그치고, 바람이 불어왔다. 젖은 몸에 찬 바람을 맞으니 체온이 급격하게 떨어지면서 온몸이 바들바들 떨려왔다. 그때 로리 위에서 반나절 넘게 고락을 같이한 현지인들이 노래를 부르기 시작했다. 발음도 생소하고, 뜻도 모르는 노래가 이상하게 위안을 주었다. 서툴게나마 따라 부르니 기분이 좋아지며 힘도 나는 것 같았다. 나중에는 현지인과 함께 손뼉을 치며 열창했다. 그 순간만큼은 이상하리만치 즐겁고 행복했다.

짐과 사람을 싣고 구불구불하고 울퉁불퉁한 산길을 가다 보니 로리는 아주 느릿느릿 움직였다. 어느덧 뉘엿뉘엿하던 해도 자취를 감추고, 사방이 어둠에 휩싸이게 되었다. 그 후로도 얼마를 더 갔을까? 드디어 트럭이 멈춰 섰다. 길가였고, 앞에는 여러 대의 차가 정차해 있었다. 트루미에 도착한 것은 아니었다. 바로 앞에 강이 있었는데 그 강만 건너면 바로 트루미라고 했다. 낮에 내린 비로 강물이 불어나서 건널 수 없게 되었고, 속수무책으로 차들이 전부 서 있었다. 결론은 그 고생을 하고 왔지만, 오늘은 트루미에 갈 수 없다였다.

🎙️ S#2 길바닥

갑자기 너무 허탈하고 허무해지면서 한 3일은 굶어서 속이 텅 빈 것 같은 허기가 느껴졌다. 아침을 바나나로 대충 때우고 출발한 데다 중간에 휴게소 같은 곳에 들렀었는데 메뉴가 인제라 밖에 없어서 점심을 거의 굶다시피 했었다. 뭐라도 먹을 곳이 없을까 둘러봤으나 산중 길바닥에 식당이나 매점 같은 게 있을 리 만무했다.

그때 한 외국인 여자가 다가와 배고프지 않냐고 물었다. 너무 너무 고프다고 대답했더니 염소 고기가 있다며 진영이와 나를 모닥불이 있는 곳으로 데려갔다. 인제라를 준다고 해도 넙죽 받아먹을 판에 염소 고기는 언감생심이었다.

염소의 넓적다리를 받아 들고서 우리는 정말 게걸스럽게 뜯어먹었다. 여자가 직접 바비큐 양념을 했다는데 비린내가 전혀 나지 않고, 간도 고루고루 잘 배어 있어서 진짜 맛있었다.

여자는 스위스 사람이었고, 남편과 함께 캠핑카를 타고 여행 중이라고 했다. 캠핑카를 몰고 이곳에 도착했을 때가 거의 한낮이었는데, 그때부터 이미 강을 건널 수 없었다고 했다. 심심하던 차

169

에 염소를 몰고 가는 현지인을 보고 흥정해서 바로 염소 한 마리를 잡았단다. 우리가 먹고 있는 고기는 주위 사람들과 나눠 먹고 남은 그 염소의 마지막 뒷다리라고 했다. 삼가 염소의 명복을 빌며 뼈에 붙어 있는 최후의 살점 하나까지 깨끗하게 먹어 치웠다.

허기가 어느 정도 가시자 이번에는 잠자리가 걱정되었다. 스위스인 부부는 캠핑카로 돌아갔고, 현지인들은 맨몸을 그냥 바닥에 누인 채로 잠을 청하고 있었다. 배낭을 안고 모닥불 곁에서 밤을 새워 볼까도 생각해 봤지만, 도저히 아침까지 버텨낼 자신이 없었다. 고민하던 사이 모닥불이 점점 약해지면서 한기가 들기 시작했다.

진영이가 가지고 있던 텐트를 치자고 했다. 진영이 텐트는 1인용이었지만 두 명이 들어갈 수 있는 크기였다. 하지만 몸만 챙길 수 없었다. 나와 진영이의 배낭, 진영이 기타와 우리 둘의 신발까지 텐트 안으로 들였다. 그러자 모로 누워 어깨를 잔뜩 움츠려야 두 사람이 겨우 잘 수 있는 공간이 나왔다.

옴짝달싹도 할 수 없는 좁은 공간에 젖은 옷을 입고 씻지도 못한 상태로 아주 불편하게 누워서 진영이와 오늘 하루 있었던 일을 얘기하는데 갑자기 웃음이 터져 나왔다. 둘이 거의 동시였다. 처음하는 히치하이킹에 설렌 것도 잠시, 비바람을 맞으며 여기까지 왔는데 결국 트루미에는 가지도 못하고, 남이 먹다 남긴 염소 뒷다리로 간신히 허기만 달랜 채 노숙까지 하게 됐다.

하루 동안에 이 모든 일을 겪었다는 것이 놀라웠고, 무엇보다 그 모든 순간이 하나같이 재미있고 유쾌한 기억으로 자리하고 있는 것이 너무나 신기했다. 두 번 다시는 이런 경험을 할 수 없을 거라는 생각이 들자 오늘 하루가 매우 특별하게 여겨졌다. 오늘은 내 인생 최악의 개고생을 경험한 최고의 날이었다.

🧭 S#3 트루미 마켓

여행 전, 아프리카에 떨어지기만 하면 전통 복장을 한 원주민을 수시로 만나게 될 거라고 생각했었다. 하지만 아프리카는 상상보다 훨씬 세련된 모습이었다. 어쩌면 나는 아프리카를 TV에 나오는 다큐멘터리나 유니세프 광고로만 인식하고 있었는지도 모르겠다.

아프리카 여행 목적이 오지 체험은 아니었다. 다만 한 가지 바람이 있었다. '아, 여기가 아프리카구나!'라고 느낄 수 있는 딱 한 곳만 가보고 싶었다. 스위스 부부의 고마운 제안으로 캠핑카를 타고 강을 건너 트루미에 도착할 수 있었다. 트루미는 바로 내가 상상한 아프리카 모습 그대로였다. 원주민 복장을 한 사람들이 길거리를 활보하고 있었다. 하메르 부족이라고 했다.

마켓에 모인 하메르 부족은 마을에서보다 한껏 치장한 모습이었다. 여자들은 붉은색 진흙을 머리에 바르고, 팔과 팔뚝, 목 등에 장신구를 하고 있었다. 색색의 띠와 조개 장신구가 달린 가죽 치마가 인상적이었다. 뒤가 연미복처럼 뾰족하고 길게 늘어뜨려져 있었는데 걸을 때마다 누군가를 유혹하듯 살랑살랑 흔들렸다.

남자들의 모습은 다소 파격적인 면이 있었다. 깃털이 달린 화려한 머리띠와 장신구를 착용하고, 미니스커트를 입고 있었다. 어찌나 다리가 길고 매끄러운지 질투가 날 정도로 잘 어울리고 아주 섹시했다. 의상 때문인지 모르겠지만 남자들은 목침을 받치고 다소곳이 앉아 있는 반면에, 여자들은 땅바닥에 철퍼덕 앉아 있는 모습이 재미있었다. 트루미 마켓에서는 진짜 아프리카를 여행하고 있다는 실감이 났다.

🌀 S#4 식당

오늘 인제라를 먹는데 너무 맛있었다. 그냥 '먹을 만하네' 정도가 아니라 정말로 맛있었다. 내가 원래 닥치는 대로 아무거나 잘 먹긴 하지만, 그래도 인제라는 끝까지 적응하지 못할 줄 알았다. 어쩔 수 없이 몇 번은 먹게 되겠거니 생각은 했어도 손가락까지 쪽쪽 빨아가며 인제라를 먹게 될 줄은 진짜 상상도 하지 못했던 일이었다. 현지인들도 나에게 엄지척을 해 보였다.

그날 밤 문득 고개를 들어 하늘을 보는데, 셀 수 없을 정도로 많은 별이 밤하늘을 가득 메우고 있었다. 금방이라도 별이 쏟아질 것 같은 밤하늘을 한참 동안 바라보았다. 아프리카가 아닌 마치 우주 공간의 어느 별세계에 와 있는 것 같은 느낌이 들었다. 아프리카에 대한 나의 공상을 실현해 주고 인제라까지 적응하게 만든 트루미가 내게는 아주 특별한 별세계임은 틀림없었다.

09. 컬러풀 마을에서 만난 무르시 부족

진카 Jinka

S#1 진카

진카로 가는 로리는 생각보다 쉽게 히치할 수 있었고 짐칸까지 텅 비어 있었다. 짐짝처럼 실려 왔던 첫 번째 로리를 떠올리며 속으로 '좋아라!' 쾌재를 불렀다. 하지만 기쁨은 오래가지 못했다. 텅 빈 짐칸에 배낭을 베고 누워 가는 낭만적인 모습을 상상하고 올라탔는데 현실은 디스코 팡팡이었다. 비포장도로를 달리는 로리가 어찌나 통통 튀는지, 누워 있는 것은 고사하고 로리에 있는 철봉을 잡지 않고서는 서 있기조차 힘들었다.

그나마 비가 오지 않아 다행이다 싶었다. 하지만 그마저도 나중에는 쓰라린 아픔으로 돌아왔다. 진카에 도착해 동네 구경을 하는데 양팔이 불에 덴 것처럼 뜨겁고 쓰라렸다. 달리는 트럭 위에서 직사광선에 노출되었던 얼굴과 팔이 빨갛게 익어버린 것이었다.

얼굴은 선크림을 발라서 그나마 괜찮았는데 팔이 엄청나게 따가웠다. 에티오피아 햇볕은 생각보다 강했다. 별다른 약이 없어 그대로 다녔더니 몇 번의 탈피 끝에 현지인이라고 해도 전혀 위화감이 없는 피부색으로 변하고 말았다.

진카는 산과 들판, 손을 뻗으면 닿을 것 같은 낮고 하얀 뭉게구름이 어우러진 푸르고 예쁜 마을이었다. 여행하면서 예쁜 하늘을 볼 때면 가끔 우리나라 하늘을 떠올려 보곤 하는데 영 기억이 나지 않았다. 하늘 한번 쳐다보지 못할 정도로 바쁘게 산 것도 아니고, 우리나라 하늘도 분명 파랗고 예뻤을 텐데 도무지 기억나지 않는 것이었다. 높은 빌딩 숲에 가려 보지 못했을 수도 있고, 팍팍하고 찌든 일상에서 보고도 무심히 지나쳤던 것일지도 모르겠다. 돌아가면 우리나라의 하늘이 얼마나 예쁜지 확인하고 눈에, 가슴에 꼭꼭 담아 두어야겠다고 생각했다.

진카에서는 일주일에 두 번 화요일과 토요일에 마켓이 열리고 있었다. 토요일에 열리는 마켓이 규모도 훨씬 크고, 근처에 사는 거의 모든 부족이 오기 때문에 무르시 부족 사람들도 온다는 정보가 있었다. 무르시 부족은 일명 '접시 부족'이라고도 한다. 부족 여인들이 15세를 전후로 아랫입술을 찢어서 접시를 끼우기 시작하는데, 접시의 크기가 클수록 미인으로 생각해서 많은 지참금을 받고 시집갈 수 있다고 한다. 원래 무르시 부족은 접근이 무척 어려운 아주 고립된 지역에 살면서 마을의 식량이 부족하면 근처 다른 부족 마을을 침입해서 약탈하거나 식인도 했었다고 한다. 진카에서는 무르시 부족 마을을 방문하는 것이 아주 인기 있는 관광 상품이었다. 하지만 금액이 꽤 컸다.

투어비가 너무 비싼 것 같다고 하자 열심히 설명해 주던 사람이 덧붙이길, 애초에 원주민들은 돈에 대한 개념이 없어서 물물 교환으로 거래하는 부족이 대부분이었다고. 그런데 원주민 마을을 찾은 관광객들이 사례의 의미로 돈을 주기 시작했고, 이제는 관광객이 원주민들의 주 수입원이 되어버려서 어쩔 수 없다고 했다. 나도 어쩔 수 없이 투어하려던 마음을 접었다.

⊛ S#2 아리 빌리지 Ari Village

아리 빌리지는 수목이 우거진 곳에 자리 잡은 평화롭고 예쁜 마을이었다. 초록의 수풀 속에 볏짚을 얹어 만든 원형 초가집은 액자 속 그림 같았고, 수줍은 듯 환하게 웃는 사람들이 그 속에 살고 있었다. 마을에 들어서자마자 어른, 아이 할 것 없이 모두의 이목이 우리에게 집중되었다. 사람들 대부분은 이내 흩어졌지만, 아이들만은 끝까지 남아서 우리를 졸졸 따라다녔다.

이 마을에서 처음으로 인제라 굽는 과정을 보게 되었다. 달궈진 팬에 인제라 반죽을 돌려 부은 다음 뚜껑을 덮어서 익히는 게 전부였으나 내겐 아주 특별했다. 그만큼 인제라를 좋아하게 된 까닭이었다. 세상 적응하지 못할 음식이 있다면 인제라일 거라고까지 생각했는데, 이제는 갓 구워진 인제라를 보고 군침을 삼키고 있었다.

175

🧭 S#3 미용실

동네 산책에 나섰다. 파란색 건물 밖으로 여자들이 나와서 수다를 떨고 있었다. 지나가는 나를 보며 무슨 말들을 주고받는 듯하더니 급한 손짓으로 불러 세웠다. 다가갔더니 모자를 벗어보라고 하면서 안으로 데리고 들어갔다. 어리둥절하면서 모자를 벗고 살펴본 그곳은 미용실이었다.

수다를 떨던 여자들이 내 머리카락을 만져보고서는 난리가 났다. 의자에 앉혀서 머리카락을 빗겨 보고 난 뒤에는 환호성을 질렀다. 두 사람이 함께 머리카락을 잡고 땋기 시작하는데 손이 정말 빨랐다. 몇 분이 안 돼서 머리가 다 땋아졌다. 약간 섭섭했는지 땋은 머리를 풀어서 이번에는 천천히 손을 놀렸다. 아이들이 가지고 노는 장난감 인형이 된 것 같았지만 오랜만에 다른 사람의 손길이 머리카락에 닿으니 기분이 너무 좋아서 가만히 있었다.

그렇게 몇 번 가지고 놀다 말겠거니 생각했는데, 가닥가닥 땋은 머리를 솜씨 좋게 올려서 묶어주었다. 생각보다 예쁘게 잘 어울렸다. 게다가 너무 시원했다. 바람이 머리카락 사이사이를 통과하면서 지나가는데 기분이 알알하면서도 상쾌했다.

아프리카 사람들이 그 짧은 고수머리를 힘겹게 펴고 이어서 가닥가닥 땋고 다니는 것을 보고 단순히 치장이라고만 생각했는데, 이러한 기능적인 면도 있었다니. 인생의 모든 경험은 지식이 된다는 걸 다시 한번 깨달았다.

⚜️ S#4 진카 마켓

토요일의 진카 마켓은 규모가 정말 컸는데 그만큼 혼잡했다. 골목과 거리 곳곳이 사람과 물건들로 꽉꽉 들어차 있었다. 한가하게 앉아 있거나 여유를 부리는 사람 없이 모두 활발하게 거래하고 있었다. 무거운 짐을 나르는 나무 지게차 같은 것도 보였다. 사람들 대부분이 현대 복장을 하고 있어서 어떠한 부족들이 왔는지 알 수는 없었지만 정말 인근에 사는 사람들은 전부 이 장터에 나와 있는 듯했다.

사람들이 웅성거리며 모여 있는 곳이 있었다. 무르시 부족 여자 둘이 현지인들에게 둘러싸여 사진을 찍고 있었다. 현지인들에게도 무르시 부족은 특별한 존재인 것 같았다. 사진을 찍는 현지인들은 무르시 부족 여자들과 어깨동무하면서 무척이나 신나 하는 모습이었지만, 부족 여자들은 전혀 즐거운 표정이 아니었다. 즐거워하기는커녕 양미간이 튀어나올 정도로 인상을 쓰고 있었다.

한 여자는 귀에 접시를 하고 있었고, 다른 여자는 입술에 하고 있었다. 맞은편에서 아이를 업고 있는 또 한 명의 무르시 부족 여자는 접시를 빼고 있었다. 하지만 세 명 모두 누가 봐도 기분이 나쁘다는 것을 한눈에 알 수 있게 인상을 잔뜩 찌푸리고 있는 모습만은 똑같았다. 그들의 표정을 보고 있으려니 나도 마음이 불편해지고 진카 마켓도 재미없게 느껴졌다.

마켓을 빠져나오는데 무르시족 여자 한 명이 성큼성큼 걸어오는 것이 보였다. 사진을 찍을 수 있는지 물어보는데 어디선가 갑자기 무르시족 남자가 나타나서 돈을 내라고 했다. 트루미의 하메르족 사람들이 비르를 달라고 하던 모습과는 사뭇 달랐다.

귀에 접시를 끼운 무르시 부족 여자와 보디가드

당장 돈을 주지 않으면 한 대 칠 것 같은 태도였다. 결국, 돈을 주고 사진을 찍었는데 여자가 안면을 잔뜩 찡그리고 있었다. 옆에 보디가드인 양 서 있는 남자는 그보다 더 험상궂은 얼굴을 하고 있었다.

만약 자기 행동에 따른 결과를 미리 알 수 있다면 사람들이 이기적인 행동을 조금은 덜 하게 될까? 그런데 과연 누가 더 이기적인 걸까? 자신만의 특별한 여행을 원한 관광객? 그걸 이용해 자기 자신을 돈벌이 수단으로 만들고 있는 원주민? 아프리카를 여행하는 내내 나를 괴롭힌 질문이었고, 이에 대한 답은 아직도 모르겠다.

10. 진화하는 도시와 천사들의 마을

아디스아바바 Addis Ababa 곤다르 Gondar

🔍 S#1 아디스아바바

아디스아바바의 첫 느낌은 '아, 도시다!'였다. 고속도로처럼 쭉 뻗은 대로 양옆으로 현대식 건물들이 늘어서 있고, 여기저기 대형 광고판이 눈에 띄었다. 한창 공사 중인 고층 빌딩도 많았다. 에티오피아는 지금 변혁의 시기를 맞이하고 있는 듯했다. 언제가 될지 알 수 없지만, 다음에 아디스아바바에 오게 된다면 저 회색빛 건물들이 마천루가 되어 있는 모습을 보게 되겠지?

언젠가는 트루미나 진카에도 현대식 건물들이 들어설 것이다. 벌써 서운한 생각이 들었다. 에티오피아 남부는 나에게 잊지 못할 추억을 안겨주었다. 특히 트루미와 진카는 내가 막연히 아프리카 여행을 상상하며 그려왔던 모습을 현실로 만나게 해주었던 곳이었다. 그런 곳에 현대식 빌딩이 들어선다는 생각만으로도 추억이 훼손되는 느낌이었다. 사람이든 물건이든 언제까지고 영원히 그 모

습 그대로일 수는 없다. 하지만 조금만 아주 조금만 천천히 변화해
주기를 바란다면 내가 너무 이기적인 걸까?

전통 복장의 아프리카 여인들

S#2 한국 식당

비자를 알아보러 대사관 지역에 간 김에 한국 식당이 있다고 해
서 찾아갔다. 한국 음식이 그립기도 했고 다른 곳도 아닌 아프리카
에 그것도 에티오피아에 한국 식당이 있다는 사실이 신기했다. 한
국에 있는 여느 한식당 못지않게 인테리어가 세련되고 상차림도
정갈했다. 맛도 아주 훌륭했다.

윤기가 자르르 흐르는 하얀 쌀밥에 김치 한 조각을 얹어서 먹는
순간 백만 볼트 전기에 감전된 것처럼 찌르르한 감동의 전율이 온
몸을 감쌌다. 그간의 다소 우울했던 기분이 싹 달아나는 느낌이었
다. 나는 여행에 지친 게 아니었다. 인제라가 아닌 밥심이 필요했

던 것이었을 뿐. 테이블마다 돌아다니며 말을 거는 여자분이 있었는데 우리 테이블에도 오더니 밝게 웃으며 음식 맛이 어떠냐고 물으셨다. 식당 사장님이었다. 아프리카에서 식당 하는 사람이 반드시 어떤 모습이어야 된다는 건 없겠지만 너무 우아하고 세련된 모습에 깜짝 놀랐다. 내가 그렇게 말씀드렸더니 무슨 말인지 이해한다는 표정을 지었다.

사장님은 가족과 함께 이민을 온 지 수년째라고 하셨다. 한국에 있는 가족들은 아직도 아이들이 벌거벗은 원주민들과 함께 학교에 다니고, 길에서 기린이나 사자를 흔하게 볼 수 있는 줄 안다고 했다. 아무리 여기 사정을 설명해 주어도 통화할 때마다 한국에서 차 조심하라고 당부하는 것처럼 사자 조심하라는 말을 잊지 않고 덧붙인다고. 사실 나도 그랬다. 나 역시 아프리카를 여행하기 전에는 아프리카에 오면 원주민이나 사자를 길에서 쉽게 볼 수 있을 줄 알았다. 사자까지는 아니더라도 원숭이나 기린 정도는 활개를 치고 다닐 줄 알았는데 아니었다.

아이들과 함께 가족이 이민을 온 것도 놀라운데 아이들이 국제학교에 다니고 학비가 한국과 거의 맞먹는 수준이라는 말에 속으로 또 한 번 깜짝 놀라고 말았다. '학교에서 원주민과 만날 일은 절대 없겠구나'라는 생각이 스쳤다. 한동안은 한국 음식을 그리워할 여지가 생기지 않게 꾹꾹 눌러 담아 든든하게 챙겨 먹고 식당을 나왔다.

⚙ S#3 곤다르

수단까지의 거리도 멀었고, 에티오피아를 떠나기가 아쉬워 마지막으로 선택한 곳이 수단과 가장 가까운 곤다르였다. 쉬어 가는 의미로 찾은 곳이었기에 딱히 어떤 것을 보겠다거나 무엇을 해야겠다는 생각이 없었다.

그렇게 아무 생각 없이 도착한 곤다르였지만, 첫인상부터 느낌이 좋았다. 집들은 낡고, 먼지가 풀풀 날리는 거리에는 마차가 다니고 있었다. 그 모습이 무척이나 정겹고 마음에 들었다. 아이들은 해맑고, 어른들은 수줍음이 많은 얼굴을 지녔으며 눈길이 마주칠 때마다 나도 모르게 기분이 좋아서 미소가 지어졌다. 무엇보다 인제라가 맛있었다.

곤다르의 주요 교통수단은 마차였다. 바퀴 달린 수레를 말 등에 얹고 비닐 가리개를 씌워 놓은 게 전부였는데, 가리개 대부분이 오래되고 갈라져서 제구실을 하진 못했다. 하지만 금액이 착했고 운치가 있었다. 에티오피아가 좋았던 이유 중 하나가 바로 저렴한 물가였다. 호텔은 1박에 2, 3천 원 하는 곳이 허다했고, 식당도 천 원 정도면 음료까지 포함해 한 끼를 해결할 수 있었다.

'5불당'이라는 아주 유명한 인터넷 카페가 있다. 하루 5불(달러)로 세계 여행하는 노하우를 공유하는 공간으로 배낭여행자들의 성지와도 같은 곳이다. 아마도 진짜 5불당을 실현할 수 있는 전 세계 몇 안 되는 곳 중의 하나가 에티오피아일 것이다.

물론 호텔은 호텔이라 부르기 민망한 수준으로 물은 양동이로 길어다 써야 했고, 전기도 들어오지 않는 곳이 많았다. 그러다 보니 양동이 물 하나로 샤워를 하고 빨래에 욕실 청소까지 하는 노하우를 익히게 되었고, 전깃불 없는 밤하늘이 얼마나 아름다운지도 알게 되었다. 덕분에 인제라를 원 없이 먹기도 했고.

마차 위에 앉아 또각또각 말발굽 소리를 듣고 있으니, 마치 중세 귀족 부인이 되어 마차를 타고 있는 것 같은 기분이 들었다. 구멍이 숭숭 난 비닐 천막일지라도 나름대로 태양을 가려주어 마차 안이 제법 시원했다. 게다가 마차 위에서 보는 풍경은 걸을 때와는 사뭇 달라 보였다. 땡볕에 걷지 않아도 돼서 여유가 생긴 때문일 수도 있었다. 그렇게 작은 사치와 여유를 부리며 돌아다닐 수 있는 것이 곤다르의 가장 큰 매력이기도 했다.

곤다르에서 파실 게비 유적과 데브레 베르한 셀라시에 성당이 유명하다는 것은 알고 있었지만 정말 아무것도 하지 않을 작정이었기 때문에 가볼 생각을 하지 않고 있었다. 어느 날 마을을 돌아다니다가 정말 우연히 셀라시에 성당을 발견하고 들어가게 되었다. 넓은 잔디밭 한가운데에 단단하고 단출한 석조 건물이 하나 있었다. 성당이라고 하기에는 조금 독특한 형태로 흔한 십자가도 없었다.

반전은 내부에 있었다. 벽과 천장이 화려한 색감의 그림으로 빈틈없이 채워져 있는데 십자가에 못 박힌 예수님을 그린 그림을 시작으로 성경 속 이야기를 담은 그림이 벽을 장식하고 있었다.

가장 눈에 띄는 것은 천장을 가득 메우고 있는 천사들의 얼굴이었다. 하얗고 앳된 얼굴의 아기 천사가 아니라 순둥순둥해 보이는 흑인 얼굴이었다. 날개도 순백이 아닌 검은 날개에 하얀색 점들이 박혀 있었다.

유심히 보면 눈동자의 위치, 눈썹 모양, 입술 형태 등이 미묘하게 달랐다. 그 때문인지 계속 보고 있으면 천사들의 표정이 시시각각 변하는 것처럼 보였다. 예수님과 천사 모두를 흑인으로 표현한 것만 보아도 아프리카인들의 시각에서 본 재치 있는 발상이라는 생각이 들었다.

성당에서 나와 거리를 걸었다. 만나는 사람마다 너무나 따스하고 정겨운 웃음을 지어 보였다. 성당의 그림 속 천사들이 실제로 모여 사는 곳이 곤다르라는 생각이 들었다. 그래서인지 정말 할 일 없이 빈둥거리기만 했던 곤다르를 떠난다는 사실이 못내 아쉬웠다.

정말 이대로 에티오피아 여행이 끝나는 걸까? 하지만 그것은 또 다른 세계로의 여행을 시작하는 것이기도 했다. 여행이 내게 준 가장 큰 선물은 하나의 끝이 절대 모든 것의 끝이 아니고, 끝이 있어야 새로운 시작을 할 수 있다는 온전한 깨달음이었다.

11. 왕가의 계곡으로 가는 길

아스완 Aswan 룩소르 Luxor

이집트

 이 부분은 이미 위에 표시

S#1 아스완

이집트는 지정학적으로 아프리카 대륙에 속한 중동으로 분류되며 아프리카 대륙에 속하는 나라 중에서 가장 부유한 나라의 하나라고 한다. 기나긴 항해 끝에 도착한 아스완의 모습은 상상 이상이었다. 나일강 위의 관광 유람선은 호화로웠고, 식당과 상점이 즐비한 거리에는 세계 각국에서 몰려든 여행자들로 북적이고 있었다. ATM기에서는 달러를 바로 환전할 수도 있었다.

수단을 떠나 페리를 타고 오면서 정말 아프리카 여행이 끝나는구나 하고 생각했었지만 막연한 느낌뿐이었다. 아스완에 도착하고 보니 이집트는 확실히 아프리카가 아니라는 생각이 들었다. 뭔가 단단히 움켜쥐고 있던 것을 놓친 것처럼 허탈했다. 그즈음 이상하게도 나는 아주 게을러졌다. 길을 걷다 보면 여기저기서 호객 행위를 하는 사람들이 달라붙었다. 그 때문에도 더욱 아무것도 하고 싶지 않았다.

호텔에 비치된 엽서를 보는데 눈에 들어오는 사진이 하나 있었다. 무릎에 손을 얹고 있는 거대한 파라오 석상이었다. 갑자기 가보고 싶다는 의지가 불끈 솟아올랐다. 어디서 본 것 같긴 한데 이름이 뭔지, 어디에 있는 건지 알 수가 없어서 호텔 매니저를 붙잡고 물어봤다. 그런데 호텔 매니저가 어이없다는 표정으로 쳐다보며 정말 모르냐고 되레 나에게 물어왔다. 모른다고 했더니 어떻게 이걸 모를 수가 있냐고 핀잔을 주듯 말했다.

전 세계에서 수많은 사람이 이것을 보기 위해 아스완에 온다는 것이었다. 전 세계 모든 사람이 이걸 보러 온다고 해도 나는 모른다고요! 대답해 줄 생각은 안 하고 자랑만 늘어놓는 그에게 순간적으로 버럭 화가 치밀었다.

그러는 당신은 한국에 있는 불국사를 알아? 그건 이미 전 세계 사람들이 다 보고 갔는데. 그제야 그는 머쓱한 듯 이건 아부심벨인데 댐을 건설하면서 조각내어 옮기게 됐고 어쩌고저쩌고하면서 설명해 줬다. 하지만 그때는 이미 그곳을 향한 관심이 깡그리 사라지고 난 뒤였다.

🧭 S#2 룩소르

이집트에서는 피라미드 하나만 볼 생각이었다. 피라미드가 워낙 유명한 것도 있었고, 여행하면서 이집트에 대해 좋은 얘기를 들은 게 거의 없었기 때문이었다. 그래서 아무것도 하지 않고 아스완을 떠난 것에 미련이 없었고, 이후 도착한 룩소르에도 아무런 기대를 하지 않았다. 룩소르는 아스완과 비슷한 느낌이었다. 그저 아스완처럼 스쳐 지나갈 곳인 줄 알았다.

슬픈 예감은 틀린 적이 없지만, 예상은 언제나 빗나가기 마련이다. 그것이 인생이고, 여행이다. 룩소르에 도착해서 예상치도 못하게 한국 여행자들을 많이 만나게 되었다. 여행하면서 한 번에 이렇게나 많은 한국 사람을 만난 것은 처음이었다. 혼자 여행하는 사람도 있었고, 친구랑 같이하거나 여행하면서 친구가 된 사람도 있었다. 모두 여행 경력도 화려할 뿐 아니라 너무나 유쾌한 사람들이었다.

룩소르는 나일강을 중심으로 동안과 서안으로 나뉜다. 동안에는 사람들이 살고 있었고, 카르나크 신전이 있었다. 서안에는 투탕카멘을 포함한 고대 이집트 왕 파라오들의 무덤이 있다. 서안의 또 다른 이름은 '왕가의 계곡'이었다.

나는 룩소르나 룩소르의 다른 어떤 것에도 특별히 관심이 없었다. 너무 오랜만에 한국 사람들을 만나서 무척이나 신나고 들떴었나 보다. 얼결에 다 같이 서안에 가보자는 말에 동조하고 말았다.

🎬 S#3 서안

서안에 도착하자마자 역시나 호객꾼들이 달려들었다. 다 함께 자전거를 타기로 하고 갔는데, 갑작스럽게 당나귀를 타고 가자는 의견이 나와서 나는 당나귀 파에 합류했다. 단순하게 당나귀는 페달을 밟지 않아도 되니 편할 거라고만 생각했다.

룩소르에서는 어른이나 아이 모두 안장도 없이 당나귀를 타고 다녔기 때문에 특별한 기술이 필요해 보이지도 않았다. 게다가 당나귀 주인아저씨가 왕가의 계곡 입구까지 안내해 주겠다고 해서 덥석 미끼를 물듯이 당나귀를 빌렸다. 그렇게 비극의 서막이 오르고야 말았다.

작고 귀여운 당나귀의 등은 마른 장작 위에 앉은 것처럼 불편하고 균형 잡기가 힘들었다. 긴장한 탓인지 그러지 않으려고 해도 자꾸만 몸에 힘이 들어갔고, 나도 모르게 몸이 한쪽으로 기울면서 미끄러지려고 했다. 아저씨가 굴러떨어질 뻔한 걸 여러 번 구해 주었다. 아저씨의 부축을 받으며 겨우겨우 앞으로 나아갔다.

얼마 지나지 않아 마을을 벗어나서 산을 오르기 시작했다. 초목이 거의 없는 바위투성이 산으로 오른쪽은 한 발 내딛기도 조심스러운 천 길 낭떠러지였다. 아저씨한테 내려서 걷고 싶다고 했다. 그게 더 위험하다고 만류했다.

아래를 보니 피가 바짝바짝 말라왔다. 아저씨도 긴장했는지 부축하는 손에 힘이 잔뜩 들어가 있었다. 최대한 힘을 빼고 균형을 잃지 않으려고 노력했다. 살기 위한 최소한의 몸부림이었다.

아저씨가 낭떠러지 아래를 가리켰다. 반듯한 직사각형의 건물이 있고, 여러 대의 관광버스가 정차해 있는 것이 보였다. 사람들이 까만 점이 되어 움직이고 있었다. 하트셉수트 여왕의 신전이라고 했다. 고대 이집트 여성 파라오 중 가장 길고 번영한 시대를 열었다고 한다.

아래를 계속 보고 있으니 몸이 앞으로 구를 것만 같았다. 시선을 멀리 두었다. 나일강을 사이에 두고 있는 동안과 서안이 한눈에 들어왔다. 신기하게도 나일강 주변으로만 녹지가 형성되어 있었는데, 보이지 않는 투명막이 있는 것처럼 왕가의 계곡이 시작되는 곳부터 사막화되어 있었다.

퀸스 밸리를 지나 킹스 밸리에 도착했다. 아저씨는 우리 모두를 당나귀에서 내리게 한 후 여기부터는 걸어서 내려가면 된다는 말 한마디를 남긴 채 당나귀를 몰고서 떠나버렸다. 황당했지만 아저씨가 알려준 방향으로 내려가는 수밖에 없었다.

🧭 S#4 왕가의 계곡

내려가는 길은 그리 험난하지 않아서 생각보다 금방 도착했다. 왕가의 계곡을 보고 싶은 생각은 없었는데 여기까지 오고 나니까 들어가 보고 싶었다. 하지만 티켓이 없었고, 곧 폐관 시간이기도 했다. 아쉬운 마음에 여기저기 사진을 찍었다.

한 이집트 아저씨가 다가와 "너희 가이드 어디 있니?" 하고 물었다. 그가 카메라를 메고 있는 것을 보고 나는 호객꾼이 확실하다고 생각했다. "가이드 필요 없어요."라고 야멸차게 말하며 내 갈 길을 갔다. 하지만 호객꾼은 계속 쫓아오면서 가이드가 어디 있냐고 끈질기게 물었다. 참다못해 계속 쫓아오면 경찰에 신고하겠다고 엄포를 놓듯 말했다.

그런데 그가 바로 경찰이었다. 내가 카메라로 착각한 것은 총이었다. 왕가의 계곡에는 가이드 없이 출입이 불가했고, 왕의 무덤은 입구라도 사진 촬영이 금지되어 있었다. 좀 전까지 지겨운 이집션이라고 생각한 경찰에게 손의 지문이 없어지도록 싹싹 빌었다.

다행히 큰 소동 없이 킹스 밸리를 빠져나올 수 있었지만 돌아갈 길이 막막했다. 차들은 많았지만, 우리가 탈 수 있는 차는 없었다. 걸어서 돌아가자니 왔던 길이 떠오르며 막막하기만 했다. 그렇지만 여행자가 어떤 상황에서도 잃지 말아야 할 것이 있다면 바로 '낭만'이다. 히치하이킹하기로 마음먹고 눈에 띄는 모든 탈 것에 손을 흔들었다. 큰길가에 나와서야 겨우 당나귀가 끄는 수레를 얻어 탈 수 있었다.

동안에 도착하자 시내 한가운데 조명이 켜진 룩소르 신전이 눈에 들어왔다. '무사히 돌아온 것을 환영해'라고 말해 주는 것 같았다. 비록 왕가의 계곡으로 가는 길은 험난했고 그 끝은 조금 초라했지만, 낭만 한 스푼을 가미하니 더없이 짜릿한 모험으로 가득 찬 추억이 만들어졌다.

12. 블랙홀에서 웜홀까지

다합 Dahab 누웨바 Nuweiba

이집트

🧭 S#1 다합

'여행자들의 블랙홀'이라는 말이 있다. 경치가 좋고 물가도 싸서 짧게는 일주일, 길게는 한 달 이상을 머물게 되는 여행자들의 천국. 한번 가게 되면 빠져나오기 힘들다고 해서 붙여진 별칭 같은 것이다. 당시 배낭여행자의 3대 블랙홀로 일컬어지던 곳이 있었는데 태국의 카오산 로드, 파키스탄의 훈자 그리고 이집트의 다합이었다.

다합은 물이 맑고 산호초가 예뻐서 세계 3대 다이빙 명소로 손꼽히는 곳이었다. 스쿠버다이빙과 프리 다이빙을 하며 바다의 블랙홀이라는 블루 홀을 즐길 수도 있었다.

여행자들의 블랙홀인 데다 바다에도 블랙홀이 있으니 다합은 여러모로 빠져나오기 힘든 곳임에 틀림이 없었다. 그 외에도 윈드서핑과 카이트서핑(서핑과 패러글라이딩이 접목된 수상 스포츠),

스노클링 등 다양한 해양 스포츠를 체험해 볼 수 있었다. 물이 지겹다면 낙타를 타고 해변을 거닌다거나 사륜 오토바이를 몰고 시나이 사막을 종횡무진할 수 있는 육상 액티비티도 있었다. 가격도 그다지 비싸지 않았다.

다합의 해변

적당히 덥고 적당히 선선한 날씨 덕분에 바닷가 특유의 끈적임도 없었다. 더우면 바다에 들어가 잠시 더위를 식히고, 바닷가를 따라 즐비한 카페나 레스토랑 한곳에 죽치고 앉아 홍해를 배경으로 수다를 떨다 보면 하루가 금방 지나갔다.

음식값도 비싸지 않았고, 특히 해산물 요리가 신선하고 맛있었다. 숙소도 저렴하면서 깔끔한 편에, 무엇보다 와이파이가 잘됐다. 특정 장소에서만 잘 터지는 게 옥에 티 정도랄까? 이제까지의 여행지 중 그 어느 곳보다 여행자에게 최적화된 곳이라는 생각이 들었다. 바로 그 때문이었다. 내가 아무것도 하지 않기로 한 것은. 어느 하나에라도 발을 내딛게 되면 블랙홀처럼 그대로 빨려 들어가 영영 헤어 나오지 못할 것만 같았다.

나는 사람들과 어울려 밥을 먹고 수다를 떨거나 가끔 해변 마을로 산책하러 가는 것 외에 무엇도 하지 않고 있었다. 그렇게 아무것도 하지 않는 것을 열심히 하고 있었다.

⚙️S#2 숙소 정자

숙소 마당에 작은 정자가 있었는데 그 근처에서만 인터넷이 됐다. 할 일 없이 그곳에서 죽치고 있는 시간이 점점 많아졌다. 그때 고글 같은 선글라스를 낀 까무잡잡한 남자가 숙소 마당으로 들어섰다. 어떤 이름을 말하며 찾는 것을 보고 한국 사람인 것을 알았다. 잘 모르겠다고 하면서 몇 마디 나누는데, 왠지 아는 사람 같다는 생각이 들었다. 그런데 상대편도 나를 어디서 본 것 같다고 하는 것이었다. 잠시 앉아서 서로 여행한 얘기를 주고받는데 불현듯 떠오르는 사람이 있었다.

파키스탄 라호르에서 만났던 형승 형님이었다. 형승 형님이 맞는다는 것을 확인하고서는 정말 까무러칠 정도로 놀라지 않을 수 없었다. 1년이 지나서 형님을 다시 만나게 된 사실도 놀라웠지만 그보다 더 놀라운 것은 변한 외모였다.

예전의 마르고 초췌한 학자 같은 모습은 죄다 사라지고, 검고 탄탄한 근육을 가진 운동선수가 되어 있었다. 나는 형승 형님이 어느 유적지에서 발굴에 열중하고 있거나 여행을 끝내고 한국으로 돌아가 학교에서 열심히 학자의 길을 걷고 있지 않을까 생각했다.

내 말을 들은 그가 박장대소했다. 형님도 자기가 다합에서 이러고 있을 거라고 상상도 못 했다고 했다. 다합에 와서 우연히 스쿠버다이빙을 해보고 바닷속 세계에 푹 빠져서 1년 동안 머물며 전문 코스를 마스터하고 지금은 강사를 하고 있다고 했다. 형승 형님이 스쿠버다이빙 강사라니. 보고도 믿기지 않는 현실이었다.

형님은 바닷속 세상이 얼마나 멋진지에 대해 한참 동안 얘기해주었다. 1년 전 라호르에서 간다라 미술에 관해 얘기해 주었던 것처럼 아주 열정적으로. 외모는 변했어도 형승 형님의 이야기 솜씨만은 변하지 않았다. 바닷속 이야기도 간다라 미술만큼이나 혼이 쏙 빠지도록 재미있었다. 그의 모습을 보고 다시 한번 절실히 깨달았다. 다합은 진정한 여행자들의 블랙홀이라는 걸. 그리고 지금이 바로 다합을 떠나야 할 때라는 것도.

🌀 S#3 누웨바

다합에서 차로 1시간 반 정도 걸리는 누웨바에는 한국 식당이 있었는데 메뉴 중에 무려 회가 있었다. 요르단으로 넘어가기 위해 누웨바에 간 김에 회를 먹으러 한국 식당에 들렀다. 회는 전날 미리 주문해야 한다고 했다.

생각해 보면 한국을 떠나온 이후 한 번도 회를 먹은 적이 없었다. 이제까지 별생각이 없다가 갑자기 회가 너무도 먹고 싶어졌다. 다음날 먹으러 오겠다고 예약하고, 근처에 있는 숙소를 잡기로 했다.

누웨바 비치를 걷는데 바닷가 모래밭에 관광객을 위한 숙소가 마련되어 있는 것이 보였다. 갈대로 대충 엮어 만든 침실은 툭 치면 무너질 것처럼 엉성해 보였고, 모기장이 달린 침대는 모래투성이였으며 해변을 향해 놓여 있는 소파와 쿠션은 눅눅했다. 하지만 하룻밤 유숙하기에는 낭만적이면서 꽤 괜찮은 숙소 같았다.

흠이라면 화장실과 샤워실이 멀리 있어서 불편한 것과 부실시공으로 인해 샤워하다가 감전돼서 죽을 뻔한 정도랄까? 그런데 찌릿하며 전기가 몸을 통과할 때 스위치가 켜진 것처럼 정신이 번쩍 드는 느낌이 났다. 어쩌면 그 순간에 진정으로 다합이라는 블랙홀을 빠져나온 것이 아닐까 하는 생각이 들었다. 다합에 블랙홀이 있다면 누웨바에는 웜홀이 있는 게 아닐까?

정말 오랜만에 바닷가에서 넋 놓고 앉아 밀려왔다 쓸려가는 밤바다와 혼자만의 밀당을 즐겼다. 하지만 그 밤이 내게 악몽으로 기억될 줄은 정말 상상도 하지 못했다.

불을 끄고 자리에 누운 순간 모기떼로부터 습격을 받았다. 아니, 공습이라는 표현이 더 어울릴 정도로 무지막지한 공격이었다. 어찌나 맹렬하게 달려들던지 누군가 고막 안에서 드릴로 공사를 하는 듯했다. 덕분에 밤새 한잠도 이룰 수가 없었다. 다행히 모기장이 있어서 피를 빨아 먹히진 않았지만 아마도 그게 분해서 더욱 날뛰었던 게 아닐까 싶었다. 바닷가에 캐노피가 달린 숙소를 보고, 낭만적이라고 생각했던 내가 어리석었다. 그건 단순한 모기장이 아니라 바로 생존 도구였다.

🧭 S#4 한국 식당

한국 식당의 회는 정말 눈물 나도록 맛있었다. 거의 어른 손가락만 한 두께로 잘 손질되어 나온 회는 싱싱하면서도 부드러웠다. 게다가 와사비에 초고추장까지 있었다. 회를 먹을 때 간장 파와 초고추장 파로 나눈다면 나는 초고추장 파였다. 회 본연의 맛을 느끼려면 간장에 살짝 찍어 먹어야 한다는 썰도 있지만, 나는 코끝이 살짝 아릴 만큼 와사비가 들어간 매콤한 초고추장에 한 번 푹 담갔다 먹는 걸 좋아했다.

오랜만에 먹는 회도 맛있었고, 와사비에 초고추장도 무척이나 반가웠으나 무엇보다 나를 감동시킨 건 사장님의 인심이었다. 밑반찬을 더 주시는 것은 기본이고, 한국 사람 하면 밥심인데 어떻게 밥값을 받겠냐며 밥은 공짜니까 맘껏 먹으라고 하셨다. 그 말을 듣는 순간 눈물이 핑 돌 정도로 감격했다.

여행하면서 한국 식당에 가게 되면 김치 한 번 더 달라고 하는 것도 눈치가 보였다. 아예 안 된다고 딱 잘라 거절하는 곳도 있었다. 사실 재료 구하기도 쉽지 않은 외국에서 힘들게 만들어서 파는 건데 추가를 요구하는 것은 잘못된 일이고, 정 먹고 싶으면 돈을 내는 것이 맞았다. 머리로는 이해하면서도 마음은 괜스레 서운했었다.

굳이 비싼 한국 식당에 가는 것은 한국 음식을 먹고 싶어서이기도 하지만, 한국 사람을 만나 한국인의 정을 느끼며 한국에 대한 향수를 달래보고자 하는 마음이 컸다. 그런데 막상 가보면 일정 거리를 두고 딱딱하게 대하는 분들이 많았고, 나는 그것이 못내 서운했었다.

정말로 푸짐하고 맛있는 한 끼였다. 누웨바 한국 식당 사장님이 차려주신 한 상에는 밥과 반찬, 신선한 회뿐만 아니라 정성과 마음이 버무려진 한국인의 정이 듬뿍 담겨 있었다. 그 덕분에 나는 마음 한구석에 찌꺼기처럼 쌓여 있던 나의 쪼잔한 설움들을 말끔히 씻어낼 수 있었다. 식당을 나올 때는 부른 배만큼이나 마음속 방공호에도 비상식량을 가득 채워 놓은 것 같아 한동안은 몸도 마음도 헛헛하지 않을 것 같았다.

Part 3

그곳이 한때는 이러했음을
나와 함께 기억해 주었으면

요르단 ➡ 시리아 ➡ 레바논 ➡

캐나다 ⬅ 튀르키예 ⬅ 시리아 ⬅

내가 여행한 곳 중에서 어딘가를 사무치게 그리워한다면 그건 시리아다.

다른 곳보다 특별하게 볼 게 많다거나 자연 경관이 뛰어나게
아름다웠던 것도 아니었다.
사람들이 좋았고, 그들의 웃음이 좋았고, 순수하고 선한 마음이 좋았다.
그래서 비자를 연장해 가며 구석구석 열심히 돌아다녔다.
돌아다니면 다닐수록 시리아에 점점 빠져들게 되었다.
이제는 전쟁으로 가고 싶어도 갈 수 없고, 앞으로 갈 수 있다 하더라도
예전 모습을 찾아보긴 어려울 것이다. 여전히 내전으로 고통받는
시리아 사람들의 모습을 볼 때면 그리워서 그리고 마음이 아파서
눈시울이 붉어진다.

요르단, 시리아, 레바논, 튀르키예 모두 지금도 눈을 감고 떠올리면
선명하게 그려진다. 어느덧 10년이 지났다는 게 믿기지 않을 정도로.
보고 싶은 얼굴들, 또 그들과 함께했던 시간과 공간의 모든 이야기를
전해주고 싶다.
나에게만 특별하고 아름다웠던 곳이 아니라
언젠가 당신이 갔었고, 미래에 누군가 가더라도,
설령 당신이 보는 것이 나와 같지 않더라도, 그곳이 한때는 이러했음을
나와 함께 기억해 주었으면 좋겠다.

01. 신비의 핑크빛 고대 도시

페트라 Petra

요르단

🎬 S#1 페트라

최고 높이 300m의 거대한 핑크빛 바위산이 협곡을 이루며 끝을 모르고 이어져 있었다. 강물이 굽이쳐 흐르다 그대로 굳어버린 듯한 바위 물결을 따라 걷고 또 걸었다. 놀랍도록 기이하고 아름다운 모습이었다. 하지만 그저 신비의 고대 도시로 가는 길목에 불과할 뿐이었다. 페트라에 당도하려면 아직 한참이나 더 가야 했다. 페트라가 어떻게 1,200년을 숨어 있을 수 있었는지 가히 짐작되었다.

벌어진 바위틈 사이로 눈부신 햇살이 비치며 어떤 형상이 보이기 시작했다. 저절로 "우와~" 하는 탄성이 흘러나왔다. 좁은 틈 사이로 보이는 건물의 일부 모습에 갑자기 가슴이 설렜다. 아니, 미친 듯이 요동치며 쿵쾅거렸다. 이걸 처음 발견한 사람의 심장도 이렇게 뛰었을까?

신기루처럼 사라져 버릴세라 조심스럽게 한 발 한 발 다가갔다. 천천히 베일을 걷어 올리는 신부처럼 조금씩 건축물이 보이기 시작했다. 바위틈 끝에 서자 바위산 전면에 조각된 분홍빛의 웅장하고 아름다운 페트라가 그 실체를 드러냈다. 〈인디아나 존스〉에 나오는 최후의 성전이었다. 이곳에 나바테아인의 보물이 숨겨져 있을 거라는 속설 때문에 '보물 창고'라는 뜻의 '알 카즈네'라는 이름이 붙여졌지만, 실은 나바테아 왕의 무덤일 가능성이 높다고 한다.

건물은 2층 구조였는데, 사람이 살았던 곳이라기보다는 기둥과 왕관처럼 생긴 지붕을 가진 커다란 조각품처럼 보였다. 벽돌을 쌓아 올리거나 이어 붙여 만든 것이 아니라 거대한 바위산 하나를 통째로 깎아서 만든 건물이었다. 놀라움에 입이 다물어지지 않았다. 크기와 웅장함에 놀랐고, 아름다움과 섬세함에 감동했으며 형언하기 어려운 심오하고 묘한 분위기에 취해버렸다.

도대체 나바테아인들은 어떤 사람들이었을까? 어떤 모습의 어떤 생각을 하는 사람들이었을까? 아무리 상상해 보아도 구체적인 모습을 그릴 수가 없었다. 어떤 크고, 강하고, 아주 섬세한 미지의 존재만이 떠올랐을 뿐.

바위산으로 둘러싸인 커다란 공터가 나타났다. 바위산마다 어김없이 건축물이 조각되어 있었다. 사제나 귀족 같은 높은 신분의 사람들이 살지 않았을까 싶은 크고 멋진 건물이 있는가 하면, 풍화되어 짓다 만 듯한 밋밋한 형태의 건물도 보였다.

곳곳에는 동굴처럼 생긴 구멍이 많았는데, 전부 죽은 사람을 모셔 놓았던 납골당이라고 했다. 용도야 무엇이 되었든 바위산 전체에 각인된 건물 하나하나가 세월과 함께 그대로 신비로운 자연의 형태를 이루면서 보는 내내 감탄을 자아내게 하였다.

로마의 원형 극장을 닮은 곳이 하나 있었는데, 로마가 페트라에 당도하기 이전에 만들어진 것이라고 했다. 주변 지형이나 생김새를 보았을 때 커다란 바위산 하나를 통째로 깎아 내려가면서 만든 것으로 여겨졌다. 나중에 로마에 의해 증축되었다고는 하나 엄연한 페트라 양식이었다. 길은 열주 기둥이 늘어선 거리로 이어졌다. 바닥에는 벽돌 모양의 보도블록이 깔려 있고, 벽돌을 쌓아 올려 만든 거대한 석문과 건물들의 잔해가 보였다. 많은 부분이 유실되어 초라한 모습이었지만 그마저도 고색창연해 보였다.

페트라 가장 깊숙한 곳에 자리하고 있는 알 데이르를 보기 위해 800개의 계단으로 이어진 돌산을 오르기 시작했다. 페트라 최대 규모와 가장 아름다운 유적이라는 수식어가 붙는 알 데이르로 가는 길은 가파르고 힘들었다.

여기저기서 베두인들이 기념품을 팔면서

페트라 알 데이르

당나귀를 타고 가려는 손님을 기다리고 있었다. 돌멩이를 팔고 있는 베두인 소녀가 너무 어여뻐서 나도 모르게 하나 사고 말았다. 그리고 그 돌멩이와 가장 잘 어울리는 곳을 찾아 놓아두었다. 지금쯤 그 돌멩이는 페트라 어딘가에서 잘 굴러다니고 있겠지.

알 데이르는 웬만큼 멀리 떨어지지 않고서는 그 모습을 다 감상할 수 없을 정도로 압도적인 크기를 자랑했다. 알 카즈네와 비슷한 구조와 형상을 하고 있었는데 약간은 투박하고 더 웅장했다. 나바테아인들은 문자를 사용했지만, 이상하게도 기록을 거의 남기지 않았다고 한다. 그래서 페트라의 유적들 대부분은 그 용도와 의미를 발견된 유물을 토대로 유추해 볼 수밖에 없다고.

알 데이르의 정확한 용도는 알 수 없는데, 나바테아인들의 신전이 아니었을까 추측하고 있다고 한다. 내가 본 알 데이르는 궁전 같기도 하고, 요새 같기도 했다. 궁전이든 요새든 아니면 신전이든 이 어마어마하게 큰 바위산을 미려하게 깎아낸 솜씨가 그저 기막히고 경이로웠다. 그 외에는 아무 생각도 할 수 없었다.

페트라의 하늘이 핑크빛 노을로 물들어 갔다. 바위산들과 같은 빛깔이었다. 하늘은 땅을 비추는 거울이라는 생각이 들 때가 있다. 이 순간처럼. 지금의 페트라가 그때의 페트라와 같은 모습은 아닐지라도 하늘은 같은 빛깔로 채워졌을 것이다. 삶이 사라져도 자연은 언제나 그 자리에 있으니까. 그때의 나바테아인들이 보았던 하늘을 나도 보고 있다고 생각하면서 페트라에 또 한 번 매료되어 버렸다.

🧭 S#2 게스트 하우스

페트라에서 돌아왔을 때는 완전히 녹초가 되어버렸다. 몸살이 온 것처럼 삭신이 쑤시기까지 했다. 숙소에서 간단하게 저녁을 먹고 일찍 잠자리에 들었다. 깊이 잠들지 못했었는지 늦은 밤, 중국어로 도란도란 이야기하는 소리가 들려왔다. 중국인 일가족으로 보이는 연로한 노부부와 젊은 여자 그리고 아들로 보이는 남자애가 있었다.

우리가 묵었던 곳은 남녀 혼성 도미토리였다. 전부 2층 침대였고, 빈 곳은 위층밖에 없었다. 연세가 있으신 두 분이 침대에 올라가는 걸 힘겨워해서 나머지 두 사람이 도와주고 있었다. 모두 자고 있으니까 불도 켜지 못하고 랜턴 불빛에 의지해서 최대한 조용히 움직이는 상황이었다.

화장실을 찾길래 알려주고 자리로 돌아왔더니 젊은 여자가 다가와 근처 빵 가게가 어디 있는지 물었다. 설명해 주다가 그냥 같이 가기로 했다. 온몸이 삐걱거리며 안 된다는 신호를 보내왔지만, 늦은 시간에 헤맬 것이 분명한 그녀를 혼자 보낼 수는 없었다.

그녀의 이름은 엘림이었고 부모님, 아들과 함께 여행 중이라고 했다. 대학생 때 국비 장학생에 선발되어 미국으로 유학을 갔다고 말했다. 40대로 보였는데, 그녀의 대학 시절 국비로 유학할 정도였으면 아주 똑똑한 사람이었을 것이다. 내가 유학했던 1990년대 말만 해도 해외여행은커녕 일반 중국인들은 아무리 돈이 많아도 여권조차 발급받을 수 없었다. 학교에는 국비 장학생이 되어 해외로 나가길 원하는 학생들이 넘쳤고, 그만큼 경쟁이 치열했다.

유학 시절, 엘림은 미국 사람과 만나 결혼했는데 성격과 문화 차이로 이혼한 후, 지금은 아들과 함께 살고 있다고 했다. 그녀는 부모님을 모시고 세계 여행하는 것이 오랜 꿈이었다고 말했다. 그동안은 혼자 아들을 키우느라 힘들고 여유가 없었는데, 부모님이 점점 늙어 가는 모습을 보고 더 이상 미루면 안 될 것 같아서 이번 여행을 시작했단다. 같이 보고 싶은 곳이 너무 많은데, 돈은 별로 없어서 좋은 호텔에도 못 모신다면서 멋쩍게 웃어 보였다.

그녀의 이야기는 큰 울림을 주면서 나 자신을 부끄럽게 만들었다. 좋은 곳에 가면 나중에 부모님을 모시고 다시 오고 싶다고 생각은 많이 했지만, 한 번도 실천에 옮긴 적이 없었다. 같이 여행하기보다 돈을 내고 여행 보내드리는 것으로 생색을 내곤 했었다. 이번에 돌아가면 정말 근교 여행이라도 자주 모시고 다녀야겠다고 생각했다.

엘림은 부모님을 모시고 페트라를 둘러볼 계획이라는데, 2층 침대도 오르기 힘겨워하던 백발이 성성한 두 분 모습이 떠올라서 걱정스러웠다. 그녀도 대단하지만, 딸을 따라 여행을 나오신 두 분이 더 대단하다는 생각이 들었다.

어쩌면 부모님들은 우리 생각보다 훨씬 강하고 젊을지도 모른다. 열정이나 체력 등 모든 면에서.

02. 고대와 현대가 공존하는 매력적인 잿빛 도시 암만 Amman

요르단

 S#1 **사해** Dead Sea

이집트에 들어서면서 생각보다 중동을 여행하는 사람이 많아서 깜짝 놀랐었다. 서양 사람들뿐만 아니라 한국과 일본 사람들도 많았고, 연령층도 아주 다양했다. 20~30대 젊은 층이 대다수였고, 간혹 나이 지긋한 어르신들도 있었다.

이집트에서는 하얀 수염을 기르고 배낭을 멘 멋진 한국 아저씨를 만났었는데 암만에 와서는 쉰 살이 넘은 발랄한 한국 아주머니를 만났다. 전업주부로 살며 아들이 대학 들어가기만 기다렸단다. 가족이 모두 성인이 되던 날, '이제 나도 나의 삶을 찾겠다'라며 배낭을 메고 나와서 한 달째 여행 중이라고 했다. 나는 그녀를 '진짜 멋있는 왕언니'라고 불렀다.

수영 못하는 사람도 둥둥 뜨고, 너무 짜서 생물이 살지 못한다고 붙여진 이름 사해. 사해는 이스라엘과 요르단 양쪽 진영에서 볼 수 있었고, 암만에서 차로 1시간 거리였다. 나, 진영이, 진짜 멋진 왕언니와 왕언니의 동행, 레바논계 미국인 조지까지 5명이 모여 꾸역꾸역 택시에 올라타고 사해로 향했다.

바다 자체로만 본다면 사해는 정말 볼품없는 곳이었다. 모래사장은 거칠고, 바닷물도 탁했다. 그래도 몸이 물에 둥둥 뜨는 것은 정말 신기했다. 책을 들고 누웠는데, 문득 어릴 적 보았던 책 속의 어떤 장면이 떠올랐다. 바닷물 한가운데, 마치 소파에 앉은 것처럼 편안한 자세로 신문을 읽고 있는 사람이 있었다. 책에서 그곳을 사해라고 소개했었다.

그때가 초등학생 무렵이었을까? 책을 보며 나중에 크면 꼭 가봐야지 생각했었다. 제목조차 떠오르지 않을 정도로 까맣게 잊고 있던 기억이었다. 여기 오기 전까지 아니, 사해에 몸을 누이기 전까지도 전혀 생각나지 않았었다.

그러다 불현듯 떠오른 기억. 나도 모르는 사이 어릴 적 꿈이 이뤄지고 말았다. 꿈을 잊었다고 꿈꾸지 않았던 것은 아니다. 사람은 어느 정도 자라면 성장을 멈추지만, 꿈은 꾼 순간부터 꾸준히 자라다가 어느 순간 실현되는 것인지도 모른다. 고로 꿈을 이루는 순간은 자신이 상상하지도 못했을 때 찾아올 수도 있다.

팔을 괴고 옆으로 누워 있는 진영이 모습이 재밌어 보여 따라 하려다 거의 죽을 뻔했다. 사해의 바닥은 딱딱하게 굳은 소금 결정들로 이루어져 있고, 표면이 무척이나 거칠고 날카롭기까지 했다. 진영이처럼 자세를 바꾸다 균형을 잃고 허우적대면서 팔과 다리가 쓸렸고, 눈과 입에는 바닷물이 들어와 버렸다.

그 순간 극심한 고통이 느껴졌다. 팔다리는 날카로운 칼에 베인 것처럼 쓰라렸고, 입안이 순식간에 마비되는 것 같았으며 눈은 안에서 유리 알갱이들이 돌아다니는 것처럼 심하게 따끔거리고 아팠다.

재빨리 샤워장으로 뛰어가서 씻어냈지만, 통증은 쉬이 가시지 않았다. 무엇보다도 한참 동안 눈을 제대로 뜰 수 없을 정도로 고통스러워서 혹시 실명이 되는 건 아닐까 걱정되었다. 죽음의 바다, Dead Sea로 불리는 이유를 제대로 체험했다고 할 수 있으려나.

🎬 S#2 시타델 Citadel

집들이 빼곡하게 들어서 있는 좁은 골목길 사이로 천천히 올라가다 보면 암만 시내 전체를 한눈에 내려다볼 수 있는 정상에 다다르게 된다. 그곳에 시타델(성채)이 있었다. 정상까지 정말 한 치의 틈도 없이 건물들이 다닥다닥 붙어 있는데, 오르막을 따라 집을 지었다기보다 건물이 산을 이룬 형상이었다. 대단한 경관이라 할 만했지만, 숨이 막힐 듯한 답답함도 느껴졌다. 색채마저 우울한 잿빛에 가까웠다.

그중 눈에 띄는 곳이 하나 있었는데, 건물들 사이 떡하니 자리하고 있는 원형 극장이었다. 페트라 같은 유적지에나 있어야 할 듯한 원형 극장이 도심 한가운데 있다는 사실이 신기하다 못해 참신하다는 생각까지 들었다. 그렇게 어울리지 않는 듯 조화를 이룬 모습이 과거와 현재가 묘하게 공존하고 있다는 느낌도 들게 했다.

그 느낌은 시타델을 보고 나서 더 강해졌다. 거의 다 허물어지고 커다란 기둥 몇 개만이 우두커니 서 있었다. 어떤 이유에서인지 나는 그 모습에서 중세 신전을 떠올렸다. 주변을 꽁꽁 싸매듯 둘러싸고 있는 건물들은 나름의 현대적인 모습을 갖추고 있었다.

시타델에서 바라본 시내 전경

시타델에 올라서서 주변을 둘러보는데 마치 내가 중세 시대로부터 타임 슬립을 통해 이곳에 뚝 떨어진 것 같은 착각이 들었다. 아니, 어쩌면 중세 도시의 모습도 이와 비슷하지 않았을까 하는 생각이 들었다.

바람이 불었다. 공기에서 묵은내가 났다. 무수한 세월이 흘러 살던 사람이 죽고, 새로 태어나고, 건물이 들어서고, 거리가 변했어도 주변을 흐르는 공기 속에 옛 선인들의 숨결이 묻어나는 듯했다.

나는 한참을 그 자리에 머물렀다. 해가 지고 있었다. 하늘이 연한 분홍빛에서 시작해 진한 장밋빛으로 물들어 갔다. 그 고운 석양빛에 물들다 못해 타버리기라도 한 것처럼 시타델이 검은 실루엣을 그리며 서 있었다. 암만 시내에 하나둘씩 불이 켜지고 있었다. 검은 실루엣의 시타델과 반짝이는 도시. 찬란한 보석처럼 아름다운 모습이었다.

🧭 S#3 골동품 가게

암만 거리에는 골동품을 파는 상점이 많았다. 구경하고 있으면 우선 들어오라고 했다. 들어가면 앉으라고 의자를 내주었다. 앉아 있으면 차를 대접하며 이것저것 보여주었다. 이것은 몇천 년 전 것이고, 저것은 어디 유적지에서 발견된 것이라며 아주 거창하게 설명하면서도 가격은 절대 알려주지 않았다.

몇 번을 얼마냐고 물어봐도 나한테는 공짜라는 말만 되풀이했다. 사실 흥정을 걸어보긴 했지만 골동품을 살 만한 여력도 안 되거니와 살 생각도 없었다. 아무리 맘씨 좋게 생긴 아저씨라도 장사꾼인지라 물건을 살 사람인지 아닌지가 보이는 것 같았다.

인사를 하고 일어서려는데, 아저씨가 낡은 구리 반지 하나를 내밀었다. 200년 된 반지라며 선물이라고 했다. 중동 사람들이 워낙에 인심이 후하긴 하지만 설마 골동품까지 공짜로 줄지는 몰랐다. 정말 받아도 되나 싶었는데 흐뭇해하는 아저씨 표정을 보고 안심했다. 몹시 낡고 오래돼 보이긴 했지만, 200년이나 된 물건처럼 보이지는 않았다.

☯S#4 길거리

여행자는 대부분 길에서 만나 길에서 헤어진다. 길 위의 여행자들에게 스쳐 지나가는 것은 인연, 만나는 것은 운명, 헤어지는 것은 숙명이라고 할 수 있다. 하루하루 스쳐 지나가는 수많은 인연 속에서 동행을 만난다는 것은 운명과도 같은 일이었고, 그 끝에는 숙명처럼 헤어짐이 기다리고 있었다.

케냐에서 인연이 되어 운명처럼 아프리카 북부를 함께 여행하고, 예정된 숙명처럼 헤어짐을 맞이하게 된 진영이와 요르단의 암만 거리에 서 있었다. 좋은 동생이자 든든한 동행이었다. 나도 과연 그랬을까?

길든 짧든 함께했던 누군가와 헤어지는 것은 여러모로 힘든 일이었다. 좋았을 때는 헤어지는 것이 아쉬워서, 나빴을 때는 못 해준 게 생각나서 언제나 마음이 안 좋았다. 그래서 헤어지는 순간이 오면 여행자들은 하나의 의식처럼 서로에게 이 말을 하게 된다.

"언젠가 길 위에서 다시 만나길…."

03. 역사의 향기와 상상력이 펼쳐지는 곳

다마스쿠스 Damascus 보스라 Bosra

시리아

S#1 우마이야 모스크 Umayya Mosque

약 1만 년의 역사를 자랑하는 시리아. 그중에서도 수도 다마스쿠스는 약 800년 동안 인간이 지속적으로 거주한 세계에서 가장 오래된 도시 중 하나라고 한다. 알렉산더 대왕에게 정복되기 전까지 다마스쿠스는 고대 아람 왕국의 수도였으나 로마 제국 이후 이슬람, 몽골, 오스만 제국의 통치를 거쳐 근세에 와서는 프랑스의 지배도 받았다고 한다.

그 많은 역사의 부침에 따라 헬레니즘, 로마, 비잔틴, 이슬람과 그 뒤를 이은 왕조들까지 이곳에서 융성한 문화를 꽃피우게 되었다는데 그 흔적들은 다마스쿠스 곳곳에 배어 있었다.

우마이야 모스크는 웅장하고 화려하면서 정갈했다. 넓은 대리석 광장에서 아치형 문이 달린 황금색 건물이 눈길을 사로잡았다.

212

상단에 풍성한 잎사귀를 가진 나무가 바람에 나부끼는 모습이 그려져 있었다. 추적추적 비가 내렸다. 젖은 대리석 바닥에 비친 모스크가 잔잔한 물결이 이는 호숫가에 투영된 것처럼 작게 일렁거렸다. 모스크는 직사각형 건물이었고, 아치형 열주가 벽을 따라 회랑을 이루며 모스크 전체를 감싸고 있었다. 세월의 흔적으로 뜯겨 나간 곳들이 있었지만, 열주의 기둥마다 아름다운 벽화가 가득했다. 미너렛마저도 이제까지 본 것 중 가장 크고 화려한 모습이었다.

내부는 눈이 부시도록 찬란했다. 바닥에서부터 천장까지 이어진 아치형의 열주가 방 중앙에 늘어서 있었고, 중간에는 크고 휘황찬란한 샹들리에들이 드리워져 있었다. 원색의 스테인드글라스로 장식된 창문은 강렬하고 아름다웠으며 벽과 기둥을 장식하고 있는 이슬람 문양들은 복잡하면서도 매우 정교했다.

그 속에 가만히 앉아 사람들을 구경하면서 나는 공기 방울에 갇혀 부유하는 것 같은 가벼운 공허를 느꼈다. 그 느낌이 너무 좋았다.

⚙️S#2 올드 시티

나의 흥미를 끄는 곳은 언제나 올드 시티, 구시가지에 있었다. 특히 다마스쿠스의 올드 시티는 정말이지 사랑하지 않을 수 없었다. 낡고 하얀 담벼락, 그 위에 걸린 화분들, 무엇이 있을지 궁금증을 자아내며 걷게 만드는 완만한 곡선으로 이루어진 골목과 그 길을 메우고 있는 것들.

옷과 장신구, 조명, 선명한 색깔의 향신료와 알록달록한 사탕 가게, 터번을 두른 남자, 히잡을 쓴 여자, 구멍가게 할아버지 그리고 학교를 마치고 뛰어가는 아이들.

멀리서 아이들이 뛰어오고 있었다. 수업이 끝나고 서둘러 집으로 가려는 것처럼. 아니었다. 아이들은 나를 향해 뛰어오고 있었다. 품에 안길 듯이 달음질쳐 오다가 두어 발짝 앞에서 급하게 멈춰 서더니 활짝 웃는 얼굴로 나를 빤히 쳐다보았다. 한두 녀석도 아니고 무려 일곱 명씩이나 그러고 있으니 나도 어쩔 줄을 몰라 그냥 가만히 있을 수밖에.

갑자기 아이들이 벽 쪽으로 몰려가서 등을 기대고 포즈를 취했다. 사진을 찍으라는 몸짓이었다. 찍어서 보여줬더니 까르르 소리를 내며 웃었다. 그러고는 우르르 소리를 내며 올 때처럼 달음박질로 가버렸다. 한 아이가 뛰어가다 말고 뒤돌아보며 '안녕' 하고 인사하듯 손을 흔들었다. 너무 사랑스럽고 귀여웠다.

🔊 S#3 알 하미디야 수크 Al-Hamidiyah Souq

하미디야 수크(이슬람 전통 시장)는 상점과 물건, 상인과 흥정하는 사람들로 북적이는 딱 내가 좋아하는 재래시장의 모습이었다. 시장 구경에 정신이 팔리기 전에 꼭 먼저 들러야 할 곳이 있었다. 바로 하미디야 수크의 명물인 박다시 아이스크림 가게. 피스타치오가 듬뿍 박힌 아이스크림이 시원했다.

화려한 수공예점도 지나고, 각종 향신료가 즐비한 가게와 눈부신 조명가게도 그냥 지나쳤다. 그러다 조금 특이한 장신구와 악기를 파는 가게가 눈에 들어왔다. 살짝 구경만 하다가 가려고 가게로 들어섰다.

식사하고 있던 아저씨가 벌떡 일어나서 맞아 주었다. 실례인 것 같아서 나가려는데, 되레 아저씨가 먹던 음식을 들고 안으로 들어가 버렸다.

잠시 뒤 나타난 아저씨의 손에는 쿠브즈(납작한 빵으로 일명 걸레빵)와 야채볶음이 담긴 접시가 들려 있었다. 아저씨는 내 앞에 있던 의자에 티슈를 깔고, 음식을 내려놓았다. 그러고는 편하게 먹으라는 듯이 자리를 피해 주었다.

> 여기가 식당이었나? 아니, 그렇다고 해도 나는 음식을 주문하지도 않았는데? 마침 배가 고프긴 했지만 정말 내가 먹어도 되는 건가?

물건을 정리하는 척하던 아저씨가 슬쩍 돌아보며 미소를 지었다. 안심하고 먹으라는 것처럼. 원래는 먹으면 안 되었다. 혼자 있었고, 낯선 사람이 주는 음식이었으니까. 그런데 이상하게도 손이 갔고, 맛있게 잘 먹었다. 그런 내 모습에 스스로 적잖이 당혹스러웠다. 시리아가 그런 곳이었다. 나도 모르게 마음의 빗장을 열게 만드는 곳이 바로 시리아였다.

⚙ S#4 보스라

세계에서 가장 보존 상태가 좋은 원형 극장이 있다는 보스라에 가려고 아침 일찍부터 서둘렀다. 혼자 있으면 이상하게도 이른 아침부터 움직이게 되었다. 재촉하는 사람이나 뭐라고 하는 사람이 없는데도. 한국에서의 나라면 감히 상상도 할 수 없는 일이었다. 밤새는 데는 자신이 있었지만, 아침 일찍 일어나는 것은 내게 너무 힘든 일이었다. 여행하면서 이렇게 종종 나도 모르던 나를 발견하곤 했다.

보스라는 작고 평범해 보이는 시골 마을이었다. 그런데 원형 극장에 도착해 안으로 들어서자마자 고대 로마 도시로 순간 이동해 버리고 말았다. 그 시대의 분위기를 고스란히 간직하고 있는 완벽한 원형 극장이었다. 가장 잘 보이는 가운뎃줄 좌석에 앉아 무대를 바라보았다. 당장이라도 로마 시대의 복장을 갖춘 사람들이 나타나 공연이나 검투 경기를 해도 전혀 이상할 것 같지 않았다. 이제나저제나 고대 로마인들이 나타나 주기를 학수고대하며 기다렸으나 끝끝내 모습을 보여주지 않았다. 지금 다른 차원의 세계에서 공연하느라 바쁜가 하고 공상의 나래를 펴며 자리를 뜰 수밖에 없었다.

원형 극장을 나와 마을을 둘러보는데 사람들이 사는 곳이 바로 유적지임을 알게 되었다. 그러니까 보스라는 마을 전체가 유적지였다. 원형 극장 외 다른 부분들은 훼손이 많이 되어 있어서 그 본연의 모습을 유추하긴 어려웠지만 분명 같은 시대의 건축물이었다.

마을 곳곳에 있는 쓰러진 유적들 사이, 로마 시대 건축 양식 중 가장 화려하다는 코린트식 기둥이 서 있었다. 원형 극장에서 보았던 것과 똑같았다. 거기에 빨랫줄이 걸려 있고, 위성 안테나도 달려 있었다.

보스라 사람들에게 유적지는 보존할 공간이 아니라 삶과 함께 이어져 내려온 생활 공간인 듯했다. 쓰레기가 쌓인 모습이 눈에 거슬리긴 했지만, 현대 사람들이 유적지 안에서 생활하고 있다는 사실이 신기하면서 신선하게 다가왔다.

보스라 사람들이 실은 고대 로마인들이고, 낮에는 현대인처럼 생활하다가 밤만 되면 원래의 모습으로 돌아가 원형 극장에 모여 공연하면서 전통적인 삶을 영위하고 있는 것이 아닐까 하는 엉뚱한 상상이 떠오르기도 했다.

원형 극장

유적지 토굴 옆에서 한 아이가 공부를 하고 있었다. 아주머니 한 분은 석주 기둥 아래 털썩 주저앉아 듬성듬성 자라난 풀들 속에서 나물을 골라내고 있었다. 할아버지 한 분은 유적지 담벼락에 기대어 볕을 쬐고 있었다. 길에서는 아빠와 아이가 구슬치기를 하고, 앉아서 자수를 놓으며 수다를 떠는 여자들도 보였다. 히잡을 쓰고 정장을 차려입은 커플 두 쌍이 유적지를 배경으로 사진을 찍으며 데이트를 즐기고 있었다.

아이들의 웃음소리에 이끌려 들어선 곳이 남의 집 마당임을 알았을 때 나는 어느새 집 안으로 초대되어 온 가족의 따뜻한 환영을 받고 있었다. 흔히 볼 수 있는 일상도 보스라에서는 절대 평범해 보이지 않았다. 보스라라는 커다란 연극 무대에 혼자 관객으로 초대받은 느낌이었다.

나같이 평범하고 무지한 사람이 보기에도 보스라 유적은 학술적으로 가치 있어 보였다. 더 이상의 훼손을 막기 위해서는 국가 차원의 보존과 관리가 필요한 상태였다. 이렇게나 아름다운 유적이 방치된 모습에 안타까운 마음이 들기도 했지만, 보스라는 이제까지 내가 갔던 그 어느 유적지보다 무한한 상상력과 생생한 감동을 전해준 곳이었다.

04. 압둘라와 요새

하마 ^{Hamah} 크락 데 슈발리에 ^{Crac des Chevaliers}

시리아

🚭 S#1 리야드 호텔 Riad Hotel

시리아를 찾는 여행자들은 모두 하마에 있는 리야드 호텔에 묵었다. 숙소가 깨끗하고 저렴하기도 하지만 가장 큰 이유는 압둘라 때문이었다. 그는 리야드 호텔 지배인인데, 호텔에서 먹고 자면서 24시간 근무했다.

큰 키에 다소 우락부락하게 생긴 외모와는 달리 매우 친절했다. 살살거리는 친절함이 아니라 든든하고 충직한 무사 같은 친절함이었다. 그는 영어를 잘했고, 농담을 좋아했지만 지나침이 없었다. 그의 친절함과 엄격함은 과하거나 모자람 없이 모든 사람에게 고르게 적용되었다.

시리아와 레바논은 이스라엘과 국경을 맞대고 있다. 레바논은 이스라엘과 적성 국가(직접 교전하고 있는 상대 국가는 아니지만 적으로 여기는 나라)로 여권에 이스라엘 비자 도장이 있으면 입국

이 불허된다. 당연히 레바논에서 바로 이스라엘로 갈 수도 없다. 레바논의 마지막 국경은 지중해와 면해 있으므로 레바논을 여행하는 방법은 시리아에서 왕복하는 것뿐이었다.

사실 시리아에서 레바논으로 가려면 하마보다 버스 정류장이 있는 홈스가 더 가깝고 편리한데도 모두 하마의 리야드 호텔에서 지내다 출발했다. 나는 크락 데 슈발리에, 팔미라, 아파미아를 전부 하마에서 다녀왔고, 마르무사 수도원을 내려와서도 하마로 돌아왔다. 그렇게 시리아의 모든 길은 하마로 이어져 있었다. 그리고 이 모든 게 다 압둘라 때문이었다.

압둘라는 팔레스타인 사람이다. 예전에 리야드 호텔에 묵었던 프랑스 노부부가 있었다고 한다. 어느 날 밤, 할머니가 갑자기 열이 오르며 아프기 시작했고 당황한 할아버지는 호텔에서 기숙하고 있는 압둘라에게 도움을 청했다. 압둘라는 서둘러 할머니를 병원으로 모시고 갔고, 할머니가 퇴원해서 돌아온 이후에도 지극정성으로 간호해 주었다.

압둘라의 정성 덕분이었는지 며칠 동안 사경을 헤매듯 위중하던 할머니의 상태가 호전되어 무사히 프랑스로 돌아갔다. 이후 노부부는 압둘라에게 고마운 마음을 전하기 위해 프랑스로 초대하고 싶다는 메일을 보냈고, 압둘라도 흔쾌히 수락했다.

하지만 압둘라는 프랑스에 가지 못했다. 아니, 갈 수 없었다. 팔레스타인은 국제 사회에서 국권을 인정받지 못한 상태였다. 따라서 팔레스타인 사람인 압둘라는 프랑스 비자를 받을 수 없었다. 노부부의 선의가 비수가 되어 돌아온 것이다. 그는 노부부에게 초대해 준 것에 대해 감사의 메일을 보내면서 앞으로 팔레스타인이 국권을 갖게 된다고 해도 프랑스는 방문하지 않겠다는 뜻을 밝혔다고 한다.

나라가 없다는 게 어떤 심정일지 감히 상상되지 않는다. 내가 태어났을 때부터 우리나라는 독립된 나라였고, 살면서 한 번도 나라가 없었던 적이 없었다. 일제 강점기를 지나 전쟁 이후 남과 북으로 갈린 현실을 마주하고 있지만 크게 의식하며 살지는 않았었다.

학교 교육이나 방송으로 일제에 항거해 독립운동하다가 돌아가신 열사와 의사들의 이야기를 들을 때면 감당하기 힘들 정도로 끓어오르는 분노와 목울대가 뜨거워지는 듯한 먹먹함을 느끼곤 했었다. 그러는 한편으로 '그런데 왜? 도대체 나라가 뭐라고 왜 자신을 그렇게까지 희생하셔야 했을까?' 하고 순간순간 의문을 가졌었다.

압둘라의 이야기를 들으며 나라가 없는 고통을 다 알진 못해도 어렴풋이나마 이해하게 되었다. 나라가 곧 나였다. 나라가 없으면 나는 있지만 존재할 수 없었다. 내가 존재할 수 없으면 나의 자손도, 그 자손의 자손도 없는 것과 같았다. 그 때문에 우리 선조들은 자신을 희생해서라도 후대인 우리를 굳건히 지켜줄 나라를 되찾으려 한 것이었다. 여행할 때 당당하게 우리나라 여권을 내밀 수 있었던 게 얼마나 감사한 일인지 새삼 깨달았다.

S#2 응접실

리야드 호텔에서의 하루는 '커피 점(占)'으로 시작됐다. 호텔 안
내 데스크 앞에는 소파 몇 개가 놓인 작은 응접실 같은 공간이 있었
는데, 안쪽의 가장 긴 소파가 압둘라의 침상이었다. 압둘라는 가장
늦게 자고, 가장 먼저 일어났기 때문에 잠들어 있는 모습을 보긴
힘들었다.

아침에 일어나서 호텔 로비 겸 압둘라의 침실인 응접실로 가면
언제나 그가 소파에 앉아 신문을 읽고 있었다. 내가 소파에 앉으면
압둘라가 모닝커피를 타 주었다. 시리아 커피는 커피 가루를 물에
넣고 끓여서 내오기 때문에 무척 걸쭉하고 진해 보이지만 쓰지는
않다. 대신 찌꺼기를 가라앉히기 위해 잠시 기다리거나 호호 불면
서 마셔야 하는 불편함이 있다.

커피는 작은 잔에 받침과 함께 나오는데 다 마시지 않고, 커피
찌꺼기가 잠길 정도로 남겨야 한다. 그런 다음 커피 잔을 받침에 엎
고 기다린다. 일정 시간이 흐르면 압둘라가 커피 잔을 들어 커피 찌
꺼기가 흘러내린 모양을 보고 점괘를 알려준다. 내 커피 잔을 물끄
러미 바라보던 그가 "오늘도 즐거운 여행이 될 거야!"라고 말했다.

S#3 크락 데 슈발리에

크락 데 슈발리에는 십자군 전쟁 최고의 요새이자 미야자키 하
야오의 애니메이션 〈천공의 성 라퓨타〉의 모델이 된 곳이라고 한
다. 1차 십자군 원정에서 크락 데 슈발리에를 차지한 원정대는 100

년 가까운 세월 동안 성에 머물며 이슬람군에게 저항했다고 한다. 수차례의 대대적인 공격에도 성을 무너뜨릴 수 없자 이슬람군은 꾀를 내어 더 이상 저항하지 말라는 십자군 지휘관의 가짜 편지로 성문을 열게 하여 항복을 받아냈다고. 그렇게 크락 데 슈발리에는 무력으로는 단 한 번도 함락되지 않은 난공불락의 철옹성이 되었다.

크락 데 슈발리에는 산허리를 싹둑 자른 것처럼 평평한 언덕 위에 홀로 서 있었다. 견고하고 아름다운 성이었고, 범접을 허락하지 않는 반듯하고 우아한 모습이었다. 성은 이중벽으로 되어 있었는데 바깥 성벽과 안쪽 성벽 사이에 해자가 있었다. 성벽은 사포로 오랜 시간 공들여 갈고 닦은 것처럼 매끄러웠다. 사방이 뚫려 있는 높은 곳에 자리해 적을 감시하기 좋았고, 외벽과 내벽 이중의 담을 통과해야 성에 이를 수 있는 데다 그마저도 내벽은 오르기 힘들도록 경사져 있었다. 단단한 돌로 만들어진 성채였지만 첩첩산중이라는 말이 떠올랐고, 이슬람군이 책략을 쓸 수밖에 없었던 상황이 이해되었다.

외성을 뚫고 내성으로 진입했다고 끝이 아니었다. 성문에는 기름을 흘릴 수 있는 길이 있어서 적군이 성문을 열고 들어서는 순간, 기름을 붓고

크락 데 슈발리에

불을 놓아 화를 당하게 할 수 있었다. 운이 좋아 불길을 피해 성안으로 들어왔다고 해서 마음을 놓을 수 있는 것도 아니었다. 성 곳곳에 함정을 파 놓아 까딱 발을 잘못 디디면 깊고 어두운 지하 감옥으로 바로 떨어지게 되어 있었다.

공격을 위한 장소만 있는 것도 아니었다. 거대한 물 저장고와 목욕탕, 곡식 저장소, 숙소와 식당, 화장실도 있었다. 구경하던 현지인이 그 자리에 앉아 정말 볼일을 보려고 할 정도로 제법 세련된 재래식 화장실이었다. 성에는 약 2천 명의 군사가 5년간 버틸 수 있는 물과 식량이 언제나 비축되어 있었다고 한다. 크락 데 슈발리에는 정말 안팎으로 완벽한 요새이자 철옹성이었다.

성에서 가장 높은 곳으로 올라가 보았다. 마을이 훤히 내려다보였고 초록으로 덮인 들판 사이, 옹기종기 자리 잡은 집들이 무척이나 평화로워 보였다. 관광객들도 한가로이 구경하거나 앉아서 볕을 쬐며 담소를 나누고 있었다. 그지없이 맑고 평온한 날이었다. 천 년 전 바로 여기서 전쟁했었다는 사실이 믿기지 않을 만큼.

먼 미래, 우리의 자리는 어떤 모습이 되어 있을까? 또 그때 사람들은 우리를 어떻게 기억하게 될까? 부디 미래의 시대가 지금 내가 과거를 회상하며 느끼는 것보다 훨씬 평화롭고 아름다워서 그들이 우리 시대를 한탄하며 이야기할 수 있었으면 좋겠다. 그렇게 세상이 조금이라도 좋은 방향으로 나아갔으면 좋겠다.

05. 하늘 아래 1번지로의 초대

베이루트 Beirut

S#1 세르비스 Service

시리아에서 레바논까지 세르비스(봉고형 승합 택시)를 타고 가야 했다. 이웃 나라가 아니라 이웃 마을에 가는 느낌이었다. 인원을 다 채워야 출발하는 시스템이라 일찍 세르비스에 올랐지만, 하릴없이 마냥 앉아만 있었다. 이럴 때면 인원에 상관없이 정해진 시간마다 출발하는 우리나라 버스 시스템이 그립다가도 조금은 불편해도 자리를 채워서 가는 게 효율적이지 않을까 하는 생각 사이를 오락가락하게 된다. 마지막 탑승객으로 아이 셋을 데리고 어떤 부부가 타면서 마침내 세르비스는 레바논을 향해 출발할 수 있었다.

부부는 예닐곱 살로 보이는 여자애, 네댓 살로 보이는 여자애 그리고 젖먹이 아기를 데리고 내 옆자리에 앉았다. 좁은 봉고에 아이들까지 자리 하나를 차지하고 갈 여유는 없었다. 엄마의 품은 당

225

연히 젖먹이 몫이였다. 여자아이 둘이 서로 앉겠다고 아빠 무릎 쟁
탈전을 벌이다 작은애가 언니를 밀치고 아빠의 무릎을 차지했다.

좁고 흔들리는 차 안에서 큰애가 좌석 받침대를 붙잡고 서서 졸
고 있었다. 그 모습이 애처로워 아빠 쪽을 슬쩍 봤더니 작은애도
아빠 품에서 잠들어 있었다. 아빠도 큰애가 신경 쓰이는지 자꾸만
힐끔거렸지만, 작은애가 깰까 봐 어쩌지 못하고 있었다. 고민할 것
도 없이 졸고 있는 큰애를 내가 안았다. 아이가 놀라서 잠시 깨긴
했지만 이내 잠이 들었고, 엄마와 아빠는 고마워하는 눈빛을 보내
왔다. 아이는 내 작은 배낭보다도 가벼웠다.

⊛S#2 이야드네

베이루트에 도착했는데 아이 아빠가 내 배낭을 뺏어 들더니 어
떤 자동차 트렁크에 실었다. 어리둥절해 쳐다보고 있으니 차를 몰
고 마중 나온 친구가 반갑다며 대뜸 악수를 청했다. 옆자리 부부는
영어를 전혀 하지 못했다. 그래서 오는 내내 뭐라고 말을 하는데
나는 그냥 아이를 안아줘서 고맙다는 말로 여기고 웃으며 고개를
끄덕이기만 했었다.

마중 나온 친구는 영어를 할 줄 알았다. 친구 부부가 아이를 돌
봐줘서 고맙다며 음식을 대접하고 싶어 한다고 했다. 혹시나 하는
생각에 잠시 망설여졌다. 아이들을 데리고 여행하는 것을 보니 나
쁜 사람들은 아닌 것 같았다. 게다가 마침 배가 너무도 고팠다.

차 안에서 서로 통성명했다. 아이 아빠는 이야드, 엄마는 아밀이었다. 내가 안고 왔던 큰애는 라마였고, 둘째는 아라완, 막내 젖먹이는 함무디라고 했다. 마중 나온 사람은 에밀이었고, 이야드의 친척이었다. 이야드는 에밀을 통해 거듭 고맙다는 말을 전하며 호텔은 비싸니까 자기 집에 머물면서 여행하라고 제의했다. 아이들이 지내는 2층에서 같이 자면 된다면서.

사실 식사 초대를 받아들였을 때부터 자고 가라고 하지 않을까 은근히 기대했었다. 여행자에게 숙식이 해결되는 것만큼 고마운 일은 없었다. 이제부터 고맙다고 인사해야 할 사람은 내가 되었다.

도로를 달리던 자동차가 주택가 골목 오르막으로 들어서더니 계속해서 올라가기만 했다. 한참 후 도착한 곳은 오르막이 거의 끝나는 지점에 있는 커다랗고 검은 비닐 장막 앞이었다. 주변 어디에도 집이나 건물 비슷한 것은 보이지 않았다. 이야드가 황급하게 검은 비닐을 걷어내자, 양철로 된 건축물 같은 것이 나타났다.

(좌)이야드의 이층집, (우)이야드 가족과 에밀

227

'설마 이게 집이라고?' 내가 속으로 외치는 소리가 들렸는지 에밀이 이야드네라고 말해주었다. 벽과 천장이 모두 양철로 되어 있었고, 바닥은 흙이 드러난 맨땅 위에 그냥 카펫을 깔아놓은 상태였다. 공사장 옆 가건물이나 창고도 이보다는 나을 것 같았다. 그나마 소파와 테이블, TV가 놓인 수납장이 사람 사는 집임을 말해주고 있었다.

한쪽 구석에서 부스럭거리는 소리가 들려서 돌아보니 아밀이 입구 안쪽으로 마련된 작은 공간에서 식사를 준비하고 있었다. 냉장고 비슷한 것이 서 있는 모습을 보고 부엌일 거라는 짐작에서 나온 추측일 뿐이었다. 무언가를, 특히 음식을 만들어 내기엔 너무 협소하고 기본적인 설비조차 구비되어 있지 않은 공간이었다.

'이런 집에 살면서 어떻게 손님을 초대할 생각을 했을까?' 집을 한번 둘러보고 나서 제일 먼저 든 생각이었다. 지금까지 초대받아 갔던 집들은 모두 웬만큼은 되었다. 이야드가 2층에서 아이들과 자라고 해서 당연히 어느 정도 사는 사람들이겠거니 생각했었다. 이렇게 열악한 환경에 살면서 초대했다는 것이 놀랍고 너무 당혹스러웠다.

절기상으로는 한겨울이었지만 베이루트의 공기에서는 쌀쌀함이 묻어나는 정도였다. 하지만 바깥과 집안 온도에 별 차이가 없었다. 어둠이 짙게 깔리면서 조금씩 한기가 스며들어 왔다. 당혹감 때문인지 쌀쌀한 날씨 때문인지 몸이 점점 굳어지고 있었다.

이야드가 난로에 불을 피우고, 소파와 테이블을 정리해서 앉을 자리를 마련해 주었다. 그 뒤로도 이야드는 전기를 손보고, 아이들 놀이 공간을 만들어 주고, 에밀에게 물 담배를 준비해 주는 등 분주하게 움직였다. 분주하기는 아밀도 마찬가지였다. 짐작한 대로 그곳은 부엌이었던 듯 야채와 접시를 들고 왔다 갔다 하고 있었다. 난로 덕분에 훈기도 돌고 테이블에 차려진 음식을 보니 조금 진정이 되는 듯했다. 쿠브즈와 야채, 치즈가 전부인 식탁이었지만 예상외로 아주 맛있었다.

저녁 식사를 마치고 나자 후식으로 바나나와 당근, 견과류를 곁들인 음료수가 나왔다. 에밀이 가고 없었기 때문에 거의 대화가 되지 않았다. 에밀도 그리 영어를 잘하는 편은 아니었지만, 이야드와 아밀은 전혀 못 했다. 이야드는 나를 '미스터'라고 불렀다. 이야드가 할 수 있는 유일한 영어였다. 내 생각에 '미스터'라는 말은 이야드에게 외국인을 통칭하는 말인 것 같았다.

그리고 내가 할 수 있는 아랍어라고는 '감사합니다'라는 뜻의 '슈크란'이 전부였다. 간단한 단어 몇 개를 더 알고 있었지만 쓸 수가 없었다. 내가 다른 아랍어를 한마디라도 하면 이야드와 아밀이 뭐라 뭐라 하면서 마구 흥분했기 때문이었다. 마치 막 옹알이를 시작한 아이한테 말을 시켜보려는 엄마, 아빠 같았다.

에밀이 가고 나서는 이야드의 '미스터'와 나의 '슈크란'만을 사용해 대화했다. 신기하게도 그 패턴이 모든 상황에 다 들어맞았다. 예를 들어 이야드가 나를 "미스터" 하고 부르면서 주스를 따라주면, 나는 "슈크란" 하고 받아 마셨다. 또 이야드가 "미스터"라고 부르며 불 옆자리를 가리키면, 나는 또 "슈크란" 하고 가서 앉는 패턴이었다. 그런 식으로 사진첩을 보고 아이들과 어울려 웃고 떠들다 보니 이야드네가 차츰 편해지고 있었다.

🧭 S#4 2층

내가 화장실에 가고 싶다는 몸짓을 하자 이야드가 또 '미스터'를 외치며 따라오라는 손짓을 했다. 집 안쪽에 나무로 덧댄 엉성한 계단이 있었고, 올라가자 나무 바닥에 합판이 널브러져 있는 공간이 나왔다. 이야드가 말한 2층이었다. 그는 손수 이 집을 짓고 있는 듯했다.

'미스터'라는 소리에 뒤를 돌아보니 한쪽 구석에 양변기가 떡하니 놓여 있었다. 푸세식을 생각하고 있었는데 정말 의외였다. 하지만 작동은 되지 않았다. 어떻게 볼일을 볼지 고민하고 있는데, 잠시 사라졌던 이야드가 양동이 가득 물을 받아서 낑낑대며 올라왔다. 양동이를 내려놓더니 일을 마치고 씻으라는 시늉을 하고 내려갔다. 그의 사려 깊은 몸짓과 친절에 절로 웃음이 났다.

볼일을 끝내고 씻고 있는데 아밀이 올라왔다. 합판 뒤에 있는 옷장을 뒤지더니 내가 갈아입을 옷을 꺼내왔다. 괜찮다고 했지만 '미스터'도 할 줄 모르는 아밀이 계속 옷을 들고 있어서 어쩔 수 없이 갈아입었다. 그녀가 이번에는 옷장에서 가방을 하나 꺼내왔다. 안에는 패물이 들어 있었는데, 그중 가장 값나가고 좋아 보이는 금 귀걸이를 걸어주며 가지라는 시늉을 했다. 몇 번을 사양했지만 아밀은 생각보다 고집이 셌다. 방법을 바꿔서 개중에 가장 낡고 싸 보이는 귀걸이를 골라 좋다고 하고 받았다.

거기에 그치지 않고 아밀은 자기가 가진 물건을 죄다 꺼내 보이 더니 가장 좋은 옷과 화장품을 골라내어 나에게 주려고 했다. 갑자 기 부끄러움이 몰려와 고개를 숙이고 말았다. 이렇게 착하고 순수 한 마음을 가진 사람들한테 허름한 집에 살면서 초대했다고 속으 로 무시했던 나 자신이 떠올라 아밀을 제대로 쳐다볼 수 없었다.

🚫 S#5 집 앞

누가 봐도 빠듯한 살림이었다. 하지만 너무나 과분하고 융숭 한 대접을 받았다. 아밀은 일곱 살 라마한테도 시키는 설거지를 나 한테는 시키지 않았다. 내가 뭔가 도우려고 하면 이야드와 아밀이 무조건 앉아 있으라는 듯 함무디를 맡겨 놓았다. 삶은 계란도 다른 사람들은 1개씩 주고, 나만 2개를 주었다.

과연 내가 이런 대접을 받을 만한 자격이 있을까? 나는 받기만 하고 그들에게 해줄 수 있는 게 아무것도 없었다. 그저 그 가족의 음식을 축내면서 불편하게만 할 뿐이었다. 물론 그들은 그렇게 생 각 안 하겠지만. 어찌 되었든 더 이상 머무르는 것은 정말 염치없 는 짓이었다. 이야드와 아밀에게 떠나겠다고 말했지만 역시나 이해를 못 했다. 말없이 나는 배낭을 메고 일어섰고, 그제야 아밀이 울기 시작했다. 이야드는 침울한 얼굴로 내 배낭을 받아 들고 앞장 서 걷기 시작했다. 뭔가 홀가분할 것 같았는데, 이상하게도 쉽게 발걸음이 떨어지지 않았다. 아무것도 모르는 아이들만 천진하게 손을 흔들고 있었다.

몇 번을 뒤돌아보며 아밀과 아이들에게 손을 흔들어 주었다. 마지막이라고 생각하고 손을 흔들고 있는데 갑자기 라마가 뛰어와 서 와락 안기더니 뽀뽀를 해주고 갔다. 라마는 활달한 아라완과 달 리 숫기가 없어서 지내는 동안 나랑 눈 마주친 일도 손에 꼽을 정도 였다. 아라완과 함무디는 많이 안아줬었는데, 라마는 단 한 번도 내게 안긴 적이 없었다. 첫날 세르비스를 타고 왔을 때를 제외하 고. 이야드와 아밀이 억지로 나한테 떠밀면 울음을 터뜨리며 곁에 잘 오려고도 하지 않았었다. 그러던 녀석이 스스로 내게 와 안기며 울먹이기까지 했다. 라마가 기어이 나를 울리고 말았다.

멀어지는 아밀과 라 마의 모습이 뿌옇게 번 져 보였다. 베이루트 하 늘 아래 1번지에 사는 이야드네를 내려오는 내내 하늘도, 거리도, 사람들도 모두 뿌옇게 번져 보였다.

아라완, 함무디, 라마

06. 위대한 예언자 칼릴 지브란의 고향

브샤리 Bsharri

레바논

S#1 조지네

요르단에서 미국 국적의 조지를 만났었다. 고향인 레바논에 간다며 전화번호를 적어주긴 했지만 정말 연락하게 될 줄은 몰랐다. 레바논 사람들은 생각보다 영어를 못했고, 베이루트 시내는 보기보다 복잡한 곳이었다.

배낭을 메고 두어 시간여를 헤매다 결국 조지에게 전화를 걸었다. 조지에게 가려고 했던 게스트 하우스로 데려다 달라고 부탁하는 게 빠를 것 같았다. 약간 까칠한 구석이 있는 친구라 전화하면서도 내심 걱정이 되었는데, 아니나 다를까 만나서 얘기하자며 전화를 툭 끊어 버렸다.

약속 장소에 나온 조지는 아주 당연하다는 듯이 그냥 자기 집에 묵으라고 했다. 그는 부모님이 이혼한 후 엄마를 따라 미국에 살고 있는데, 1년에 한 번씩 할머니와 아빠를 보러 레바논에 온다고 했다.

그러니까 조지가 말한 자기 집은 엄밀히 말하면 할머니 댁이었다.

레바논의 도시는 대부분 지중해에 면해 있다고 한다. 조지의 할머니 댁은 조용하고 깔끔한 빌라였는데 파도치는 지중해가 바로 내려다보였다. 암만에서 조지가 전망이 아주 끝내준다며 할머니 집 자랑을 많이 했었는데 과연 그럴 만했다. 베란다에서 창밖을 보고 있으면 어느 작고 평화로운 휴양지 마을에 놀러 온 기분이 들었다.

조지의 할머니는 어르신께는 죄송한 말이지만, 얼굴과 몸집이 다 작고 동글동글하니 귀엽게 생기신 분이셨다. 할머니는 연신 조지 이름을 부르며 하나라도 더 챙겨 먹이려고 하셨고, 조지는 그런 할머니를 조금 귀찮아했다. 영화 〈집으로〉의 레바논판을 보는 듯한 느낌이 들면서 '세상의 할머니들은 모두 똑같구나!' 라고 생각했다. 그리고 철없는 손자들이 하는 짓도.

🧭 S#2 브샤리

조지가 페샤와리에 놀러 갈 건데 같이 가겠느냐고 물어봤다. 어떤 곳이냐고 물었더니 자기가 레바논에서 가장 좋아하는 곳이라며 삼나무가 많고 풍광이 아름다워서 중동의 스위스라고 불린다고 했다. 삼나무? 중동의 스위스? 거긴 브샤리인데? 그러면 브샤리는 어디냐고 물었더니 페샤와리가 브샤리란다. 레바논 사람들은 공식 명칭인 브샤리보다 아랍어인 페샤와리를 더 많이 쓴다고 했다.

레바논의 도시들은 그렇게 이름이 두 개인 곳이 많았다. 조지 할머니네가 있는 비블로스는 주바일, 레바논에서 두 번째로 큰 도시인 트리폴리는 타라불루스, 시돈은 사이다, 티레는 수르 등등. 문득 내가 숙소를 찾지 못했던 이유는 영어가 안 통해서라기보다 현지 지명을 몰랐기 때문일 수도 있겠다는 생각이 들었다.

아무튼 브샤리는 나도 꼭 가려고 했던 곳이었다. 이란에서 만난 은경이한테 레바논의 브샤리에 가면 사주겠다고 약속한 물건이 있었다. 그게 벌써 2년 전의 일이 되었다. 약속할 때만 해도 내가 정말 갈 수 있을까 싶었는데, 어느새 레바논에 도착해 조지의 차를 타고 브샤리로 가고 있었다.

레바논은 내륙으로 가파른 레바논산맥이 솟아 있는데, 그 산맥의 최고봉에 자리하고 있는 곳이 브샤리라고 했다. 조지의 차가 고속도로를 벗어나 비포장도로의 비탈길을 오른 지 한 30분여 지났을까? 정말 오랜만에 보는 설산이었다. 눈 쌓인 봉우리에서부터 완만한 경사를 그리며 내려오던 산자락은 아찔한 절벽으로 이어져 있었고, 그 위에 빨간 지붕을 인 집들이 옹기종기 모여 있었다. 스위스에는 가 보지도 않았으면서 브샤리를 왜 중동의 스위스라고 하는지 알 것 같았다. '스위스' 하면 떠오르는 이미지 그대로였다.

🌀 S#3 칼릴 지브란 박물관 Kahlil Gibran Museum

브샤리에 도착했을 때는 해 질 녘이 가까워져 오는 늦은 오후였지만 일말의 고민도 없이 숙소를 빠져나갔다. 발뒤꿈치에 날개가 돋아나기라도 한 것처럼 내딛는 걸음걸음이 가볍고 경쾌했다. 구름 낀 하늘에 콧물이 나오는 제법 쌀쌀한 날씨였지만 공기가 그지없이 맑았다. 아무 생각도 하지 않고 정처 없이 걷기에 더할 나위 없는 날씨였다. 뾰족하게 솟은 빨간 지붕, 아치형 창과 베란다가 달린 건물들이 아기자기하게 사이좋게도 모여 있었다. 동화 속 마을이 있다면 여기가 아닐까 하는 생각이 들었다. 길을 걷다 보면 빨간 망토를 쓴 소녀를 만날 수 있을 것 같았고, 멀리 외따로이 서 있는 작은 성채에서는 금방이라도 라푼젤이 바닥에 닿을 듯한 긴 머리를 늘어뜨리며 모습을 드러낼 것만 같았다.

기괴하게 생긴 바위산과 마치 한 몸처럼 어우러진 건물이 나타났다. 외관은 딱딱하고 수수해 보였지만 따스한 느낌이 났다. 나도 모르게 발길이 그곳으로 향했다. 칼릴 지브란 박물관이었다.

폐관 시간이 다 되어 시간에 쫓기긴 했지만 이제까지 갔던 박물관 중에서 가장 좋았다. 박물관이라기보다 소박한 갤러리에 들어온 것 같은 느낌이었고, 그의 작품과 함께 생전에 쓰던 책장과 소품들이 그대로 전시되어 있어 마치 칼릴 지브란의 작업실에 초대받은 듯한 기분도 들었다.

그의 그림에서는 신비하고 몽환적인 분위기가 났고, 슬픔이 느껴졌다. 특히 응시하듯 조용히 정면을 바라보고 있는 초상화들에서 그런 느낌을 강하게 받았다. 한 명 한 명 오래도록 나의 시선을 붙잡으며 무슨 말을 하려는 것 같았다. 늦은 시간 아무도 없는 박물관에서 나 홀로 그렇게 깊이를 알 수 없는 심연에 빠진 사람처럼 조용히 허우적대고 있었다.

　숙소에 여행자 방명록이 있었는데 대부분 삼나무숲까지 걸어 갔다고 적혀 있었다. 어떤 이는 친절한 브샤리 사람들이 차에 태워 주겠다고 해도 정중히 거절하고 걸어서 다녀오기를 강력히 권했다. 내 경우는 걷기 싫어도 걸을 수밖에 없었다. 태워 주겠다는 사람은커녕 걷는 사람도 전혀 보이지 않았다.

　하지만 높이와 위치에 따라 시시각각으로 달라 보이는 브샤리의 풍경은 눈을 뗄 수 없을 정도로 멋지고 아름다워서 아무도 지나가지 않는 것에 감사하는 마음이 들 정도였다. 그래서 드디어 태워 주겠다는 사람이 나타났을 때는 얼굴도 모르는 이가 권유한 대로 정중히 거절했다.

　얼마 지나지 않아 정말 어리석은 짓이었음을 깨달았다. 눈이 내리기 시작한 것이다. 많은 양은 아니었지만, 지대가 높고 바람마저 세차게 불고 있어서 엄청나게 추웠다. 바람과 함께 내리는 눈은 날카로운 칼날이 되어 드러난 살갗에 파고들었다. 나는 점점 덕장에 걸린 동태가 되어 가고 있었다.

　마음속으로 돌아갈까를 골백번 외쳤던 것 같다. 하지만 몸은 천천히 앞으로 나아가고 있었다. 드디어 삼나무숲이 보였다. 웅장하면서 허허로운 느낌이 드는 곳이었다. 삼나무숲에 다가갈수록 눈발이 강해지고 바람도 세차게 불었다. 머리가 빠개질 것처럼 아프고 추웠다. 여기까지 온 이상 숲속으로 들어가 보고 싶었으나 그렇게 했다가는 레바논 신문에 한국인 동사 소식이 실릴 것만 같았다. 오가는 사람이 없어서 발견될지도 의문이었다. 발길을 돌려 내려오는 마음이 너무 아쉽고 속상했지만, 나는 살고 싶었다.

내려오면서 보는 브샤리는 또 다른 느낌이었다. 그렇게 추위도 잊고 풍경에 젖어 걷다가 길을 잘못 들어서고 말았다. 그 사실을 알아차린 순간, 되돌아갈까 하다가 '인생은 직진이지!' 하며 계속 걸었다. 이상하게 숙소가 있는 마을과 점점 멀어지고 있었다.

지금이라도 돌아갈까 싶어서 내려온 길을 올려다보는데 조금 망설여졌다. 다시 올라가기에는 너무 많이 내려와 버렸다. '아냐, 길은 다 통하게 되어 있어. 곧 아는 길이 나올 거야!'라고 다시 한번 자신을 다독이며 앞으로 걸어갔다. 그리고 얼마 지나지 않아 막다른 골목을 만났다. 어리석게도 나는 그제야 발길을 돌렸다.

중간 정도 올라왔을 때 지나가는 차가 보였다. 어리석은 내가 불쌍해서 천지신명이 보내주신 것 같았다. 염치없이 숙소까지 태워달라고 부탁했다.

숙소에 들어서자 극도의 피로감과 허기가 한꺼번에 몰려왔지만, 손가락 하나 까딱할 기운조차 남아 있지 않았다. 내려올 때 헤매면서 한 3일 치 열량까지 전부 끌어다 써버린 것 같다. 오늘의 교훈. 가다가 아니다 싶으면 재빨리 돌아가자! 막다른 골목에 다다르기 전에.

07. 신들의 집 로만 루인스

발벡 Baalbek

🧭 S#1 조지 할머니 집

조지 할머니 댁에 머물고 있었지만 나는 나대로 관광하고, 조지는 조지대로 놀러 다녔기 때문에 서로 얼굴 보기가 힘들었다. 그러는 사이 자신도 모르게 나는 조지 할머니의 손녀가 되어 있었다. 할머니는 내가 나가려고 준비하면 어느새 음식을 차려놓고 기다리고 계셨고, 저녁에 들어오면 내 손을 끌고 가서 장만한 음식을 먹게 하셨다.

자타르는 각종 허브와 향신료에 볶은 깨를 섞어 만든 중동식 양념 소스라고 할 수 있는데, 혼합 비율에 따라 맛이 달라져서 지역, 가게, 집집마다 고유의 비법을 가지고 있다고 한다. 내게 레바논 최고의 자타르는 단연코 조지 할머니의 것이었다. 나는 주로 쿠브즈에 올리브유가 들어간 소스와 자타르를 발라서 돌돌 말아 먹었는데 씹을수록 배가되는 짭조름하고 고소한 맛에 중독되고 말았다.

할머니는 내가 먹는 모습을 지켜보며 알아들을 수 없는 말들을 계속하셨다. 중간에 조지가 여러 번 들어가는 것을 보면 조지에 관한 이야기를 하고 계신 듯했다. 뭐라고 대답하고 싶어도 서로 소통할 수 있는 언어가 없었다. 먹는 동안 할머니의 얼굴을 바라보며 열심히 고개만 끄덕이는 것이 내가 할 수 있는 최선이었다.

발벡으로 떠나기 전날이었다. 발벡을 보고 난 후 나는 시리아로 갈 예정이었기 때문에 할머니네서 지내는 마지막 날인 셈이었다. 그날도 어김없이 조지 할머니 얘기를 들으며 빵에 자타르 소스를 발라서 열심히 먹고 있었다. 갑자기 할머니가 울먹울먹하시더니 우시는 것이었다. 왜 그러시는지 정확하게 알 수는 없었지만 내가 떠나는 게 조지가 미국 가는 것만큼 아쉬워서 그러신 듯했다.

가만히 다가가 꼬옥 안아드렸다. 진정이 좀 되셨는지 다시 활기차게 말을 시작하셨다. 조지 이름이 들리는 걸 보니 다시 손주 걱정으로 돌아간 모양이었다. 신이 모든 곳에 있을 수 없어 어머니를 만들었다는데, 아마도 엄마 혼자는 버거울 수 있으니 할머니랑 세트로 만드신 게 아닐까 하는 생각이 들었다.

🎞 S#2 버스

발벡에 도착해 버스에서 내렸다. 생각보다 추워서 정말 깜짝 놀랐다. 여태껏 1년에 몇 달씩 꼬박꼬박 겨울 속에 살아왔으면서 중동의 추위 앞에서는 새삼스러운 일처럼 놀라고 말았다. 이상한 느낌에 돌아보니 버스 기사 아저씨가 나를 부르고 있었다. 발벡까지 오는 버스에서 어쩌다 기사 아저씨 바로 뒷자리에 앉게 되었다.

백미러를 통해 아저씨가 쳐다보는 것 같은 인상을 받았지만, 승객들을 살피는 거라고 대수롭지 않게 생각했다. 그러다 아저씨가 두른 카피예(아랍 남자들의 머리 두건)가 눈에 들어왔는데 많이 봐왔던 흰색과 검은색 또는 흰색과 빨간색이 아니라 갈색과 검은색 체크무늬로 된 조금 색다른 것이었다. 아저씨와 눈이 마주친 순간에 처음 보는 카피예 색인데 예쁘다고 말했었다.

아저씨가 나를 불러 세운 이유는 자신의 카피예를 주기 위해서였다. 달라는 의미로 한 말이 아니었기에 한사코 거절했지만, 아저씨의 카피예는 기어이 내 목에 감기고 말았다. 아저씨의 인자하고 푸근한 미소가 카피예를 통해 따스한 온기가 되어 온몸 구석구석에 전달되는 느낌이었다.

내가 한 말을 오해해서 마지못해 준 것일 수도 있고, 내 입성이 얇은 것을 보고 안쓰러운 마음에 선물해 주셨을 수도 있다. 어느 쪽이든 그 순간 세상에서 내가 가진 온기보다 더한 것은 있을 수 없었다. 영하에 가까운 추운 날씨였으나 내 마음에는 벌써 봄이 다가와 있었다.

⚙️S#3 호텔방

아침에 일어나니 추적추적 비가 내리고 있었다. 난로를 피우고 잤는데 새벽에 꺼졌는지 추워서 밤새 뒤척이며 잠을 설쳤다. 날씨처럼 몸도 찌뿌드드하니 몸살이 날 것만 같았다. 하지만 마음은 당장이라도 뛰어나가 저 로마 유적지를 샅샅이 훑어보고 싶어서 안달이 났다.

발벡에 처음 도착했을 때 마을 한가운데 번듯이 자리 잡은 로마 유적지를 보는 순간 첫눈에 반하고 말았다. 높은 울타리나 담장도 없이 평지에 적나라하게 펼쳐져 있는 모습에서 옛 로마 시대의 위용이 고스란히 전해져 왔다. '네가 원한다면 감히 둘러보는 것을 허하노라'라고 웅변하면서 관용을 베푸는 것처럼 보였다.

🎬 S#4 발벡 신전

도대체 몇천 년 전의 고대 로마 사람들은 어떤 사람들이었을까? 무슨 생각을 가지고, 어떤 생활을 했을까? 어떻게 이런 말도 안 되게 엄청나게 큰 돌들을 가지고 이렇게나 섬세하고 아름다운 건축물을 만들어 냈을까?

보존 상태가 좋은 건축물뿐 아니라 바닥에 떨어져 있는 돌조각들에도 눈길이 갔다. 가로 단면마저 사람 키를 훌쩍 넘기고 있는 돌기둥과 화려한 문양의 조각상들이 지천으로 널려 있었다. 굳건하게 버티고 서 있는 돌기둥을 보려면 목을 한껏 뒤로 젖혀야 했다.

날이 흐려서 정말 다행이었다. 태양이 빛나는 맑은 날이었다면 기둥 끝에 피어 있는 저 곱고 섬세한 코린트 장식을 제대로 보지 못했을 테니까. 이제까지 보아 온 어느 로마 시대의 유적보다 내 마음을 사로잡았다. 기둥과 벽 사이의 작은 틈을 메운 아치형 천장에도 부조가 새겨져 있었다. 얼마나 공들여 만들었는지 상상이 되었다. 건물과 돌들 사이를 지났다. 기둥과 기둥 사이를 걸었다. 계단을 올라 마침내 신전 안에 도착했다.

발벡 신전 내 유일하게 거의 원형의 형상을 지녔다는 바쿠스 신전이었다. 따사로운 햇살도 나 외에는 온기를 퍼뜨릴 사람도 없는데, 따듯하고 은은한 황금빛이 감돌며 신전 안을 밝히고 있었다. 마치 로마 시대의 사람이 되어 신 앞에 선 것처럼 숙연해졌다.

그 옛날 사람들은 신에게 무엇을 빌었을까? 그때는 여기에 정말로 신이 존재하지 않았을까? 이 거대하고 아름다운 신전을 봤다면 신들도 여기 살고 싶었겠지. 내가 만약 신이었다면 나는 그랬을 것이다.

후드득 갑자기 비가 쏟아졌다. 이내 그치기를 바라며 천장이 있는 곳을 찾아 잠시 몸을 피했다. 그곳에 서서 주변을 둘러보았다. 어느 면, 어느 모서리 하나 허투루 다룬 곳이 없었다. 자신이 가진 기술을 자랑삼아 솜씨를 부린 것이 아니라 한 땀 한 땀 정성으로 깎고 다듬어낸 결과물이었다.

사자의 갈기는 당장이라도 바람에 나부낄 것 같았고, 문설주에 새겨진 꽃잎에서는 향기로운 꽃 내음이 나는 듯했다. 기둥 끄트머리에는 세밀하고 아름다운 문양이 새겨진 아치형의 돌조각 하나가 마지막 잎새처럼 걸려 있었다. 처연함 속에 묻어나는 극한의 아름다움이 느껴지는 곳이었다.

유피테르(주피터) 신전의 돌기둥들이 보였다. 높이 20m, 지름 2m, 돌기둥 하나의 무게는 무려 50톤이 넘는다고 한다. 원래는 54개였다는데 지금은 6개만이 덩그러니 남아 있다고 했다. 외려 나는 그 모습이 더 크고 아름답다는 생각을 했다. 있는 것을 더 크게 보기보다 없는 것을 위대하게 상상하는 쪽이 더 쉬우니까.

문득 인간의 가장 위대한 창조물은 이 웅장한 신전이 아니라 신 자체가 아닐까 하는 생각이 들었다. 백 년도 살지 못하는 인간이 영원불멸의 초월적 존재인 신을 창조해 냄으로써 수천 년을 넘어 살아 숨 쉬는 듯한 이런 신비로운 공간을 만들 수 있었던 것은 아니었을까? 태초에 신이 있어 인간을 창조했다면, 신이 인간에게 부여한 가장 큰 재능은 이런 신전을 만들 수 있는 어떤 기술이나 힘보다는 무한의 상상력이 아니었을까 싶은 생각도 들었다.

날은 춥고 비까지 오는데 먹은 거라곤 호텔 조식으로 나온 빵 쪼가리가 전부였다. 그 상태로 발벡 신전을 쏘다닌 지 몇 시간이 지나고 있었다. 손발은 곱아 거의 감각이 없는 상태였고 배가 너무 고픈 나머지 허리가 반으로 접히며 쓰러질 것만 같았다. 그대로 더 있다간 동사 아니면 아사할 수밖에 없는 상황이었다. 그런데도 신이 되어 발벡 신전에 살 수 없다면, 지박령이라도 되어 떠돌려는 것인지 발걸음이 쉬이 떨어지지 않았다.

244

08. 전쟁으로 폐허가 된 죽음의 도시

쿠네이트라 Quneitra

시리아

S#1 쿠네이트라

시리아의 쿠네이트라는 오스만 제국 시대에 건설되어 수 세기를 이어오며 인구가 2만 명까지 이르렀던 도시였다고 한다. 재앙은 그리스에 나라를 잃고 전 세계에 흩어져 살던 유대인들이 2천 년의 디아스포라(흩어짐)를 끝내고 1948년 조상의 땅이었던 팔레스타인으로 돌아와 이스라엘을 건국하면서 시작되었다고 한다.

이스라엘 땅에 살던 팔레스타인인과 주변 아랍 국가들은 이스라엘을 인정하지 않았고, 신생국인 이스라엘을 무력으로 제압하려고 하면서 중동 전쟁이 발발하게 되었다.

약세가 예상되었던 이스라엘은 미국과 유럽의 지원을 받아 6일 전쟁이라 부르는 제3차 중동 전쟁과 제4차 중동 전쟁에서 대승을 거두었다고 한다. 이 과정에서 이스라엘과 국경을 맞대고 있어 격전지가 될 수밖에 없었던 쿠네이트라를 이스라엘이 차지하게 되었다. 한때 시리아군이 탈환했으나 곧 물러나게 되었고, 1974년 6월 UN의 중재로 이스라엘군이 철수하기 전까지 이스라엘 점령하에서 철저하게 파괴되었다.

평화 협정 후 쿠네이트라를 방문한 시리아 대통령은 참상에 엄청난 충격을 받아서 이스라엘의 만행을 세상에 알리고자 정착촌을 건설하지 않고 그대로 보존하기로 했단다. 이에 대해 이스라엘은 시리아 정부가 정치적 목적으로 이용하고자 쿠네이트라의 재건을 막고 있다고 비난했다고. 전쟁의 참상을 그대로 간직한 쿠네이트라는 일반인이 살지 않는 죽음의 도시로 시리아와 UN군이 함께 주둔하면서 평화 협정을 이어 가고 있다고 한다.

전쟁은 나에게 낯설지는 않아도 정확하게 알고 있다고 말할 수 없는 단어이다. 해마다 6월이 되면 우리는 전쟁의 참혹함을 이야기하고, 현재도 남과 북으로 갈라져 대치하면서 항시 전쟁의 위협 속에서 살아가고 있지만 전쟁을 직접 경험한 세대가 아니기 때문이다.

그래서였을까? 전쟁으로 폐허가 되었다는 쿠네이트라에 꼭 가보고 싶었다. 친숙하지만 생경한 단어인 전쟁의 끔찍함을 영화나 TV 다큐멘터리가 아닌 내 눈으로 직접 보고 싶었다.

레바논에서 시리아로 돌아오자마자 향한 곳은 다마스쿠스였다. 쿠네이트라를 방문하려면 다마스쿠스에 있는 시리아 내무부에서 발행한 허가증이 필수였다. 쿠네이트라에 도착해 허가증을 내고 기다렸다. 시리아군의 확인 절차를 마친 후 군인 한 명과 함께 쿠네이트라 마을로 향했다.

🔫 S#2 마을 거리

역사 속 많은 나라와 도시들이 흥망성쇠를 반복해 왔고, 앞으로도 그러하겠지만 쿠네이트라엔 더 이상 역사의 흐름이 반복되지 않을 것 같았다. 무너진 벽, 주저앉은 지붕, 바스러진 담장. 말 그대로 폐허였다. 어디에 시선을 두어도 제대로 된 형체를 갖추고 있는 곳이 없었다. 어떤 건물이었음을 짐작할 만한 작은 조각이라도 남아 있는 곳은 총탄 자국으로 뒤덮여 있었다. 그 외 건물들 대부분은 포탄을 맞고 불에 타서 검게 그을려 있었다.

어떤 건물은 대형 폭탄을 맞은 듯 한쪽 벽면이 움푹 팬 채로 뚫려 있었는데, 마치 악마가 아가리를 벌리고 있는 지옥문의 입구처럼 보였다. 그 사이를 떠돌이 개 한 마리가 자유롭게 돌아다니고 있었다. 전쟁의 상흔과는 상관없이 무심히 돋아난 풀들이 푸른 초원을 이루고, 초원 위에서 소 몇 마리가 한가롭게 풀을 뜯고 있었다. 전쟁과 평화라는 단어를 현시해 놓은 모습처럼 너무 이질적인 광경이어서 바로 눈앞에 두고도 도무지 현실 같지 않았다.

🔫 S#3 병원과 교회

가장 처참한 모습을 한 것은 병원이었다. 검게 탄 건물은 흉물스러웠고 안팎으로 총탄 자국이 빼곡했다. '그 많은 총알이 쏟아지던 날, 병원에 있었던 사람들은 모두 죽었겠구나' 하는 생각이 들었다. 사람은 고사하고 개미 한 마리 빠져나갈 구멍도 없이 총알이 빗발치듯 쏟아졌을 것이다.

병원 안으로 들어가 보았다. 총탄으로 부서지고 깨진 건물의 잔해들이 바닥을 가득 메우고 있었다. 해가 건물의 안쪽까지 닿지 못했다. 그러니까 병원 안쪽은 완전한 어둠의 영역이었다. 밝고 강한 태양이 떠 있는 한낮이었지만 병원 안 공기에서는 을씨년스러움이 묻어났다. 결국, 몇 발짝 가지 못하고 돌아 나오고 말았다.

신기하게도 멀쩡한 건물이 하나 있었는데 바로 교회였다. 아무리 전시라도 교회에는 어떠한 해코지도 할 수 없었나 보다. 아픈 사람이 있는 병원은 그렇게 난도질해 놓고는.

전쟁으로 파괴된 도시의 모습은 내가 상상하고 영상으로 본 것보다 훨씬 비참했다. 환한 대낮이었고, 싱그러운 초록빛 들판은 한가롭고 여유 있는 전원 풍경으로 손색이 없어 보였다. 하지만 전쟁의 상처가 그 모든 긍정의 기운을 상쇄시켜 버렸다.

🎬 S#4 골란 고원 Golan Heights

동행하던 군인 아저씨가 멀리 보이는 산을 가리켰다. 이스라엘이 점령하고 있는 골란 고원이라고 했다. 이스라엘과 접경 지역이라는 것을 알고 있었지만, 생각보다 가까워서 놀랐다.

지금 당장이라도 이스라엘에서 포탄을 쏘아 올리면 직격할 만한 거리였다. 더군다나 어디를 공격하면 좋을지 훤히 꿰뚫어 볼 수 있는 유리한 고지였다. 만약 양국 간의 전쟁이 다시 발발한다면 쿠네이트라는 또 한 번 초토화될 수밖에 없는 곳이었다. 여기서 더 부서뜨릴 것이 남았다면.

다마스쿠스로 돌아오는 차 안이었다. 창밖을 보니 길가에 천막을 치고 생활하는 사람들이 보였다. 공동생활을 하는지 비닐하우스처럼 생긴 커다란 천막 몇 개가 계속해서 이어졌다. 몇 명이 모여 사는지 모르겠지만, 천막 주위의 빨랫줄에 빨래가 빽빽하게 널려 있었다. 식수가 있을 것으로 짐작되는 파란색 작은 수통도 보였다. 고르지 않은 땅바닥에는 돌들이 박혀 있었고, 몇몇 곳은 웅덩이가 파여서 물이 고여 있었다. 사람이 살기에 그다지 좋은 환경이 아닌 듯한데 왜 하필 그곳에 터를 잡고 사는지 궁금했다.

쿠네이트라 난민촌이라고 했다. 자기 집을 지척에 두고 길에서 난민 생활을 해야 한다니. 내가 보고 싶어 했던 전쟁의 참상은 쿠네이트라가 아니라 난민촌에 있었다. 참담함을 넘어 공포가 느껴졌다. 어떤 이유로도 전쟁이 일어나서는 안 된다는 걸 처절하게 깨달았다.

전쟁으로 파괴되는 것은 건물만이 아니었다. 그 속에 있던 개인의 삶도 함께 무너져 버린다. 그 개인에는 우리도 포함되며 현실은 그 어떤 참혹한 영화보다도 훨씬 더 끔찍할 것이다.

09. 초록 융단 위의 열주

아파미아 Apamea

시리아

S#1 리야드 호텔

나는 다시 하마로 왔고, 하마에서 또 하나의 일상은 게으름이었다. 시리아에는 생각보다 한국 여행자들이 많았다. 특히나 방학을 맞이하면서 대학생 배낭여행자들을 많이 만날 수 있었다. 그러다 보니 자연스럽게 한국 사람들과 뭉쳐 다니며 자꾸만 게으름을 피우고 있었다. 어떤 날은 비가 와서, 어떤 날은 하늘이 끄물끄물하니 기분도 꿀꿀해서, 또 어떤 날은 그냥. 숙소에 모여 수다를 떨고, 그러다 지치면 잠들었다가 배고프면 일어나서 대충 끼니를 때우며 하루를 보내는 날이 점점 늘어나고 있었다.

S#2 아파미아

며칠 동안의 게으름을 접고 아파미아에 다녀오기로 했다. 꼭 봐야지 했던 곳은 아니고, 어느 순간 아파미아라는 이름을 듣게 되었는데 느낌이 너무 좋아서 보러 가고 싶어졌다. 아파미아 이야기는 3세기경까지 거슬러 올라가 그 이름만으로도 유명한 알렉산더 대왕의 사후부터 시작된다.

알렉산더 대왕의 부하였던 셀레우코스는 대왕이 죽고 난 후 독자적으로 자신의 제국을 건설해 나갔다고 한다. 셀레우코스는 알렉산더 대왕의 식민지 융합 정책에 따라 이민족 여성과 결혼했는데, 자기 제국 안의 한 도시명을 아내 이름을 따서 명명했다고 한다. 그게 바로 아파미아였다.

아파미아에 도착해서 언덕 위로 보이는 시타델을 향해 걸었다. 시타델 아래로 동네가 형성되어 있었다. 금방이라도 비가 쏟아질 것처럼 날이 우중충하고 축축했다.

날씨 탓인지 길에는 다니는 사람이 없다 싶었는데, 어느 결에 나타났는지 아이들이 생글생글 웃으며 내 주위를 맴돌았다. 사랑스러운 아이들이었고, 예쁜 웃음이었다. 가식도 없고 악의도 없는. 이상하게 마음이 차분해지고, 고요해졌다. 나는 말없이 시타델을 향해 걸었고, 아이들도 말없이 내 뒤를 따랐다.

시타델을 돌아서 넘어가니 멀리 열주가 보였다. 아이들한테 물었다. "아파미아?" 아이들이 고개를 끄덕이며 대답했다. "뷰티플 우먼."

아이들 대답으로 추측건대 무척이나 아름다운 여인이었나 보다. 제국을 일으킨 한 남자는 도시에 그녀의 이름을 붙여주고, 후대 사람들은 그 이름을 아름다운 여인으로 기억하는 것을 보면 말이다. 아파미아 열주 앞에 다다르고 보니 갑자기 나타났던 아이들이 홀연히 사라지고 없었다.

🎬S#3 열주

어떻게, 어떻게 이럴 수가 있을까 싶었다. 언덕 위에 열주들이 있었다. 그게 다였다. 그런데 황홀할 정도로 아름다웠다. 초록의 언덕은 기둥에서 떨어져 나온 잔해들을 품은 채로 다소 어수선한 모습이었지만 융단처럼 매끄럽고 부드러워 보였다. 그 위에 여기저기 깨지고 갈라져서 뼈대만 남은 것 같은 열주들이 아주 가지런하게 놓여 있었다. 푸른 언덕 위에 그것 홀로, 나도 홀로였다. 멀찍이 염소를 치고 있는 아저씨가 보였다. 혼자는 아니었지만, 혼자인 것처럼 고요하고 쓸쓸했다. 나는 그것이 좋았다.

아파미아 열주

이번엔 어디선가 한 소녀가 나타나 수줍게 웃으며 보라색 꽃을 내밀었다. 나는 꽃을 받아 소녀의 귀에 꽂아 주었다. 소녀와 잘 어울렸다. 소녀는 살짝 새침한 표정을 짓더니 나비가 달아나듯 뒤돌아 사뿐사뿐 뛰어갔다.

멀어져 가던 소녀가 기둥 사이에서 잠시 멈춰 섰다. 몸을 돌려 손을 한 번 흔들어 주고는 그대로 사라져버렸다. 이상하게 나타났다 사라지는 아이들. 나는 아까 만났던 아이들과 소녀 모두 아파미아를 지키는 정령이려니 여기기로 했다.

길게 늘어선 열주 안으로 걸어 들어갔다. 열주의 거대한 규모가 실감 났다.

> 옛날하고도 아주 먼 옛날, 아파미아의 열주는 어디까지 이어져 있었을까? 그 시절 여긴 어떤 사람들이 살았을까? 열주 사이에서는 아이들이 숨바꼭질하지 않았을까? 거대한 기둥 사이를 거닐며 데이트하는 연인들도 있었겠지? 웃고, 울고, 사랑하고, 미워하며 그저 평범한 모습으로 살았을까?

어쩌면 그 시절, 그들 사이에는 신이 살고 있었을지도 모르겠다. 그때는 신화에서처럼 사람과 신이 어울려 살아가지 않았을까? 이토록 거대하고 아름다운 열주 사이에는 내가 도저히 상상해 낼 수 없는 신비로운 이야기가 숨어 있을 것만 같았다.

아파미아를 내려오는데 언덕 비탈에서 할아버지 한 분이 허리를 숙이고, 땅에 코를 박을 듯 구부린 자세로 열심히 무언가를 찾고 있었다. 무얼 하시냐 물었더니 보물을 찾고 계신다고 했다. 아파미아에서 발굴된 유물은 모두 박물관에 가 있는데 아직도 땅에서는 옛날 동전이나 유물 같은 것이 나온다면서.

나도 찾아봐도 되느냐고 했더니 그러라며 한마디 더 덧붙였다. 여기 있는 보물은 찾는 사람이 임자라고. 한참을 할아버지와 같이 땅에 얼굴을 박고 찾아봤지만, 내 눈에는 돌멩이만 보였다.

🧭 S#4 이발소

아파미아는 유명 관광지가 아닌 듯했다. 덕분에 오롯이 혼자가 되어 여유롭게 아파미아를 마음껏 즐길 수 있었지만, 변변한 식당 하나가 없어서 온종일 쫄쫄 굶어야 했다. 뭐라도 입속으로 집어넣고 싶은 생각이 간절하던 차에 동네에 있는 가게 하나를 발견해 초콜릿 과자 한 봉지를 사서 나왔다.

막 봉지를 뜯어서 하나 먹으려는데 이번에도 어디선가 아이들이 나타났다. 과자 몇 봉지를 더 사서 아이들과 나눠 먹으며 잠시 놀다가 내려왔다.

하마행 버스를 타는 가라지(버스 정류장)까지 오는 동안 소화가 다 된 모양인지 배가 다시 고파왔다. 너무 배고픈 나머지 방전된 핸드폰처럼 몸속 에너지가 완전히 고갈되어 텅 빈 느낌이었다. 어느새 해가 지려 하고 있었다. 춥고, 배고프고, 피곤한 나는 더없이 처량한 심정이 되어버렸다.

버스를 기다리는데, 가라지 옆 가게의 아저씨가 자꾸만 들어오라는 손짓을 했다. 아무리 시리아 사람들이 좋다고 해도 혼자 있으니 조심하는 게 맞는데, 아저씨의 손짓에 나도 모르게 몸과 마음이 점점 그쪽으로 움직이고 있었다.

조그만 가게에는 난로가 활활 타오르고 있었다. 들어서자마자 눈사람처럼 몸이 스르르 녹아내리는 느낌이었다. 아저씨가 건네준 뜨거운 차를 한 김 가실 겨를도 없이 호로록 한 모금 마셨다. 불덩이 같은 것이 목구멍을 타고 위로 내려가자 속에서는 '앗, 뜨거워!'라고 외치는데 그것도 음식이라고 든든한 기운이 올라왔다. 아저씨가 차와 함께 내준 비스킷을 먹으며 천천히 가게를 둘러보았다.

아저씨의 가게는 이발소였다. 안 그래도 머리를 자르고 싶었는데 잘됐다 싶었다. 머리 자르는데 얼마냐고 물었더니 아저씨는 대답 없이 나를 의자에 앉히고서 머리를 잘라 주었다. 잠시 후 거울 속에는 오랜만에 보는 아주 단정한 모습의 고등학생이 앉아 있었다.

이발비는 공짜였다. 내가 가격을 물어봤을 때 이미 예감했던 것처럼. 얼마 지나지 않아 버스가 왔고, 나는 아저씨의 따뜻한 전송을 받으며 하마행 버스에 올랐다.

10. 절벽 위의 안식처

마르무사 수도원 Deir Mar Musa

시리아

⚜ S#1 마르무사 수도원

시리아에 가면 꼭 가 보겠노라고 파키스탄에서 만난 알레와 약속했었다. 약속은 꼭 지키자는 주의지만 여행에서 하는 약속은 "즐겁게 여행해~"처럼 인사말 같은 것이다. 어디에 가니까 꼭 만나자, 어디를 가게 되면 그건 보고 와라 등등 수많은 말을 주고받으며 약속하지만 여행자들은 안다. 지키지 못할 약속이라는 걸, 아니 지키지 않아도 되는 약속이라는 걸. 알레는 말했다. 마르무사 수도원은 공짜 숙식이 제공되는 곳이라고. 그 말은 꼭 지키지 않아도 되는 그와의 약속을 지킬 충분한 이유가 되어 주었다.

⚜ S#2 수도원 입구

마르무사 수도원은 바위산 중턱에 자리하고 있었다. 수도원까지 이어진 계단은 가팔라 보였고, 주변 지형이 삭막해서 구경하는 재미도 없는 코스였다. 한참을 올라왔다고 생각하고 고개를 들어 보면 아직 갈 길이 까마득하니 남아 있었다. 수도원이 아닌 신기루가 아닐까 하는 의심마저 들었다.

머리 위로 작은 바구니가 달린 도르래가 지나갔다. 수도원에 필요한 생필품을 실어 나르는 것처럼 보였다. 지금 가장 부러운 것은 저 도르래 바구니 안에 담긴 감자인지 양파인지 모를 식재료들. 부럽다고 해서 나를 태워줄 리 만무했다. 내가 탈 수 있는 사이즈도 아니었지만. 마음을 다잡듯 배낭을 다시 멨다.

드디어 수도원 건물 앞에 당도했다. 백설 공주를 사랑한 일곱 난쟁이가 드나드는 쪽문처럼 생긴 구멍이 보였다. 그 외 다른 길도 다른 문도 없는 걸 보면 그곳을 통해 수도원으로 들어가야 한다는 결론이 나왔다. 한껏 몸을 낮춰서 안으로 들어갔다.

넓은 마당 같은 곳에 테이블과 의자가 놓여 있고, 제법 많은 사람이 모여 있었다. 세계 각국에서 온 여행자들이었다. 그중 한국 사람도 있었다. 내가 한국 사람인 것을 단박에 알아채고, 먼저 다가와 반갑게 인사하며 안내까지 해주었다.

수도원은 보기보다 규모가 상당히 큰 편이었다. 수도사들에 의해 계속해서 보수와 증축이 진행 중이라고 했다. 그 때문인지 여행자들이 많았음에도 붐빈다는 느낌이 전혀 들지 않았다. 입구의 작은 구멍이 이렇게나 큰 세상으로 이어져 있다는 게 참으로 놀라웠다.

⚙️ S#3 숙소와 예배당

돌로 된 외관만큼 배정받은 숙소도 단단하고 투박한 모습이었다. 벽을 이루는 돌멩이와 바닥의 시멘트가 그대로 드러난 상태였다. 앙상한 철제 침대에는 오래된 듯한 매트리스와 담요, 베개가 놓여 있었다. 추운 바깥 날씨만큼이나 싸늘해 보이는 실내였으나 나는 따뜻하고 포근한 느낌을 받았다. 훈훈하다 싶을 정도로 난방이 잘 되어 있기도 했지만 다른 곳에서 따스함을 느낄 수 있었다.

손수 돌들을 골라 크기와 이음에 맞추어 하나하나 정성스럽게 쌓아 올린 벽과 천장. 평평하지는 않지만 걷는 이를 생각해 매끄럽게 다듬어 놓은 시멘트 바닥. 가구라고 지칭하기에 다소 부족해 보이지만 깨끗하고 단정하게 준비된 침상까지. 이 모든 곳에서 뿜어져 나오는 온기가 방을 더 후끈하게 달구고 있었다.

마르무사 수도원

258

수도원 전체가 그랬다. 겉면은 벽돌처럼 단단하고 차가워 보였지만, 안은 한없이 부드럽고 안온했다. 세월에 의해 벗겨지고 떨어져 나간 벽화들은 수도원에 성스러운 분위기를 더했다. 벽에는 여기저기 예수상과 성모 마리아상이 걸려 있었고, 크고 작은 예배실에는 언제라도 기도할 수 있도록 촛대와 성경이 놓여 있었다. 마르무사 수도원을 향한 수도사분들의 깊은 애정과 정성을 곳곳에서 느낄 수 있었다.

마르무사에서는 저녁마다 신부님이 주도하는 미사가 열렸는데, 종교의 유무나 종류와 관계없이 누구나 참석할 수 있었다. 미사 전엔 명상하는 시간, 미사 후에는 토론하는 시간이 있었다. 신부님은 미사를 드리는 것보다 각국 참석자들과 토론하기를 더 즐기는 듯했다.

분위기는 경건하면서도 자유로웠다. 나는 그 분위기가 너무 좋아서 예배나 토론 내용을 알아듣지 못해도 시간에 맞춰 들어가 앉아 있곤 했다.

토론은 주로 유럽에서 온 친구들과 신부님이 영어로 대화를 주고받는 형식이었는데 어느 날 저녁, 한 동양인 청년이 신부님과 유창한 아랍어를 사용해 이야기하는 모습을 보게 되었다. 나를 포함해 방 안에 있던 사람들 모두 굉장히 놀랐다. 특히 신부님은 종교 및 사회에 대한 식견이 아주 탁월한 친구라며 칭찬을 아끼지 않았다. 그는 사우디에서 공부하고 있는 한국인 유학생이었다.

마르무사에서는 하루가 느리게 흘러갔지만, 전혀 지루하지 않았다. 수도원 안 동굴에 앉아 명상하는 사람도 있었고, 도서관에서 책을 읽거나 정리하는 사람도 있었다. 나는 주로 산책을 했다. 앞산, 뒷산, 옆 산 등. 마르무사 주변을 둘러싸고 있는 길 걷기를 산책이라고 할 수 있는데, 산을 오르는 것과 비슷했다. 그래서 산책하면 늘 정상에 이르게 되었다.

아름드리 꽃과 나무가 주는 싱그러운 자연을 볼 순 없었다. 그 대신, 머리 위로 낮게 걸린 구름이 황량한 산등성이와 골짜기마다 그림자를 드리우고 있는 모습은 황홀할 정도로 아름답고 웅장했다.

┐ 옛날 에티오피아 왕자 모세가 왜 이곳을 수도원으로 정했는지 알 것도 같았다. 정상에 올라 이제껏 내가 살아온 발아래 세상을 굽어보는데, 그동안 사람들과 부대끼며 상처 주고 상처 받았던 모든 감정의 찌꺼기가 한낱 먼지처럼 흩어지는 것을 느꼈다. 지금보다는 좋은 사람이 되고 싶다는 생각도 들었다.

다시 세상 속으로 뛰어들게 되면 지금까지 그래 왔던 것처럼 아등바등 살게 되겠지만 적어도 죽을 때 후회하지 않는, 아니 언제 죽더라도 후회가 남지 않는 삶을 살고 싶다고 생각했다.

그러려면 내게 주어진 상황에서 최선을 다하며 살아가는 수밖에. 내가 있는 곳은 마르무사 수도원이고, 곧 저녁 식사 시간이었다.

수도원에는 할 일이 넘쳐났지만, 또 없기도 했다. 여행자가 많아서 식사 준비와 뒷설거지, 청소 등 일거리가 만만치 않았는데 또 그만큼 자원해서 하려는 사람도 많았다. 걸레빵과 치즈, 잼, 요구르트에 야채로는 올리브와 토마토가 나오는 것이 기본 식단이었다. 처음에는 '날도 추운데 어떻게 뜨끈한 국물 하나 없이 먹지? 공짜 음식이라고 너무 성의 없게 주는데?'라고 생각했었다.

얼마 지나지 않아 그 싱거운 듯 담백한 맛에 푹 빠져들고 말았다. 순전히 내 느낌이지만 마르무사 수도원에서 나오는 걸레빵은 유독 질긴 듯했다. 그런데 거기에 수도사분들이 직접 만든 치즈와 살구잼을 발라서 꼭꼭 씹어 먹으면 그렇게 고소할 수가 없었다. 물론 거기에 뜨끈한 국물이 있었다면 더할 나위 없었을 테지만.

저녁 설거지를 마치고 나왔더니 어느새 어둑어둑해져 있었다. 까만 밤하늘에 별들이 총총하게 빛났다. 서로에게 비밀 이야기라도 속삭이듯 사이좋게 번갈아 가며 반짝거렸다. 조금만 쫑긋하고 귀를 기울이면 들릴 것처럼 가깝게 느껴졌다. 대단히 인상적인, 하지만 마르무사에서는 아주 일상적인 하루가 그렇게 멋지게 저물어 가고 있었다.

11. 문명이 시작된 강에서

데이르 에조르 Deir ez-Zor

시리아

🧭 S#1 하마 리야드 호텔

마르무사에서 내려와 하마로 돌아왔다. 리야드 호텔 로비에 들어서자 압둘라가 놀라는 기색도 없이 함박웃음을 지으며 다가와 포옹해 주었다. 긴 항해를 마치고 마침내 무사히 항구에 닻을 내린 느낌이었다. 하지만 난 다시 닻을 올리고 항구를 떠나야 했다. 아마도 시리아에서의 마지막 항해가 되지 않을까.

직감적으로 여행이 막바지에 이르렀음을 느끼고 있었다. 그렇지만 세계는 정말 넓고, 가고 싶은 곳도 너무 많았다. 중앙아시아도 가고 싶고, 남미도 가고 싶었다. 그러다 보면 남극도 가고 싶고, 북극도 가고 싶을 테고, 온 세상 어린이들을 다 만나게 되겠지. 요즘 자꾸 드는 생각은 정말 그곳에 가고 싶은 건지 아니면 한국 가는 게 두려운 것인지였다. 둘 다인 것도 같고. 한마디로 갈피를 잡지 못하고 있었다.

여느 날 아침처럼 압둘라가 타준 커피를 마시고, 커피 컵을 엎어 두었다. 잠시 후 커피 컵을 읽던 압둘라가 "윤, 고민이 있구나?"라고 말했다. 커피 컵 바닥에 누가 봐도 알 수 있는 선명한 물음표 형상이 그려져 있었다.

"와, 정말 신기하다! 물음표가 되게 크네? 이렇게 큰 고민은 어떻게 해야 해? 답도 나와 있어?"

압둘라의 대답은 간단했다.

"당연히 없지. 이건 시험 문제가 아니잖아?"

우문현답이 명쾌했다. 압둘라가 이어서 말했다.

"넌 시리아를 떠나서도 계속 여행할 건가 봐. 네 여행 선이 컵 밖에까지 길게 이어져 있거든."

내가 여행에 대해 고민하고 있다고 말하지도 않았는데, 압둘라는 어떻게 알고 말하는 거지? 재미로 보던 압둘라의 점괘에 차츰 빠져들고 있었다.

⊛S#2 데이르 에조르

인류 최초의 문명이라 일컬어지는 메소포타미아 문명은 티그리스와 유프라테스강 사이 비옥한 초승달 지대에서 시작되었다. 인류 최초 문명의 발상지를 보고 싶은 마음에 하마에서 만난 지현이라는 친구랑 함께 데이르 에조르에 왔다. 아니, 그냥 유프라테스강이 보고 싶었다. 실은 왠지 시리아를 떠나기가 아쉬웠다. 그 마음이 모두 더해져 나를 이곳까지 흘러들게 했다.

유명 관광지가 아닌 탓에 변변한 호텔 하나가 없었다. 그나마 찾은 호텔은 상태가 정말 최악이었다. 살집 있는 몸과 수염이 있는 푸석푸석한 얼굴에 뚱한 표정을 짓는 할아버지 혼자 호텔을 운영하고 있었다. 오픈 이후 한 번도 바꾸지 않은 듯한 매트리스와 이불을 보고 다른 곳으로 옮기고 싶었으나 다른 호텔도 별반 차이가 없을 것 같아 체념하고 짐을 풀었다.

호텔을 나서며 습관처럼 할아버지한테 주변 볼거리에 관해 물어보았다. 그때까지 못마땅한 표정이던 할아버지가 직접 그린 관광 지도까지 꺼내 보여주면서 아주 친절하고 열정적으로 설명했다.

늦은 저녁 호텔로 돌아왔는데 할아버지가 불러 세우더니 직접 준비한 음식이라며 먹으라고 주셨다. 이미 저녁을 든든하게 먹은 상태였다. 게다가 음식이 아주 먹음직스럽거나 맛있어 보이지도 않았다. 하지만 할아버지 정성을 거절할 수 없어서 정말 배고팠다는 듯이 접시를 싹싹 비워냈다.

그 뒤로도 나갔다 오면 할아버지는 매번 손수 준비한 음식을 내놓으셨고, 지현이와 나는 아주 씩씩하게 먹었다. 호텔과 할아버지가 점점 좋아지고 있었다.

🌀 S#3 마리 Mari

마리는 텔 하리리에 위치한 시리아의 고대 도시이다. 마리 왕조는 고대 메소포타미아 문명의 여러 도시 국가 중에서 시리아 지역에 세워진 최초의 도시 국가였다고 한다. 페르시아만과 지중해,

메소포타미아 지역을 잇는 무역의 주요 거점으로 상업적 부를 축적하며 크게 번성했다고 한다. 당시에 300개의 방과 뜰, 연회장으로 이루어진 거대한 궁전이 있었는데, 요새이자 미궁으로 불리며 대단한 명성을 자랑했다고.

이후 왕국은 아시리아와 바빌로니아의 연이은 공격으로 멸망하게 되었다고 한다. 바빌로니아가 마리를 파괴할 때 5m가 넘는 깊이로 매몰시키면서 많은 유물이 약탈과 도굴에 노출되지 않고 보존될 수 있었다. 하지만 오랫동안 흙 속에 있으면서 구조가 약해진 탓에 조금만 힘을 주어도 무너질 가능성이 높은 만큼 마리 유적을 돌아볼 때는 매우 조심해서 다녀야 한다고 매표소 아저씨가 신신당부했다.

마리 유적은 대부분 흙으로 둘러싸인 땅 아래에서 발굴되기를 기다리고 있었다. 어떤 곳인지 궁금해서 안을 들여다보려고 발을 내디뎠다가 흙이 허물어지는 바람에 미끄러질 뻔하기를 여러 번이었다. 어느 정도 발굴이 진행된 곳은 보호를 위해 천막이 쳐져 있었다. 그나마 보존 상태도 양호하고 다니기 좋게 길이 나 있어서 편하게 둘러보았다.

하지만 마리 유적은 전체적으로 옛 모습과 기능을 유추하기 힘들 정도로 무너져 있어서 매우 추상적으로 다가왔다. 미궁이었다는 얘기를 들어서인지 계속 있으면 나가는 길을 잃어버릴 것 같은 느낌마저 들었다. 혹은 머리 위로 흙더미가 쏟아지거나.

🧭 S#4 어느 집 마당

마리 유적 뒤로 황토색의 단조로운 건물들이 늘어선 마을이 보였다. 마을에 들어서자 빨래가 나부끼는 모습이 보이고 사람들 말소리도 들려왔다. 특별한 것 없는 시골 마을이었다. 어르신들은 갑자기 나타난 이방인을 보고 흠칫 놀라다가도 이내 손을 흔들며 웃어 주셨고, 아이들은 언제나처럼 수줍은 미소로 인사를 대신했다.

어느 집 앞을 지나고 있었다. 집 안에 있던 아주머니가 우리를 보고 큰 소리로 뭐라고 말하며 들어오라는 격한 손짓을 보냈다. 얼떨결에 마당에 들어서는 순간, 안에서 '무슨 일이지?' 하는 얼굴로 아이들과 아이들 엄마인 듯한 젊은 여자가 나왔다. 곧이어 안에 있던 온 가족이 나와서 우리를 에워쌌다.

나와 지현이를 불러들인 아주머니의 몇 마디에 이내 마당에 천이 펼쳐지고 걸레빵과 감자튀김, 필라프, 스파게티 등 음식이 한가득 차려졌다. 점심시간이 지나 있었지만, 우리가 올 줄 예감하고 준비한 것처럼 양도 아주 푸짐했다. 밥을 먹는 동안 우리를 향한 폭풍 질문이 쏟아졌다. 안타깝게도 대답해 줄 수 있는 게 없었다. 서로 전혀 말이 통하지 않았기 때문이었다.

🧭 S#5 유프라테스강 Euphrates River

폐허처럼 보이는 유적지와 그 너머로 유유히 흐르는 강이 보였다. 두라유로포스와 유프라테스강이었다. 두라유로포스는 셀레우

코스가 세운 성곽 도시인데, 고대 셈족 언어로 두라는 '요새', 유로 포스는 '도시'라는 뜻이다. 요새 도시 두라유로포스는 군사적 요충지로, 접경 국가인 이라크와 활발한 교역 활동을 통해 한때 이곳 또한 대단한 번영을 누렸었다고 한다. 옛 영광의 흔적들은 터로 남아 쓸쓸함과 공허함을 더하고 있었다.

그보다 내 눈을 사로잡은 것은 그 너머에 있는 유프라테스강이었다. 넓은 강폭을 자랑한다거나 유속이 빨라 거침없이 흐르는 모습이 장관을 연출해 내는 그런 강이 아니라 평범한 모습이었다. 유유히 흐르고 있는 유프라테스강은 평범해 보였지만, 그 속에는 도도하고 강인한 생명력을 품고 있었다.

사실 유프라테스강이 어떤 모습인가는 중요하지 않았다. 유프라테스강을 직접 대면하는 순간, 뭐라 형언할 수 없는 엄청난 감동이 밀려왔기 때문이었다. 인류 최초의 문명을 일군 조상들이 살았던 곳, 그리고 그곳에 내가 서 있다는 사실 하나만으로도 가슴이 너무 벅차올라 한참 동안 강을 바라보았다.

할라비예에 가서도 한동안 앉아서 유프라테스강만 바라보았다. 할라비예는 3세기경 팔미라 제노비아 여왕에 의해 건설된 요새였으나 거의 다 유실되고 유프라테스강을 향해 길게 뻗어 있는 무너진 성벽만이 그 존재를 말해주고 있었다. 왕국도 세워졌다 망하고 요새도 지어졌다 부서지면 잊히고 말지만, 그 유구한 세월을 넘어 유프라테스강만이 올곧게 흐르고 있었다.

12. 아름답고 활기가 넘치던 곳

알레포 Aleppo

시리아

🎬 S#1 알레포

알레포에 도착했다. 마음은 아직 유프라테스강 유역의 어디쯤엔가 머물러 있고, 몸만 알레포에 온 느낌이었다. 시리아 여행의 마지막 도시 알레포. 그리고 시리아에서의 첫 도시 다마스쿠스. 다마스쿠스와 함께 세계에서 가장 오래된 도시 중 하나라는 알레포는 어딘지 모르게 다마스쿠스와 닮아 있었다. 시리아 여행이 끝나가는 건데 마치 이번 여행의 종착지에 도달한 것 같았다. 그만큼 헛헛하고 아쉬웠다.

아마도 난 시리아의 첫 여행지였던 다마스쿠스로 돌아가고 싶었던가 보다. 그래서 억지를 부리며 알레포에서 다마스쿠스의 모습을 찾고 있었던 것 같다. 이런 내 마음과 달리 알레포는 활기 넘치는 아름다운 도시였다. 시리아의 다른 곳들처럼. 그때 나는 이미 시리아의 모든 것을 사랑하고 있었다.

중동에서 가장 긴 시장이라는 타이틀을 가지고 있는 알 메디나 수크는 사람과 풍성한 볼거리가 넘쳐났다. 그리고 무척이나 아름다운 곳이었다. 유연한 곡선을 자랑하는 아치형 천장이 북적이는 시장을 예술적 공간으로 승화시켜 놓고 있었다. 벽돌들을 가지런히 배치해서 만든 천장이 매끄럽게 이어지며 각각의 독특한 분위기를 연출해 내고, 시장이지만 우아하고 기품 있게 보였으며 따스하고 정갈한 느낌을 주었다. 어깨에 좌판을 메고 음료를 파는 아저씨가 있었는데, 행상이 아니라 거리의 악사처럼 보였다. 장사하는 사람도 흥정하는 사람도 모두 여유롭고 즐거운 표정이었다.

알레포 알 메디나 수크

알레포는 알레포 비누가 유명했다. '생뚱맞게 웬 비누?' 싶겠지만 알레포 비누는 무려 4천 년의 역사를 가진 인류 최초의 비누라고 한다. 알레포에서만 나는 천연 올리브유로 만드는데 피부 재생력이 무척 뛰어나다고. 특히 아토피 피부에 좋다고 해서 한국 여행자들에게 선물로 아주 인기가 높았다. 수크 한쪽에 수북이 쌓인 알레포 비누가 보였다.

알레포 비누는 올리브유로만 만들어서인지 녹색 빛이 도는 황토색을 띠고 있었고 겉에는 꽃과 동물, 모스크 등의 문양들이 새겨져 있었다. 어떻게 보면 촌스럽고 유치하다고 할 수 있는 수준이었지만, 몇 개 사서 선물해 주고 싶다는 생각이 들었다.

너무도 열심히 비누의 효능에 관해 설명해 주는 주인아저씨 덕분에 하마터면 살 뻔도 했다. 머리를 감으면 샴푸 없이도 윤기가 돌고, 얼굴에 바르면 잡티가 사라지며 피부 트러블이나 상처에 써도 좋은데, 고대부터 알레포에만 전해져 오는 비법으로 제조했기 때문이란다. 알레포 이외의 곳에서 파는 알레포 비누는 모두 가짜라고 했다.

아저씨가 비누를 잘라 단면을 보여주었다. 황토색 비누의 안쪽은 녹색이었다. 녹색 부분이 진하고 면적이 작을수록 오래 숙성된 것이라고 했다. 숙성이 아주 잘된 비누였다. 아저씨는 잘린 비누 반쪽을 선물로 주셨다. 어차피 팔지 못한다면서.

어쩌면 아저씨는 내가 어떻게 해도 사지 않는다는 걸 알고 있었던 것 같다. 어쩌면 나는 아저씨가 공짜로 줄 수도 있겠다고 생각했던 것 같다.

선물은 공짜지만 공짜가 아니다. 물건값을 치르지는 않지만, 선물하는 이의 마음이 담겨 있으니까. 마음의 가치를 얼마로 매길 수 있을까?

🌀 S#3 알레포 요새

생각보다 수크에서 시간을 많이 지체했었는지 알레포 요새에 도착하니 문이 닫혀 있었다. 아쉬운 마음에 성벽을 한 바퀴 빙 돌아보았다. 당당해 보이는 아름다운 성채였고, 한 치의 빈틈조차 찾아볼 수 없을 만큼 견고해 보였다. 난공불락의 요새, 언뜻 크락 데 슈발리에가 떠올랐다. 알레포 요새도 십자군 전쟁에서 단 한 번도 무력으로 함락되지 않은 곳이라고 한다. 크락 데 슈발리에를 지킨 것이 십자군이었다면, 알레포 요새를 지킨 것은 이슬람이었다는 점이 달랐다.

알레포 요새 앞, 길과 광장에는 많은 사람이 오가고 있었다. 유모차에 아이를 태우고 가는 부부도 보였고, 이제 막 걸음마를 시작한 꼬마는 할아버지 손을 잡고 산책 중이었다. 광장 안에 마련된 의자에는 연인인 듯

알레포 요새

271

친구인 듯 삼삼오오 모여 앉아 수다를 떠는 젊은이들이 있는가 하면, 요새를 둘러싸고 있는 해자의 난간에 앉아 홀로 고독을 씹고 있는 아저씨도 있었다. 나는 이 시간을 오래도록 붙잡아 두고 싶다고 생각하며 그들 사이를 걷고 또 걸었다. 알레포에서의 마지막 날이었다.

🧭 S#4 주데이데 Jdeideh

길가 가로등에 하나둘 불이 들어왔다. 거리가 어느새 어두워져 있었다. 불빛에 달려드는 나방처럼 상점 불빛을 따라 무작정 걸었다. 그러다 우연히 도착한 곳이 알레포의 기독교 지역인 주데이데였다. 이슬람 국가에 기독교인들이 산다는 것만으로도 와보고 싶던 곳이었다. 알레포 도착 첫날, 피곤한 몸을 이끌고 그렇게 돌아다녔는데도 결국 찾지 못하다가 이렇게 마지막 날에서야 찾을 수 있게 되었다. 그것도 우연히.

주데이데의 대표적인 장소로는 '40 순교자 아르메니아 성당'과 '마론교회 성 엘리야 주교좌성당'이 있다. 아르메니아 성당은 찾지 못하고, 마론교회 성 엘리야 주교좌성당과 그리스 정교회에 잠시 앉아 있다가 나왔다.

성 엘리야 주교좌성당은 아치형의 높은 천장이 인상적이었고, 화려하지만 은은하게 반짝이는 샹들리에와 성화들로 채워져 있었다. 아랍 국가에 있는 성당이라는 생각을 나도 모르게 했는지 분위

272

기가 왠지 두 문화를 섞어 놓은 것처럼 보였다. 전체적으로 밝고 차분하고 성스러운 기운마저 느껴졌지만, 기독교적인 색채가 약하다는 느낌을 받았다.

그리스 정교회는 성 엘리야 주교좌성당보다 한층 더 단출하고 딱딱한 분위기였다. 중세 유럽 교회나 성당에서 흔히 볼 수 있는 화려한 스테인드글라스나 프레스코화는 없었지만, 묵직하고 충만한 느낌을 주었다.

주데이데 전체가 그런 분위기였다. 아랍 문화의 향기가 진하게 느껴졌지만, 중세 유럽의 분위기 또한 간직하고 있는 곳이 주데이데였다. 좁은 골목, 높은 담장, 사이사이 놓인 아치형 게이트 등이 주데이데 거리의 주요 특징들이었다. 일찍이 다마스쿠스와 알레포 등의 수크에서 보아왔던 모습들이었다. 당장이라도 골목길 끝에서 투구를 쓰고 창과 방패를 든 채로 말을 타고 있는 중세의 기사가 나타난다 해도 전혀 이상하지 않을 그런 분위기가 났다.

문득 밝을 때의 주데이데 모습이 궁금해지면서 오늘이 알레포에서의 마지막 밤이라는 사실에 진한 아쉬움이 남았다. 하지만 이대로도 괜찮다는 생각이 들었다. 다 보진 못했어도 난 시리아를 충분히 보고 느꼈으니까. 그리고 꼭 다시 시리아를 방문하겠다는 다짐도 했었다. 나는 지금도 기다리고 있다. 시리아 내전이 완전하게 종식되었다는 소식을. 그리하여 내가 받은 모든 가치 있는 마음들을 다시 만날 수 있기를 말이다.

13. 기기묘묘 바위들의 잔치

카파도키아 Cappadocia

튀르키에

🧭 S#1 카파도키아

카파도키아가 좋다는 얘기는 많이 들었지만 이런 곳일 줄 몰랐다. 모자를 쓴 것 같은 커다란 암석들이 기기묘묘하게 펼쳐져 있는 모습은 정말 장관이었다. 일명 버섯 바위로 불리는 이곳의 지형은 오래전 화산 폭발과 풍화 작용에 의해 자연적으로 생성되었다고 한다. 인간의 상상력으로는 절대 조각할 수 없는 자연만이 연출 가능한 풍광이었다.

만화 영화 〈개구쟁이 스머프〉의 배경이 된 곳이라고 하는데, 이런 거대한 암석을 보고 꼬마 요정을 상상한 사람이 있었다는 사실이 너무도 신기했다.

카파도키아는 아나톨리아 고원의 중동부 일대 지역을 아우르는 말로 괴레메, 네브세히르, 카이세리, 우치히사르, 아바노스, 위르귑 등이 이에 속해 있었다.

괴레메에 도착해 동굴 호텔에 숙소를 잡았다. 카파도키아에서는 동굴을 개조해 만든 동굴 호텔이 유명했는데 자칫 어둡고 음침하지 않을까 하는 예상과는 달리 아기자기하고 아늑하게 꾸며져 있어 마음에 쏙 들었다. 숙소가 좋으면 다소 늘어지는 경향이 있지만 모처럼만에 아늑한 숙소에서 게으름을 피우는 것도 나쁘지 않을 것 같았다.

일출을 보면서 카파도키아 일대를 감상할 수 있는 열기구 투어도 유명한 관광 상품의 하나였는데 은근히 강요하는 분위기가 있었다. 일단 투어를 미루고 마을 전경을 볼 수 있다는 괴레메 파노라마로 향했다.

괴레메는 정말 독특한 모습을 하고 있었다. 특이하게 생긴 암석 바위가 빼곡하게 들어선 모습은 바위산이라고 하기에도, 암석 협곡이라고 하기에도 딱히 어울리지 않는 느낌이었다.

요정의 바위라고도 한다는데 요정이 살기에는 너무 기괴한 모습이라는 생각이 들었다. 그런데 희한하게도 계속해서 보고 있으니 바위에 뚫린 작은 구멍 사이를 드나드는 작은 요정들의 모습이 보이는 듯했다.

그뿐 아니라 우주선이 떠 있거나 킹콩이 매달려 있어도 전혀 이상할 것 같지 않았다. 바위 사이에서 원시인이나 카우보이, 로봇들이 전쟁을 벌인다 해도 다 잘 어울렸다. 머릿속을 떠다니는 시나리오는 수십 가지인데 안타깝게도 이미 모두 영화화된 것들이었다.

카파도키아 바위에 난 구멍들은 실제 사람들이 살았던 흔적이라고 한다. 로마 기독교인들이 박해를 피해 이곳에 정착하게 됐는데, 바위가 보기보다 무르다는 것을 발견하고 날카로운 돌을 이용해 굴을 파고 숨어 살면서 신앙생활을 이어 갔다고 한다.

최근에 배낭여행객 한 명이 이곳에서 몰래 생활하다 들켜서 쫓겨났다는 소문이 돌았다. 소문에 따르면 숙박비를 아끼려고 그랬다고도 하고, 옛 기독교인들의 생활을 체험해 보기 위해서였다고도 했다. 현지인들은 데이트 장소로 이용하다 발각되는 경우가 종종 있다고.

🍳 S#3 식당과 빵 가게

튀르키예 사람들의 주식인 케밥은 넓은 땅덩이만큼 ㄱ 종류가 다양했다. 특히 여기 괴레메는 항아리 케밥이 유명했다. 구운 고기를 야채와 함께 피데(납작한 모양의 발효 빵)에 싸서 먹는 것이 우리가 흔히 알고 있는 케밥이라면, 항아리 케밥은 자그마한 항아리에 고기와 야채를 넣고 푹 끓여 낸 것이었다.

항아리째로 익혀서 나오는데 중간의 갈라진 틈을 망치로 살살 쳐가며 뚜껑을 깨뜨려서 먹는 방식이었다. 보통은 주인이나 서빙하는 사람이 해주지만, 식당에 따라서 직접 해볼 수도 있었다. 이것이 하나의 이벤트처럼 여겨져 유명세를 치르게 된 모양이다.

국물이 있는 항아리 케밥을 시켰더니 살짝 매콤했다. 비록 한국처럼 시원하게 매운맛은 아니었지만 오랜만에 맛보는 칼칼함에 속이 뻥 뚫리는 기분이었다. 함께 먹을 수 있게 필라프(밥)와 에크 멕(튀르키예식 바게트)이 나왔다. 평소 밥이라면 사족을 못 쓰는 내가 튀르키예에서만큼은 필라프보다 에크멕을 좋아했다.

튀르키예를 여행한 사람이면 누구나 아는 사실이지만 튀르키 예는 빵이 아주 맛있다. 평소에 빵을 엄청나게 좋아하는 편이 아님 에도 불구하고, 에크멕을 굽고 있는 빵 가게 앞을 지나게 되면 사 먹지 않고는 못 배길 정도였다.

화덕에서 갓 나온 에크맥도 맛있지만 식혀 먹어도 그 맛이 일품 이었다. 겉은 딱딱한데 속은 너무 부드럽고, 담백하고 짭조름하면 서도 씹으면 씹을수록 고소한 단맛이 났다. 에크맥을 케밥으로 만 들어 먹어도 맛있고, 렌틸콩 수프에 찍어 먹어도 맛있지만 나는 그 냥 손으로 뜯어먹는 것을 좋아했다. 호텔에서 조금 걸어가야 하는 곳에 화덕 빵 가게가 있었는데 내가 괴레메에 머무는 동안 하루에 한 번 이상은 꼭 들르는 단골집이 되었다.

🧭 S#4 아바노스 Avanos

역시나 숙소에 머무는 시간이 길어졌다. *끄물대는 날씨 탓을* 하며 늦잠을 자고, 게으름을 피우다 오후가 되어서야 아바노스로 출발했다. 고대부터 이어져 온 유서 깊은 도자기 마을이라는 아바 노스는 평온하고 정갈한 분위기였다.

걷기 좋을 만큼의 나지막한 언덕을 천천히 오르며 마을을 조감 했다. 치장 없이 벽돌로만 마감한 담장, 나무와 널빤지가 아무렇게

나 얹힌 지붕 아래 빨래가 걸려 있었다. 사람이 사는 것 같았으나 다니는 사람이 없어서 무척이나 쓸쓸하게 느껴졌다. 스산한 날씨 때문인지 집과 집 사이 자리한 허물어진 동굴 입구가 흉물스러워 보이기까지 했다.

길 끝에 아이 한 명이 한동안 서서 주위를 두리번거리더니 그냥 제집으로 들어가 버렸다. 함께 놀 친구는 보이지 않고, 수상한 사람들만 서성대니 겁이 났던가 보다.

이곳 아이들은 숨바꼭질 같은 놀이는 하면 안 될 것 같다. 동굴 안에 꼭꼭 숨어버리면 찾기도 힘들뿐더러 술래가 "못 찾겠다 꾀꼬리!"를 외쳐도 들리지 않아서 놀이가 끝났는지도 모르고 계속 숨어 있게 될 테니까. 지금도 저 아래 어느 곳에서는 수백 년 전 사람들이 아무도 모르게 살고 있을지도 모를 일이었다.

S#5 괴레메 국립공원 Göreme National Park

괴레메 국립공원에서는 그 기기묘묘한 바위들이 군락을 이루며 형성된 장관을 직접 대면할 수 있었다. 가까이에서 본 바위는 실로 어마어마한 크기를 자랑하며 보는 이를 압도했다.

파노라마에서 내려다볼 때는 요정이 살 것 같았는데, 막상 그 안으로 들어와 보니 느닷없이 돌도끼를 든 구석기인과 공룡들이 나타나도 이상하지 않을 것 같은 분위기였다.

화산이 토해낸 바위들을 물, 바람이 깎고 다듬어서 만들어 낸 세월의 걸작품이었다. 그 속을 걷고 있으니 '한낱 인간'이라는 단어가 떠오르며 그 뜻을 온전히 이해할 것도 같았다.

괴레메 국립공원

사람들은 종종 여행을 인생에 비유하곤 한다. 인생은 여행, 여행은 인생의 축소판 등등. 여행이 인생에 비유되는 이유는 길든 짧든 여정이 서로 닮아 있어서인 듯하다. 여행이 집으로 돌아가야 완성되는 것처럼 먼 길을 돌아 제자리를 찾아가는 것이 인생이 아닐는지.

마침내 돌아온 곳이 자신이 원래 있던 자리라 해도 제자리걸음도, 뒷걸음도 아닌 앞으로 한 발 한 발 나아갔다 온 것이라면 나는 충분히 열심히 보았고, 살아온 것이라고 말하고 싶다.

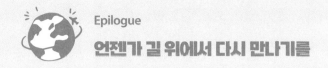

언젠가 길 위에서 다시 만나기를

시리아에서 우연히 〈모터사이클 다이어리〉라는 영화를 다시 보게 되었다. 영화 내용은 두 친구가 오토바이를 타고 남미를 여행하는 이야기이다. 너무 오래전이라서 자세한 내용은 떠오르지 않았지만 재미있게 봤던 기억이 있었다.

이번에 보면서는 내용보다도 남미의 풍광에서 눈을 뗄 수가 없었다. 광활한 대지와 안데스산맥 그리고 마추픽추. 영화를 보는 내내 남미에 가고 싶어서 가슴이 쿵쾅거렸다. 그래, 캐나다로 가자!

캐나다에 도착해 남미 여행을 위한 경비를 마련하려고 밴쿠버에서 사스카츄완, 토론토로 옮겨 다니며 일을 했다. 캐나다 땅덩이가 워낙 큰 데다 여행 삼아 간다고 생각해서 버스를 타고 다녔는데 이동 시간이 정말 만만치 않았다.

장시간의 이동에 심심하고 피로하긴 했지만, 대단히 신선한 경험을 했다. 장애인이 장거리 버스로 이동하는 모습을 접하게 되었다. 더욱 놀라운 것은 일반 시내버스에서도 휠체어를 탄 장애인을 쉽게 볼 수 있었다. 평소에 장애인의 인권을 존중해야 한다고는 생각했어도 우리와 함께 일상적으로 이동할 수 있다고 생각한 적이 없다는 걸 깨달았다.

내가 캐나다에 대해 깊이 감동한 부분이 있는데, 아동과 장애 정책이었다. 캐나다에서는 어른이 얘기하면 팔짱을 끼고 듣지만, 아이가 얘기하면 몸을 앞으로 숙이고 듣는다고 한다. 아이가 하는 말에는 무조건 귀를 기울여야 한다는 뜻으로, 말을 잘하지 못하는 3살 이전의 아이에 대한 학대를 아주 엄하게 다스린다고 한다. 아이들을 부모 개개인의 책임이 아니라 사회 구성원 모두가 같이 보살피고 키워야 하는 존재로 인식하고 있었다.

특히 장애 아동은 부모의 보살핌 외에 전문적인 케어를 받을 수 있도록 정책을 마련해서 시행하고 있었다. 장애 아동을 자녀로 둔 부모는 자격증을 가진 전문가를 고용할 수 있었다. 부모가 직접 면접을 본 후 채용하겠다는 의사를 밝히고 레터를 써주면, 전문가는 이를 관련 기관에 제출해서 정부로부터 직접 급여를 받는 방식이었다.

담당 공무원이 매달 정기적으로 방문하는 것은 물론, 장애 아동과 관련된 신규 법안과 혜택이 나오면 자세히 설명해 주고, 언제든 입소 가능한 시설까지 안내해 준다고 했다.

내가 보고 들은 모습이 캐나다의 전부는 아닐 것이다. 다만 생활이 아니라 의식 수준이 높은 나라가 선진국이라는 생각이 들었고, 그 점에서 캐나다는 진정한 선진국이었다.

캐나다에서 마지막까지 있었던 곳은 배리였다. 토론토에서 알게 된 분의 소개로 그곳 일식당에서 일하게 되었다. 일식당 사장님 이름이 '키'였는데, 180cm가 넘는 훤칠한 키에 웃는 얼굴이 하회탈을 닮은 아주 유쾌하고 좋은 사람이었다. 키 사장님은 고등학교 때 가족이 모두 아르헨티나로 이민을 가서 스페인어와 영어 둘 다 능통했다.

캐나다 배리에서 살던 집

내가 그렇게나 가고 싶어 하는 남미에서 살다 오신 분이었다. 한동안 여행 가이드를 하셔서인지 입담이 아주 좋았고, 여행 경험도 많아서 얘기가 잘 통했다. 가게에 손님이 없을 때면 나는 내 여행 이야기를, 키 사장님은 남미 이야기를 하면서 시간을 보내곤 했다.

사장님은 개인 사정으로 가게를 팔려고 내놓은 상태였는데, 그렇게 재밌게 지내다 보니 마지막 날까지 함께하게 되었다. 키 사장님과 나는 사장과 종업원이 아니라 마치 여행의 동반자가 헤어지듯이 작별 인사를 나눴다. 언젠가 길 위에서 다시 만나기를. 자연스럽게 나도 그만 여행을 끝내고 한국으로 돌아가야겠다는 생각이 들었다.

공항에 동생 기남이네 부부와 민주가 마중 나왔다. 그리고 지우를 만났다. 내 첫 조카와의 첫 대면이었다. 지우는 앙증맞은 체구에 천사처럼 사랑스러운 아기였다. 말은 하지 못했지만 잘 걸었다.

세상에 존재하지 않았던 생명체가 태어나 혼자 힘으로 걷기까지의 시간. 지우를 보며 내가 여행한 시간의 의미와 무게를 느낄 수 있었다. 해맑게 웃으며 아장아장 걷는 지우의 모습 위로 엔딩 크레딧이 올라가는 게 보이는 듯했다. 진짜로 이번 여행이 끝났다는 실감이 들었다.

부록

알아두면 쓸모 있는
세계 여행 TIP

01. 세계 여행의 루트 짜기

여행 루트 짜기에서 나의 추천 팁은 테마 정하기와 세계 지도이다.
세계 여행에서 루트 짜기는 매우 중요하고 어렵다. 그래서 많은 사람이 이미 다녀온 사람들의 루트를 따라 하거나 유명 여행 카페 또는 블로그의 여행 고수들에게 조언을 구한다. 아주 당연하고 좋은 방법이라고 생각한다.

나도 그렇게 여행 계획을 세웠었고, 여행하는 도중에도 도움을 많이 받았었다. 지금은 예전보다 인터넷도 훨씬 발전했고, 스마트폰 하나만 있으면 바로바로 정보를 검색하고 예약까지 할 수 있으니까 여행하기가 한결 편해진 것 같다.

10년 전 내가 여행할 때는 모두 가이드북을 들고 다녔었다. 하지만 이미 폐업했거나 주소가 다른 경우 등 잘못된 정보가 많아서 여행자를 만나면 서로 정보를 교환하기 바빴고, 인터넷이 되는 곳에 도착하면 부랴부랴 최신 정보를 찾아서 업데이트해 두어야 했다.

그마저도 불가능한 곳에서는 숙소에 방명록이 있는지 알아보고 거기에 기대는 수밖에 없었다. 신기하게도 여행 책자에 정보도 별로 없고, 인터넷도 안 되는 곳에는 꼭 여행자들이 남긴 방명록이 있었다. 여행자의 속내를 누구보다 잘 알고, 여행자에게 정보가 얼마나 중요한지 알기 때문이었다.

그 방명록에는 그날 날씨라든가 기분을 적어 놓은 소소한 일기부터 그곳의 맛집과 볼거리 등을 소상하게 적어 놓은 알짜 정보나 이제껏 여행한 곳의 자료 등을 깨알같이 작성해 놓은 안내서까지 실려 있었다. 정보를 얻는 것도 좋았지만, 여행자 한 명 없는 외로운 곳에서는 방명록이 아주 든든한 동행이자 재미난 이야기꾼이 되어 주었다.

여행의 가장 큰 매력은 새로운 곳에 가는 것보다 다양한 사람을 만나는 것에 있다고 생각한다. 돌이켜 보면 세계 문화유산이나 유명 관광지에 갔던 것보다 누구와 함께 무얼 했었는지가 훨씬 재미있었고, 더 기억에 남아 있다.

여행은 만약 내가 계속 한국에만 있었다면 죽는 날까지 존재조차 몰랐을 사람들을 만날 기회이다. 스치듯 짧은 만남도 있었고, 짧든 길든 동행했던 사람들도 있었는데, 매번 나를 놀라게 한 것은 국적도 나이도, 성별은 물론 취향과 생각까지 다른 사람들과 너무나도 스스럼없이 어울렸던 경험이었다. 그리고 난 깨달았다.

나이가 많든 적든, 나보다 여행을 짧게 했든 길게 했든, 모두 각자의 우주를 가지고 있다는 걸. 그러니까 한 사람을 만난다는 건 내가 한 우주를 접하는 것과 같다.

각기 다른 우주들은 여행의 목적도, 성향도, 방식도 모두 달랐는데 그중에서 '다음에 여행을 떠나게 되면 나도 그렇게 여행을 해봐야지.' 하고 생각했던 게 있다. 바로 한 가지 주제가 있는 테마 여행이다.

케냐 나이로비에서 만나 라무섬을 함께 여행했던 형규 형님은 테마 하나를 정해서 여행하고 있었는데, 바로 '커피 로드'였다. 형규 형님은 한국에서 카페를 운영하고 있었고, 사업과 관광을 겸해 커피 원산지인 아프리카로 여행을 왔다. 나이로비에서 형규 형님의 주 방문지는 커피 농장이나 커피 경매 시장이었다.

영국 런던에서 만난 친구 한 명은 전 세계의 유명 대학을 모두 가보는 것이 목표라고 했고, 베트남에서 만났던 친구는 영화에 나온 유명 장소를 따라 여행 중이라고 했다. 레바논에서 만난 일본 친구는 자전거를 타고 세계 여행 중이었고, 영화 〈모터사이클 다이어리〉에서 체 게바라는 혁명군이 되기 전, 친구와 오토바이를 타고 남미를 여행한다.

사람들 대부분은 남이 다녀온 길을 따라 계획을 세우고 여행을 한다. 나도 그랬었고, 그게 잘못됐다는 것이 아니다. 요즘 사람들은 각자 개성을 추구하는 성향이 뚜렷한데, 이렇게 한 가지 주제를 두고 여행 루트를 짜면 일정을 세우기도 쉽고, 조금 더 특별한 나만의 여행을 만들어 갈 수 있다.

자, 여행 테마가 결정됐으면 이제 세계 지도를 펼쳐보자! 테마에 따라 여행지가 선정되었다면, 세계 지도에 표시할 차례이다. 될 수 있으면 출력해서 표시하는 편이 좋다. 수정이 필수이므로 지도는 여러 장을 출력한다. 표시는 순서 없이 무작위로 해도 된다.

여행지가 표시된 세계 지도를 앞에 두고, 이제 어디서부터 어떻게 움직일지 결정해서 선을 이어 본다. 이 작업은 조금 신중해야 하는데, 명심할 점은 선은 간결할수록 좋다는 것. 일단 선을 잇는 작업까지는 본인이

가고 싶은 방향대로 편하게 해도 된다.

지금부터가 살짝 골치 아플 수도 있는데, 약간의 수고가 필요하기 때문이다. 연결된 여행지 두 곳을 출발지와 목적지로 놓고, 이동 방법을 검색해서 적어 넣는다. 버스 4시간, 기차 12시간 등등.

거리상 가까운데 엉뚱한 곳을 경유해야 할 수도 있고, 다음 연결지로 먼저 가는 게 나을 수도 있다. 이렇게 이동 경로와 함께 이동 시간까지 적은 다음 연결선을 수정·정리하면 마침내 자신만의 여행 루트가 완성된다.

이 작업의 장점은 자신이 어디를 얼마만큼 여행하는지 한눈에 볼 수 있다는 것과 전체 일정에 맞춰 각 여행지에서의 체류 기간을 결정하는 데 도움이 된다는 것. 일정이 남으면 주변에 있는 관광지를 추가해도 괜찮고, 일정이 촉박하면 이동이 오래 걸리거나 이번에 꼭 가지 않아도 되는 여행지는 빼면 된다.

완성된 지도를 바탕으로 여행 일정표를 작성할 때, 추가로 환율이나 그 나라의 식비, 호텔비 같은 물가를 계산해서 넣으면 예산 계획을 세우는 데도 큰 도움을 준다.

여행 전, 우연히 A4 용지 절반 사이즈인 B5 크기의 세계 지도를 얻게 되어서 가지고 갔었다. 여행을 다니면서 가끔 지도를 꺼내 내가 어디쯤 있는지, 다음에 갈 곳은 어디 근방인지, 한국과는 얼마나 떨어져 있는지를 확인하곤 했는데 심심함도 덜어줄뿐더러 제법 유용했다.

보르네오섬 하나에 말레이시아령, 인도네시아령 그리고 브루나이까지 3개국이 공존한다는 것을 지도로 처음 알았고, 나에게 미얀마는 작은 나라라는 이미지였는데 지도를 보고 생각보다 커서 깜짝 놀라기도 했다. 미얀마의 면적은 한반도의 약 3배가량 된다. 유치하지만, 지도를 보면서 내가 지도 속의 작은 모험가가 되어 여행하고 있는 상상을 해보는 일도 재미있었다. 당신도 자신만의 여행 루트를 따라 지도 속 작은 세상으로 모험을 떠나는 멋진 여행 지도를 완성해 보길 바란다.

02. 배낭 고르기와 짐 꾸리기

배낭은 폭이 좁고 긴 것으로 고르고, 짐은 아래에서부터 가벼운 것, 무거운 것, 자주 꺼내는 것 순으로 꾸리는 게 좋다. 이것은 나만의 노하우라기보다 배낭여행자들 사이에 어느 정도 공인된 방식이다.

배낭여행자들의 성지와 같은 산티아고 순례길은 800km의 대장정이다. 여러 코스가 있어서 자신에게 맞는 구간을 선택할 수도 있고, '동키 서비스'라고 불리는 배달 서비스를 이용해 배낭을 따로 보내고 홀가분하게 걸을 수도 있지만, 여행자들은 대부분 자기 배낭을 오롯이 책임져 가며 스페인의 산티아고 데 콤포스텔라를 향해 묵묵히 걸어간다.

그들 사이에 격언이 하나 있는데, 바로 '어깨 위의 깃털도 짐이다'라는 말이다. 굳이 힘들게 산티아고를 걷지 않아도 배낭여행 중 한두 시간만 이라도 자기 배낭을 메고 걸어 다니다 보면 침낭이고 옷가지고 모두 내다 버리고 싶은 심정이 된다. 그런데 버릴 수가 없다. 여행자에게 배낭이란 단순히 자신의 생필품을 담아 다니는 가방이 아니라 '집'이기 때문이다. 이를테면 심장을 비롯해 여러 내장 기관이 담겨 있고, 위험으로부터 그

기관을 보호해 주는 달팽이 껍데기와 같다고 생각한다. 다만 달팽이는 자신에게 꼭 필요한 것들만 담고 다니는 데 비해 우리는 필요 이상으로 너무나 많은 짐을 넣어 다닌다.

즐거운 여행의 시작은 자신에게 맞는 배낭을 고르는 것에서부터 시작된다. 배낭이 당신의 어깨를 짓누른다고 느끼는 순간, 여행에 대한 기대는 물론, 새로운 여행지에 대한 호기심과 새로운 사람을 만나는 설렘 등이 전부 사라질지도 모른다.

일반적으로 배낭 용량은 남성 40~45리터, 여성 30~35리터 정도를 권장하는데, 난 배낭은 작을수록 좋다고 생각한다. 정말 마음 같아서는 다음번 배낭여행에선 배낭 없이 다녀보고 싶다. 아, 그러면 그건 배낭여행이 아니게 되나? 아무튼, 작은 배낭을 선호하는 나는 용량이 가장 작은 25리터짜리 배낭을 구매했었다.

결론부터 말하자면 반은 맞고, 반은 틀렸다. 내가 고른 배낭은 용량은 작았지만, 짐을 넣으면 D자 모양이 되었다. D자 모양은 짐의 무게 중심이 바깥쪽으로 쏠리기 때문에 배낭을 메고 걸을 때 원무게보다 더 무겁게 느껴질뿐더러 허리에 무리가 갈 수 있다.

배낭을 선택할 때는 용량도 중요하지만, 그보다 중요한 것이 배낭 형태이다. 짐을 넣었을 때 무게 중심이 가운데로 올 수 있도록 세로로 긴 H 모양이 되는 것을 고르는 쪽이 좋다. 또 같은 크기라도 등에 딱 붙게 되면 체감 무게가 많이 감소하기 때문에, 배낭을 살 때는 자기 등에 잘 밀착되는지 꼭 직접 메어 보고 구매하길 권장한다.

배낭의 등판과 어깨 부분은 몸에 밀착되는 만큼 통풍이 잘되는 소재로 선택하는 것도 중요하다. 무게를 분산시켜 주는 역할을 하는 허리 벨트와 어깨 벨트도 반드시 있어야 한다.

마지막으로 배낭 커버를 추천한다. 요즘 배낭의 소재 자체가 방수, 방한이 되는 기능성이 많은데 굳이 챙겨야 하나 싶겠지만 배낭 커버는 의외로 매우 유용하다. 여행하다 보면 배낭을 버스 지붕 위나 짐칸에 실어야 할 때가 많은데, 이때 배낭이 찢어지거나 이상한 오물이 묻는 경우가 생긴다. 배낭 커버를 씌우면 그에 따른 손상을 줄일 수 있고, 자잘하게는 자기 배낭을 쉽게 구분해 주는 역할도 한다. 어쨌든 여행할 때 없으면 의외로 아쉬운 배낭 커버이니만큼 잊지 말고 꼭 챙기도록 한다.

자신에게 맞는 배낭을 골랐다면, 이제 본격적으로 짐을 꾸려야 한다. 앞에서도 언급했듯이 짐은 배낭 아래에서부터 가벼운 것, 무거운 것, 자주 쓰는 것 순으로 꾸리면 좋다. 짐 꾸리기의 기본 공식 같은 것인데, 경험상으로도 이렇게 꾸렸을 때 배낭이 좀 더 가볍게 느껴졌다.

실제로 나는 배낭의 짐을 어떻게 싸서 다녔는지 말해 보려고 한다.
일단 맨 아래에는 여벌 옷 및 내의, 그 위에 세면도구와 화장품, 충전기, 비상 상비약 등을 넣고, 마지막으로 가장 윗단에는 카디건이나 점퍼, 혹은 수건 및 휴대용 담요 같은 것을 두었다. 여벌 옷이나 세면도구는 이동하는 중간에는 꺼낼 일이 거의 없으므로 아래에 뒀고, 카디건이나 휴대용 담요는 추울 때는 방한용으로, 더울 때는 햇빛 가리개로, 비가 올 때는 우비로 활용하는 등 이동하는 중간에도 꺼내 쓸 일이 종종 있어서 맨 위에 두었다.

배낭을 고를 때 수납 칸이 많은 것을 선택하는 것도 한 가지 방법이다. 자주 꺼내 쓰지는 않지만, 혹시 있을지 모를 비상시를 대비해 상비약이나 랜턴 같은 것을 넣어 두면 사용할 때 편리하기 때문이다.

여행하다 보면, 배낭 하나만 가지고 다니게 되지 않는다. 여권이나 현금 같은 귀중품을 보관하는 복대와 여행지에 도착한 후 가볍게 돌아다닐 때 필요한 여분의 작은 앞 배낭도 필요하다. 요즘에는 노트북이나 태블릿을 들고 다니는 사람이 많을 텐데 나도 노트북을 들고 다녔다. 그래서 내 앞 배낭은 노트북 가방이었다.

나는 복대를 거의 하지 않은 대신에 현금이 든 지갑이나 여권 같은 귀중품은 물론, 카메라 충전기, 펜과 작은 메모장, 일회용 밴드나 연고 같은 소형 비상약도 전부 앞 배낭인 노트북 가방에 넣고 다녔다. 즉, 크게 분류하자면 배낭에는 잃어버려도 여행에 크게 지장을 주지 않는 것들을, 앞 배낭에는 절대 잃어버리면 안 되는 것들을 구분해서 넣고 다녔다. 그래서 여행 중에 앞 배낭은 항상 몸에 붙이고 다니다시피 했다.

침낭 또한 자주 쓰진 않지만, 역시나 요긴한 녀석이다. 세상에는 개업 이후 한 번도 이불을 빨지 않은 것 같은 숙소나 아예 이불이 제공되지 않는 숙소, 영하 20~30도가 되는 지역에서 난방 없이 생활하는 곳들이 제법 많다. 아프리카는 늘 더울 것 같지만 그렇지 않은 곳도 있고, 밤에 기온이 떨어지면 생각보다 추워서 침낭이 정말 유용한 곳 중 하나다. 그래도 침낭은 배낭의 가장 아래에 두는 것이 좋다. 어쨌든 이동 중에는 그다지 꺼내 쓸 일이 없을 테니까. 하지만 부피가 있어서 자리를 차지하니까 배낭 안에 넣으면 다른 짐을 넣을 공간이 부족할 수 있다. 아래쪽에 별도로 침낭 수납이 가능한 배낭도 있는데, 내 배낭은 용량이 작다 보니 없었다.

나는 배낭 아래 바깥쪽에 따로 벨트를 달아서 침낭을 고정해 다녔다. 어떤 이는 배낭 위에 고정해서 다니기도 한다. 어차피 배낭도, 짐 꾸리기도, 침낭도 모두 개인 성향이다. 처음에는 엉성할지라도 여행하다 보면 자연스럽게 노하우가 쌓여서 자신만의 스타일이 만들어지기 마련이다. 여행을 즐기다 보면 어느새.

03. 소소하지만 챙겨가면 좋은 물품들

소소하지만 잊지 않고 챙겨가면 두고두고 요긴한 것들이 있다. 국제 학생증 및 국제 운전면허증, 문구용품, 생활용품, 주머니 팬티, 멀티탭, 구급약 등이 있다. 몇 가지는 '아니 그걸 왜?'라고 생각할 수도 있을 텐데 여기서 언급하는 것들은 반드시 챙겨가야 할 게 아니라 있으면 유용한 물품들이니 참고용이라고 생각하면 좋다.

국제 학생증은 중, 고, 대, 대학원에 재학 중인 학생이라면 누구나 발급받을 수 있다. 해외여행을 할 때 국제 학생증이 있으면 유적지 및 박물관, 유레일패스, 항공권 등 다양한 분야에서 할인 혜택을 누릴 수 있다. 단, 관광지에 따라 연령 제한이 있거나 할인율이 다르게 적용된다.

발급 절차는 인터넷(http://www.kises.co.kr)으로 신청한 후 선택한 카드 종류와 발급 방법에 따라 비대면 카드 발급 또는 발급처를 방문해 받을 수 있다. 하나, 외환, 신한 등의 은행카드로 발급받을 경우, 체크카드 기능을 추가할 수 있으며 발급 비용은 기간과 종류에 따라 다르게 책정되어 있다.

국제 운전면허증은 해외에서 렌터카를 이용하거나 운전할 때 필요한데, 유효 기간은 발급일로부터 1년이다. 여권(사본 가능), 여권용 사진(6개월 이내 촬영한 사진), 운전면허증을 지참하고 전국면허시험장 및 경찰서에서 신청하고, 수수료(8,500원)를 내면 즉시 발급해 준다.

또 국제 운전면허증 없이 영국, 호주 등 54개국 81개 지역에서 사용할 수 있는 영문면허증도 이용 가능한데, 적성 검사가 필요 없다면 10,000원(적성 검사 포함 15,000원)에 발급받을 수 있다. 자신이 여행하고자 하는 지역에 맞는 면허증을 알아보고 선택하도록 한다.

국제 학생증과 국제 및 영문 운전면허증은 분실에 대비해 복사 또는 스캔하여 저장해 놓자.

의외로 볼펜과 같은 문구용품을 안 챙기는 사람들이 많다. 최근에는 스마트폰이 있으니 더욱 그런 듯한데, 문구용품에는 볼펜만 있는 것이 아니다. 여행하면서 은근히 찾게 되는 것이 커터 칼이나 가위 같은 용품이다. 현지 아이들에게 나눠줄 용도로 여러 개의 연필과 펜을 챙겨가는 것도 좋다.

뭉뚱그려 생활용품이라고 했는데, 여기서 얘기하고 싶은 용품은 손톱깎이, 반짇고리, 스포츠 타월 그리고 빨랫줄이다. 손톱깎이와 반짇고리도 정말 요긴한 용품인데 잊어버리기 쉽고, 스포츠 타월은 일반 타월보다 부피가 작고, 잘 마르기 때문에 꼭 챙겨갔으면 하는 마음에서 언급해 보았다.

그리고 빨랫줄. 한국 사람들한테 빨래는 참 중요한 것 같다. 여행하면서 우리나라 사람들처럼 빨래를 자주 하고 집착하는 사람은 본 적이 없다. 우선 나부터 그랬으니까.

여행 도중에 어떻게 하다가 빨랫줄을 얻게 되었다. 그 이후로 숙소에 도착하면 방에 빨랫줄부터 걸게 되었는데, 그렇게 기분이 좋을 수가 없었다. 빨랫줄에 걸려 있는 빨래를 보면 또 그렇게 뿌듯했다. 그 기분을 당신도 꼭 느껴보았으면 하는 마음으로 조심스럽게 추천한다.

여행 중 비상금을 보관하는 데 추천하고 싶은 아이템이 바로 주머니 팬티이다. 여권이나 현금 같은 귀중품을 보관하려고 복대를 많이들 준비하는데, 사실 복대는 생각보다 불편할 때가 많다. 개인적으로 복대보다는 여행용 크로스백을 추천하고 싶다.

장기간 여행하게 되면, 혹시나 있을지 모르는 최악의 사태에 대비해 얼마간의 현금을 안전한 곳에 챙겨둘 필요가 있다. 그럴 때 복대는 다소 불안하기 때문에, 팬티에 주머니를 달아서 넣어두거나 재킷 소매 또는 바지춤을 뜯어서 보관하는 사람들도 있었다.

이제는 그런 수고로운 제작을 할 필요 없이 주머니 팬티를 사면 된다. 지퍼가 달려 있어서 지퍼 팬티라고도 부르는데, 안전하고 모양도 나쁘지 않다. 주머니 팬티에는 비상금이나 여권 등 자주 꺼내지 않아도 되는 것을 보관하면 좋다. 당장 써야 할 현금을 안전하게 보관한답시고 넣어뒀다가는 길거리나 식당에서 팬티를 뒤적거려야 할 난감한 상황을 겪게 될지도 모르니까.

사실 이건 정말 추천일 뿐, 꼭 챙기지 않아도 괜찮다. 콘센트가 모자랄 때는 유용하지만, 부피와 무게 탓에 계륵이 되기 십상이다. 전자기기를 많이 쓰는 사람이라면 한 번쯤 고려해 볼 만하지만, 적극적으로 추천하는 물품은 아니다.

해열제, 진통제, 소화제, 일회용 밴드 등 여행할 때 기본적으로 준비해야 할 품목들이다. 나는 여기에 안티푸라민 또는 멘소래담을 추가했으면 한다. 안티푸라민은 유한양행에서 만든 진통 소염제이고, 멘소래담은 미국의 근육통 마사지 크림이다.

여행하다 보면 열나고 아플 때도 있지만, 여기저기 부딪혀서 멍이 들거나 온몸이 찌뿌드드하니 쑤시는 경우도 많다. 그럴 때 안티푸라민이나 멘소래담을 바르고, 마사지하듯 문질러 주면 아주 시원하고 좋다.

또한 모기나 벌레에게 물렸을 때 바르면 가려움증을 완화하고, 멘톨 성분이 들어 있어 머리 아플 때 관자놀이에 살짝 발라두면 두통약 먹은 효과가 난다. 정말 요모조모 쓸모가 많아서 여행할 때 가지고 가면 절대 후회하지 않을 잇템 중의 하나이다.

사실 전부 안 챙겨가도 괜찮다. 어디든 다 사람 사는 곳이기 때문에 정 필요하면 현지에서 구하면 된다. 또 없으면 없는 대로 살아진다. 어떤 때는 신기하게도 딱 필요한 순간에, 딱 필요한 물건을 가지고 있는 한국 사람을 만나 쉽게 얻기도 한다.

여행하면서 세상은 정말 돌고 돈다는 것을 깨달았다. 내게 필요 없는 것은 꼭 필요한 사람을 만나 주게 되고, 내가 필요한 것은 꼭 누군가가 나에게 주고 갔다. 여기서 중요한 것은 내가 먼저 비워내야 그 공간을 다른 것으로 채울 수 있다는 점이다.

여행 중 나의 가장 큰 수확은 비우는 법을 배운 것이었다. 이번에 비우고 채우는 법을 배웠다면, 다음에는 온전하게 비워내는 법을 배워서 오고 싶다.

04. 나만의 특별한 여행 만들기 Tip

3년 넘게 세계 여행을 했다고 하면 다들 대단하다고 하는데, 사실 나는 그렇게 생각하지 않았다. 내가 했으니까 누구나 할 수 있고, 그저 회사를 그만두고 생각 없이 다니다 보니 어쩌다 세계 여행이 되었다고 생각했다. 나름대로 특별한 경험을 많이 했다고 자부하지만, 남들과 비교해서 월등히 특별하다고 생각하진 않았다.

내가 유독 겸손해서 하는 말이 아니다. 여행하다 보면 현지인도 만나지만 다른 여행자를 많이 만난다. 그들 중에는 나보다 훨씬 오랫동안 여행했거나 아직 사람들 발길이 별로 닿지 않은 정말 스페셜한 곳을 여행하고 온 사람도 적지 않았다. 또 개중에 세계역사와 지리에 해박한 사람, 미술이나 조각, 건축에 조예가 깊은 사람들도 많았는데, 그들의 여행 이야기를 들으면 부럽고 존경스러운 한편 나도 모르게 주눅이 들곤 했다.

그래도 나에게 3년여의 세계 여행 경험은 큰 자부심이었고, 이 책을 출간하기 위해 글을 쓰면서 내 여행이 정말 특별했음을 깨달았다.

사실 내 여행을 글로 쓴다는 것은 대단히 고통스러우면서 행복한 일이 었다. 기억 속에서만 존재하던 희미한 대상들을 어렵게 어렵게 글로 표현해 내자 점점 형체가 갖추어지면서 특별한 존재로 자리매김하게 되었다. 좋았던 기억, 나빴던 기억, 고마웠던 기억, 힘들었던 기억 모두. 길다면 길고, 짧다면 짧은 내 인생의 3년여를 다시 한번 곱씹으며 젊은 날의 나를 돌아보게 되었고, 앞으로의 나를 응원하게 되었다.

당신이 나처럼 꼭 세계 여행을 해야만 특별한 여행을 만들 수 있는 것은 아니다. 개인의 성격과 취향이 다르다 보니 똑같은 곳을 같이 여행했다고 해도 각자 보고 느끼는 바가 다르고, 그런 만큼 모든 사람의 여행은 특별해지기 마련이다. 언제, 어디를, 얼마만큼, 어떤 방식으로 다녀왔든 그냥 자기만족으로 추억 속에만 담아두지 말고, 자신만의 특별한 여행 만들기에 도전해 보길 바란다. 어떤 결과가 나오더라도 그 과정에서 분명히 얻는 것이 있고, 그 또한 다른 의미의 여행이 될 수 있다. 내가 이 책을 쓰는 동안 다시 한번 세계 여행을 경험한 것처럼 말이다.

내가 생각하는 나만의 특별한 여행 만들기 Tip은 '기록하기'이다. 나만 알고 있거나 내 주변 사람이 들어서 아는 이야기는 그저 소중한 추억일 뿐이다. 그 나만의 추억을 우리 동네 사람도 알고, 우리나라 사람도 알고, 온 세상 사람 모두 알 수 있도록 기록으로 남기게 되면, 나뿐만 아니라 모두의 특별한 여행이 될 수 있다. 여행을 좋아하는 사람들은 이제껏 여행을 해왔고 앞으로도 계속할 텐데, 기록하기를 통해 되도록 많은 사람이 나만의 특별한 여행 만들기에 도전해 보았으면 한다.

기록하는 방법에는 여러 가지가 있다. 책이 될 수도, 사진이 될 수도, 영상이 될 수도 있다.

책으로 기록을 남긴다면, 여행 에세이도 있고 여행지의 역사, 문화, 지리 정보를 담은 가이드북도 있다. 요즘에는 전자책을 보는 사람도 많으니까 전자책 출간도 한 가지 방법이다. 그 외에 여행신문이나 잡지에 투고할 수도 있고, 좀 더 쉽게 시작하고 싶다면 블로그나 카페에 글을 써 보길 추천한다.

사진으로 기록하는 것도 다양한 방법이 있다. 먼저 사진 에세이를 출간하거나 전시회를 열 수 있다. 혹은 사진을 이용해서 그림이나 엽서 등으로 제작할 수도 있다. 그밖에 공모전에 사진을 출품할 수도 있고, 이미지 사이트에 등록하는 방법도 있다.

여행을 동영상으로 기록했다면, 가장 대중적인 동영상 사이트 유튜브에 올려두는 것이 일반적이다. 요즘은 유튜브, 인터넷 방송, 팟캐스트 등 1인 미디어 UCC를 통해 수익을 올리는 콘텐츠 크리에이터가 대유행인 시대이기도 하다.

내가 일하는 여행사의 대표님은 늘 '개인의 브랜드화'를 강조하셨다. 개인의 역량이 뛰어나 브랜드가 되면 회사도 같이 성장하게 되고, 그것이 굉장히 바람직하다고 생각하신다. 사실 이 책이 나오게 된 것도 대표님의 독려와 채찍질이 없었다면 불가능했다.

원고를 쓰면서 비로소 깨달았다. 내 경험으로만 간직하기보다 부족하더라도 함께 나누기 위해 세상에 내놓는 것이 내 여행을 훨씬 가치 있게 만드는 방식이라는 사실을. 글을 잘 썼든 못 썼든, 책이 잘 팔리든 안 팔리든, 내 모든 경험에 그렇게 가치가 부여되고, 그것이 브랜드가 될 수 있다는 사실도.

개인이 브랜드를 가진다는 것은 굉장히 의미 있는 일이고, 새로운 수익을 창출할 수 있는 수단이 될 가능성이 아주 높다. 그런 만큼 개인을 브랜드화한다는 것은 무척이나 어려운 일이다. 어느 한 가지 테마에 집중할 순 있겠지만, 한 가지 방법으로만 이뤄낼 수는 없다. 책도 쓰고, 강연도 하고, 유튜브 영상도 올리면서 자신만의 세상을 구축해 나가야 한다. 그 세상으로 수익을 창출할 수 있게 되면 자신을 브랜드화하는 데 성공한 것이다.

그래서 나 같은 사람은 할 수도 없고, 해도 안 될 것이라고만 생각했다. 할 수 있고 없고, 되고 안 되고는 해보기 전에는 절대로 알 수 없다. 코로나가 전 세계를 휩쓸고 간 지금, 우리가 사는 세상은 불안하고 미래는 불투명하다. 하지만 이것이 새로운 기회일지도 모른다. 자신도 몰랐던 능력을 개발하고 펼칠 기회. 그저 회사만 성실히 다니면 될 줄 알았던 내가 글을 쓰고, 책까지 출간하게 된 것처럼.

어쩌면 우리는 스스로 원하지 않아도 개인이 브랜드가 되어야만 살아남을 수 있는 세상에 살게 될지도 모른다. 당신이 언제, 어디서, 어떤 경험을 했든 그것을 기록하는 작업을 꾸준히 해 나가면 바로 그것이 당신만의 특별한 여행이 된다. 아울러 당신 개인을 브랜드화할 기회의 시작이 될 것이다.

이 글을 읽는 순간 결심이 섰다면 책을 덮고 지금 당장 도전해 보자. 그렇지 않으면 나처럼 핑계만 대며 미적거리다 10년 뒤에 하게 되거나 혹은 영원히 미루게 될지도 모른다.

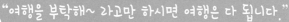

"여행을 부탁해~ 라고만 하시면 여행은 다 됩니다."

 여행을부탁해(여부해)는요?

월드 투어
전 세계 어느 곳이나 가능

여행업계 하이마트
대한민국 대표 여행사들인 교원투어(여행이지),
하나투어, 모두투어, 내일투어, 롯데관광, 한진관광,
참좋은여행, 인터파크, 노랑풍선 등을 종합 판매

특별한 여행
크루즈 여행, 산티아고 순례길 도보/자전거 여행, 중남미 여행,
코카서스, 아이슬란드, 아프리카, 시칠리아/몰타, 캄차카반도,
어른이 여행(어른들끼리 함께하는 자유 여행) 등 특별한 여행 진행

맞춤 여행
자유 여행, 가족 여행, 신혼여행, 단체 여행, 골프 여행 등
어떤 맞춤 여행도 OK

▪ 여부해 밴드: **https://band.us/@plztrip**
▪ 여부해 카페: **https://cafe.naver.com/miraeshop**
T. 02. 6415. 2928 / kakao ID: plztrip
Web: http://plztrip.co.kr / E. briantracykr@naver.com

당신의 삶과 일에
행복과 도움 주는 이야기 '비즈토크북'

나는 나를 갖고 싶다 (2022 출판진흥원 세종도서 선정작)

나를 나로 있게 하는 '나 자신'을 인식하고 발견할
기회를 마련해 주는 에세이!

전혜진 지음 | 240쪽 | 값 14,000원

소셜한 매력 (2021 출판진흥원 오디오북 선정작)

사회적 관계 속에서 타인에게 호감을 불러일으키려면
하지 말아야 할 88가지 행동!

황정선 지음 | 224쪽 | 값 13,000원

심리잡학 (2020 출판진흥원 우수 출판콘텐츠 선정작)

40가지 심리 이론을 활용해 만족스러운 성과와
행복하고 의미 있는 시간을 가질 수 있다!

최정우 지음 | 240쪽 | 값 13,000원

마이셀프 (동영상 및 보이스 mp3 CD 포함)

행복과 성공의 밑거름이 되는 강력한 한마디
"나는 내가 좋다" '나' 주식회사의 CEO가 돼라!

브라이언 트레이시 지음 | 조환성 번역 | 컬러 272쪽 | 값 15,000원